やり直し令嬢は竜帝陛下を攻略中6

永瀬さらさ

23651

角川ビーンズ文庫

contents

キャラクター紹介

ラーヴェ
竜神。
魔力が強い者でないと姿を見られない
ジル・サーヴェル
クレイトス王国サーヴェル辺境伯の令嬢。
２度目の人生をやり直し中
ハディス・テオス・ラーヴェ
ラーヴェ帝国の若き皇帝。
竜神ラーヴェの生まれ変わりで“竜帝”とよばれる
やり直し令嬢は竜帝陛下を攻略中
6

ルティーヤ・テオス・ラーヴェ

ハディスの弟。ライカ大公。
ジルの元生徒

マイナード・テオス・ラーヴェ

ハディスの兄。
クレイトス王国の親善大使

ヴィッセル・テオス・ラーヴェ

ハディスの兄。
ラーヴェ帝国の皇太子

ジェラルド・デア・クレイトス

クレイトス王国の王太子。
本来の時間軸では、ジルの婚約者だった

フリーダ・テオス・ラーヴェ

ハディスの妹。
きょうだいの中で最年少

ナターリエ・テオス・ラーヴェ

ハディスの妹。
ジェラルドに求婚中

フェイリス・デア・クレイトス

クレイトス王国第一王女。
ジェラルドの妹

ジーク

竜妃の騎士。大剣を使う

カミラ（本名はカミロ）

竜妃の騎士。弓の名手

～プラティ大陸の伝説～

愛と大地の女神・クレイトスと、理《ことわり》と天空の竜神・ラーヴェが、それぞれ加護をさずけた大地。女神の力をわけ与えられたクレイトス王国と、竜神の力をわけ与えられたラーヴェ帝国は、長きにわたる争いを続けていた——

本文イラスト／藤未都也

⚜序章⚜

小窓から格子越《こうしご》しに差しこむ日差しに、埃《ほこり》がきらきらと舞《ま》っている。灯《あか》りもないのにやたらと明るいのは、外の残り雪が反射しているせいだろう。雪解けにはまだ早い、だが春を予感させる日差しだ。

細長い形をした物置は、天高くそびえるラーヴェ帝国帝城《ていこくていじょう》のはずれにあった。毎日手入れがされる宝物庫とは違《ちが》い、木材の棚《たな》には雑然と物が置かれている。動かない時計、何も入っていない大小の硝子瓶《ガラスびん》、汚《よご》れた古めの洋燈《ランプ》、日に焼けた本。虫に食われた古い地図が分厚いカーテンと一緒《いっしょ》に木箱の中に無造作に突《つ》っこまれている。

「いい加減、覚悟《かくご》を決めてください、陛下」

天井《てんじょう》が高いせいか、声がよく響《ひび》いた。

「そ、そんなこと言われても、ジル。こんなところで、だめだよ……」

「こんなところなのは陛下が逃《に》げ回るからじゃないですか」

両手を床《ゆか》に突いて、じりじりと這《は》い寄る。上半身を起こしているだけの夫が、両肘《りょうひじ》を床に突いて同じ分だけうしろにさがった。

「ほら、今だって逃げる！」

「に、逃げてるわけじゃないよ、ただちょっと近いかなって……あ」

壁《かべ》から出っ張っている小さな引き戸の棚に後頭部をぶつけた夫が、逃げ場をなくした。すかさず夫の顔の左右を両腕《りょううで》でふさぐ。

脅《おび》えたように、夫――ラーヴェ帝国皇帝《こうてい》ハディス・テオス・ラーヴェが金色の瞳《ひとみ》をこちらに向ける。やや上目遣《うわめづか》いなのが妙《みょう》に愛らしいが、絆《ほだ》されてはいけない。

「ジ、ジル。落ち着いて冷静に話し合おう？　ね？」

「話し合いなら一昨日《おととい》も昨日もしました。そのたび誤魔化《ごまか》すわ逃げるわ、陛下にまかせてたら埒《らち》があきません！」

「だ、だって心の準備が色々……それに今は執務《しつむ》中だし、そういう気分には」

「もう言い訳はいいです、しますよ結婚《けっこん》式の！　誓《ちか》いのキスの練習！」

がしっと顔を両手でつかむと、ハディスが喉《のど》をひっと鳴らした。

「ま、待って待ってジル、せめてここではやめよう⁉」

「どこだって一緒でしょう！　目を閉じてください！」

「君から⁉　君からする気⁉　そんな、僕、死んじゃう……！」

「苦情は聞きませんよ、昨日もずーっともじもじして少しも進まなかったんですから！　目を閉じて待ってるのは飽《あ》きました！」

往生際《おうじょうぎわ》悪くジルの下でばたばた暴れるハディスを押さえつけるのは困難だ。こちらは二度目の人生をやり直していても、十一歳の体である。二十歳《はたち》の夫とは体格から違う。だが諦《あきら》める気は毛頭ない。

竜神《りゅうじん》ラーヴェの器《うつわ》である竜帝《りゅうてい》ハディスに、ジルが竜妃《りゅうひ》として選ばれて一年がすぎた。既《すで》に夫《ふう》婦《ふ》のつもりだが、あくまで竜の世界での話。人間の世界でジルは婚約者止まりだったのが、ようやく政情が落ち着き、結婚の目処《めど》がたった。

念願の婚礼は、半年後に迫《せま》っている。

春には婚礼の正式な日程が公表され、本格的に準備も始まる。三百年ぶりの竜帝と竜妃の婚礼だとかで、ざっと手順を説明されたジルはあまりの煩雑《はんざつ》さに頭がくらくらした。もはや婚礼というより儀式《ぎしき》である。

本来、竜妃とは竜神ラーヴェが認めるだけでいい存在だ。だが、人間の世界ではそうもいかない。特別なのだから、特別な婚礼を。格式というやつだ。竜妃は竜神から神器でもある黄金の指輪を授《さず》けられるので、指輪の交換《こうかん》もできない。かわりに色々付け足していった結果、後世になるにつれ意味不明な手順が増えていったようだ。記憶《きおく》が少々あやしいとはいえ、代々の竜妃の婚礼を見てきた竜神ラーヴェが言うのだから間違《まちが》いない。

再現できないものもあるとかでだいぶ省略される予定だが、婚礼衣装を着ていれば済むものではないというのは確実だ。成長期に差し掛《か》かった婚礼衣装の採寸や、花嫁《はなよめ》が用意する花婿《はなむこ》の手袋《てぶくろ》の刺繡《ししゆう》など、不安要素が多いところへの追い討《う》ちである。

だが、やらねばならないのだ。この婚礼は失敗するわけにはいかない。

——隣国《りんごく》クレイトス王国。ジルの故国が、今、歴史上類を見ない女王即位《そくい》に向けて動いている。愛と大地を守護する女神《めがみ》クレイトスが、理《ことわり》と天空を守護する竜神ラーヴェと袂《たもと》を分かち争い始めて千年以上。女神は竜神の現《うつ》し身である竜帝、すなわちジルの夫を付け狙《ねら》っている。その女神の現し身が、女王になる。何も起こらないはずがない。

ラーヴェ帝国《ていこく》では現在、皇兄リステアードが水上都市ベイルブルグ、皇姉エリンツィアが国境付近の警備を固めるため帝都《ていと》から離《はな》れている。情報収集もしているが、クレイトスがどう出るのか待っているだけのもどかしい現状だ。

せめて不安要素を減らし、対処しておきたい。そう、たとえば竜神の魔力《まりよく》が巨大《きよだい》すぎて体も心も弱く、ジルの「誓いのキスの練習をしましょう」という提案に頭から湯気を出してぶっ倒《たお》れる夫の呼吸器官と心臓を鍛《きた》えるとかだ。

「もう、抵抗《ていこう》しないでください陛下！　まさか、ぶっつけ本番でやる気ですか⁉　できるんですか⁉　できないでしょう、陛下が！」

「で、できるよ！　雰囲気《ふんいき》とか勢いで……たぶん……」

下から抵抗する力は強いのに、口調は弱々しい。頰《ほお》を赤くして、視線もうろうろ泳がせている。さながら、想《おも》い人に押し倒された乙女《おとめ》の恥《は》じらいっぷりだ。

こんな体《てい》たらくで、成功するとはとても思えなかった。下手をすれば祭壇《さいだん》の前でもじもじする花婿を前に一生、目を閉じて待つ花嫁になってしまう。

「そういうのはできるって言わないです！　ほら目を閉じて！　わたしからいきますよ、挨拶《あいさつ》のキスみたいに慣れたらいけるはず、たぶん……！」

「あ、挨拶のキスとは全然違うよ、落ち着いて！　せめてもっとロマンチックな場所でしょうよ、僕は君を大事にしたいんだよ……！」

「はあ!?　二度も一方的に唇《くちびる》を奪《うば》っておいて今更《いまさら》、純情ぶるな！　逆に腹が立つ！」

「あ、あれは、あわよくば君に僕を好きになってほしい願望とか君との関係に不安や焦《あせ》りがあって、まだ君を思いやる余裕《よゆう》がなく……っ僕が！　僕が全面的に悪かったから！」

「悪かったってなんですか、ふざけるな！　いいから、目を、閉じろ……！」

「待っておかしい、おかしいから、助けろラーヴェ！　――無視するな！」

上から押さえつけるジルと、下から拒《こば》むハディスの間がじりじり縮んでいったとき、何かが頭のてっぺんに落ちた。意識をそらしたジルの力の緩《ゆる》みを狙い、俊敏《しゅんびん》な動きでハディスが下から抜《ぬ》け出る。あっと声をあげたが、もう遅《おそ》い。

「じゃ、じゃあ僕、仕事だからっ……やっと三公そろっての会議だから、遅くなるかも。お昼ご飯はちゃんとお弁当で用意してるからね、また夜にね！」

そそくさと戸口から出ていくまで、あっという間だった。相変わらず逃げるのが速い。

むうっと口を尖《とが》らせて、ジルは肩《かた》を落とす。

勢いで押せばなんとかなると思ったのだが、難しい。

「陛下のばーか……あ」

立ち上がろうと床に突いた手が、何かに当たった。封筒《ふうとう》──手紙だ。先ほど頭に落ちてきたのはこれだろう。拾い上げ、ジルは首を捻《ひね》った。目の前にある壁際《かべぎわ》の棚は低くて、上から落ちてくることは不可能だ。左右は何もない。背後は背の高い棚に挟《はさ》まれた通路になっているので、よほどうまく飛ばないと棚の上から落ちたものが届くとは考えにくい。

あとは、目線をあげた先にジルの身長では到底《とうてい》届かない日の差しこむ小窓があるだけだ。

わざわざ投げこまれたのだろうか。差出人の名前はない。落とし物にしても、一目で新品だとわかる綺麗《きれい》な封筒だ。日に焼けた様子も汚れもなく、きちんと封蠟《ふうろう》までされている。

何気なく表へひっくり返して、面食《めんく》らった。

──愛《いと》しの竜妃殿下《でんか》へ

婚礼までの不安要素が、ひとつ、確実に増えた。

第一章 ⚜ 竜帝夫婦の宣伝戦略

まだ頰が熱い気がする。溜《た》め息まじりの吐息《といき》も熱っぽい。

それもこれもハディスのお嫁《よめ》さんが可愛《かわい》いせいだ。

「ジルってば、最近やけに積極的なんだから……」

自分の気持ちや立場も考えてほしい。さっきだっていきなり物置に引っ張りこまれてあの騒《さわ》ぎ、まるで人目を忍《しの》ぶ逢《あ》い引きだ。状況《じょうきょう》だけで破廉恥極《はれんちきわ》まりない。思い出すだけで、もじもじしてしまう。

煮《に》え切らないハディスの態度にジルが苛立《いらだ》っているのは理解しているのだが。

(で、ででででもキスの練習なんて、そんな。練習は大事だけど！)

ぱっと両手で顔を覆《おお》い隠《かく》す。

昨夜、目を閉じてじっとハディスを待っていたジルの姿が否応《いやおう》なく浮《う》かんでくる。

無理だ。心臓はばくばくしてくるし、呼吸もうまくできなくなる。冷や汗《あせ》まで浮かんでくる有り様でいったい何ができるというのか。もし手を伸《の》ばしてしまったら――

「歯止めをかける自信がない……！」

「そっちかよ！」

育て親の竜神ラーヴェに勢いよく尻尾《しっぽ》で後頭部をはたかれた。いい音がしたが、どうせ周囲には聞こえない。

「お前なあ、嬢《じょう》ちゃんは春には十二歳になるとはいえ、まだ子どもだぞ。お前がわきまえなくてどうすんだよ！　ちゃんと分別がつく程度には成長したと思ってたのに」

「はっそうだ、今年こそジルの誕生日のお祝いをしなくちゃ……！」

「聞けアホ！　いやもう聞かなくていいから今の状況を思い出せ、会議中だ！　さっきからお集まりの皆《みな》さんが困惑《こんわく》してるだろーが！」

顔をあげてみる。ラーヴェの姿が見えず声も聞こえない会議の出席者が、そろって机の最上席にいる皇帝《こうてい》を見ていた。

「ラーヴェ様から何かご意見ですか？」

すました声色《こわいろ》で尋《たず》ねたのは、細長い机の左側最奥《さいおう》、ハディスにもっとも近い位置にいる宰《さい》相《しょう》の兄ヴィッセルである。隣《となり》で、糸目の壮年《そうねん》男性が小さく笑った。

「神の意見を拝聴《はいちょう》できる会議ですか。これぞ竜帝を戴《いただ》いた国の醍醐味《だいごみ》ですね」

「おや、フェアラート公は竜帝と竜神の存在をお認めになったんですか」

すかさずヴィッセルが嫌《いや》みをまぜる。だが、フェアラート公――モーガン・デ・フェアラート は優《やさ》しく応じた。

「もちろん、私は最初から認めています。認めなかったのは私の従兄弟殿《いとこどの》ですよ」

従兄弟とは、先帝《せんてい》メルオニスと弟ゲオルグ――今は後者を指しているのだろう。会議室の半分ほどが憮然《ぶぜん》とした面持《おもも》ちになるが、本人は涼《すず》しい顔だ。

偽帝騒乱《ぎていそうらん》が起こった際、首謀者《しゅぼうしゃ》ゲオルグの亡《な》き母親が彼の伯母《おば》であり、ハディス捜索《そうさく》のため私軍を出したことで叛意《はんい》が疑われたが、フェアラート公はあっさりゲオルグを切り捨てた。早く竜帝陛下《りゅうていへいか》をお守りせねばと使命感に駆《か》られて捜索隊を出したのだ、という言い分を否定するだけの証拠《しょうこ》も何も出てこなかった。しかもゲオルグの出兵に反対し帝城を追われたヴィッセルを保護したのは、この男だ。ヴィッセルを守ったことが忠誠の証《あかし》と主張されては、強く追及《ついきゅう》できなかった。

「過去のあれこれをどうこう言っても始まらないだろう」

両腕《りょううで》を組んだ体格のいい男が呑気《のんき》に切り出す。

「三公が帝都に集まって腹の探《さぐ》り合いをするだけなら、訓練に励《はげ》みたい。もちろん俺には腕《うで》相撲《ずもう》で話を決める心構えはできている」

見るからに武人で強面《こわもて》の彼が、ブルーノ・デ・ノイトラール――今のノイトラール公だ。皇姉エリンツィアの伯父《おじ》にあたる。前のノイトラール公は偽帝騒乱でエリンツィアがゲオルグについたことに加え、皇兄リステアードを捕縛《ほばく》する遠因になったこともあり、高齢《こうれい》を表向きの理由として、ジルとハディスの婚約《こんやく》式のあと長子ブルーノに跡目《あとめ》を譲《ゆず》り引退した。まだ三公の地位について一年たたない新顔になるが、物怖《ものお》じした様子はない。しかし、正面に座るフェアラート公は嘲《あざけ》りを隠さなかった。

「さすがノイトラール公。先代に負けず劣《おと》らず前向きな意見をお持ちだ。腕相撲ですか」

「暴力は大抵《たいてい》のものを解決するぞ、モーさん」

「おやその呼び名、先代から？　不愉快《ふゆかい》ですね、退室します」

「不戦敗ということでよろしいか、モーさん」

「なぜ止めもせず呼び続ける！」

「親しみだ。フェアラート公を攻略《こうりゃく》する際には暴力、ご自由にどうぞと放置プレイ、親しみをこめた愛称《あいしょう》が有効だと先代から引き継《つ》いでいる」

「歴代脳筋公が……！　ならレールザッツ公はどうなんです！」

「暴力、お金はうちにはありませんと開き直り、親しみをこめたイーさんという愛称」

「なぜノイトラール公が竜神《りゅうじん》ラーヴェの末裔《まつえい》として今も我々と並び立っているのか、不思議でたまりませんね、私には……！」

「落ち着きなされ、フェアラート公。ノイトラール公もですぞ。我ら三公、等しく竜帝陛下にお仕えする臣民」

しゃがれ気味だがはっきり通る声が、ちぐはぐなふたりの口論を止めた。

ヴィッセルの向かい側、ハディスにもっとも近い席に座れる三公。イゴール・デ・レールザッツ――リステアードとフリーダの祖父、レールザッツ公だ。

偽帝騒乱の際は一切《いっさい》、動かなかった。ラーデアで争乱があったときは南国王を迎《むか》え入れ、ラーデアの動向をさぐり、リステアードを助けた。

表向きは従順の意を示しているフェアラート公とも、権力争いに興味のないノイトラール公とも違《ちが》う、三公の中でもっとも真意が読めない人物だ。

今も老獪《ろうかい》な眼差《まなざ》しでハディスを観察しながら、顎《あご》を撫《な》でている。

「竜帝陛下の御前《ごぜん》を許しもなく退室とは、反逆ととらえられても文句は言えませぬぞ、フェアラート公。ノイトラール公は軽率《けいそつ》な振《ふ》る舞《ま》いを止めてくださったのでは?」

「うむ、そうだ!」

「嘘《うそ》をつけ! ……レールザッツ公は相変わらず竜帝に心酔《しんすい》されておられる」

「ほっほっほ。早くから竜帝を戴き楽ができる若者たちにはわかるまいよ。――さて、竜帝陛下。話は聞いておられましたかな」

子どもに向けるような問いかけだ。ハディスは乱雑に答えた。

「秋頃《ごろ》からラキア山脈の土がおかしく、麓《ふもと》で作られているレールザッツとノイトラールの農作物の育ちが悪い。国境に近い場所ほど顕著《けんちょ》で、ひどいところでは木が根から腐《くさ》り出している」

ブルーノが両肩《りょうかた》を落とした。

「ノイトラールでは葡萄《ぶどう》や林檎《りんご》の収穫《しゅうかく》が例年の半分に落ちこんだ。宴会《えんかい》や祭りで振る舞う酒を最初の乾杯《かんぱい》だけにするとうちの家令が言っている……由々《ゆゆ》しき事態だ」

「家令に賛成ですね。ノイトラール領の酒の消費量は異常だ、健康に悪い」

「なお、フェアラートの果実酒を強奪《ごうだつ》――言い間違《まちが》えた、快く分けていただきたく」

「暴力での解決を今すぐやめていただきたい！」

「レールザッツの農作地は平野が主なので打撃《だげき》は少ないですが、木の腐れで土砂《どしゃ》災害が起こりました。食べ物がなくなったのか、山からおりてくる獣《けもの》共の数は例年の数倍に。他《ほか》にも竜が集団でラキア山脈から飛び去る目撃《もくげき》情報があがっております。何か危機を察しての引っ越《こ》しではないかと領民の間で噂《うわさ》になっとりますな。諸々《もろもろ》、竜帝陛下は原因をご存じでしょうか？」

三公と会議室の高官全員の目が、ハディスに集まる。体の中に引っこんだラーヴェがひとりごちた。

（土がおかしいのは女神《めがみ》の仕業《しわざ》だろうな。ラキア山脈の盾《たて》が消えたから……）

クレイトスで女神の護剣《ごけん》と渡《わた》り合うため、ジルはラキア山脈の魔法《まほう》の盾を取りこんだ。結果、ジルは女神に奪《うば》われた竜妃《りゅうひ》の指輪、すなわち女神を打ち斃《たお》す竜妃の神器という力を取り返したが、女神の力を弾《はじ》く守護の結界――魔法の盾は消えた。

「皆はこう噂しております――神話にあったクレイトスの呪《のろ》いではないか、と」

「もしそうだとしたら、ずいぶん女神は力を失ったようだ」

かつてはラーヴェ全土で起こったのだ。鼻で笑ったハディスに、モーガンは肩をすくめてみせる。

「確かに、被害《ひがい》は今のところラキア山脈中腹まで。我がフェアラート領には被害がない」

「ですが、広がらないという保証もありますまい。ただでさえ三百年竜帝が現れず、竜神ラーヴェ様への信仰《しんこう》が薄《うす》れかけている最中です。竜帝陛下のご威光《いこう》を疑う不届き者が出てくるでしょう。こんなときに婚礼《こんれい》を執《と》り行うのは愚策《ぐさく》です」

はっきりとイゴールに切り出され、軽く眉《まゆ》をひそめた。

「今更《いまさら》、反対するつもりか？」

「三公として賛同できない状況《じょうきょう》です。もともとラキア山脈で作る農作物は多くありませんし、神話のように飢餓《きが》まで追い詰《つ》められたわけではない。ですがライカでは竜が暴走したという報告もあがっています。竜の制御《せいぎょ》は天剣と同じく、竜帝陛下の神威《しんい》に関《かか》わるもの。ラキア山脈の不作といい、放置できない問題です」

「婚礼が挙げられないのは、僕が不甲斐《ふがい》ないせいだと言いたげだな」

「少なくとも何かあったんだろう、違うのか？」

馬鹿《ばか》正直に尋ねてきたブルーノに、おそらく悪気はない。だが、含《ふく》み笑いをするモーガンや目を伏《ふ》せるイゴールは、ハディスが本当に竜帝としての力を備えているのか、もっと言えばクレイトスと対等に渡り合えるのか、疑いを抱《いだ》いているのだろう。

「残念だが僕はお前らを信じていない。話が終わったら、さっさと帰るといい」

素っ気ないハディスに、さらにブルーノが言いつのろうとしたが、両手を鳴らす小気味良い音が議論を阻《はば》んだ。

「陛下のおっしゃるとおりだ。話し合う前に、我々にはまず信頼《しんらい》関係が必要です。色々ありましたからね、色々」

「……僕に刃向《はむ》かう連中と常に関わりがあったお前が言うと、実感があるな」

誰《だれ》も席を立たないのは正直、意外だった。モーガンが静かな笑《え》みを返す。

「どうぞ親しみをこめてモーガンとお呼びください、陛下。誤解のないように言っておきますが、私がここに馳《は》せ参《さん》じたのはあなたへの嫉妬《しっと》からです」

怪訝《けげん》な顔をするハディスに、モーガンはわずかに目をのぞかせた。

「私はゲオルグに憧《あこが》れていました。幼い頃《ころ》から常に私の前を歩く、大きな壁《かべ》でしたからね。彼とくらべると私は常に見劣《みおと》りする存在だ。同世代には共感する者も多いでしょう。彼が皇帝《こうてい》を名乗った際、彼ならばという想《おも》いがあったのは否定しません。協力してくれと頭をさげられたときは興奮しました。同時にむかついたので完全に協力はしませんでしたが」

捜索隊しか出さなかったまさかの理由に、背筋がぞわぞわする。

「ですがあなたは彼の崇高《すうこう》な使命を打ち砕《くだ》き、あろうことか反逆者の彼をラーヴェ皇族として弔《とむら》うという慈悲《じひ》さえ見せた。そう、慈悲。憐《あわ》れまれたのです、我々の英雄《えいゆう》が」

モーガンは顔を伏せたままくつくつと喉《のど》を鳴らしている。平然としているのは横にいるヴィッセルと、イゴールだけだ。彼の正面の席にいるブルーノは目をぱちぱちさせているし、末席にいる高官たちは息を殺している。ハディスも会議をやめたくなってきた。

だがすぐさまモーガンは穏《おだ》やかな表情を取り戻《もど》し、胸に手を当てた。

「そのとき私は悟《さと》ったのですよ。もう私の時代ではない、次の時代がきていると。自分が散々老害だと罵《ののし》った連中に、私は既《すで》になっているのだと」

「――つまり、何が結論だ。話が見えない」

「だから嫉妬ですよ。若さと、私が切り開くのではない未来への。私は自己分析《ぶんせき》は得意だと自負しております。今の私はわかりやすく言うと老害。老害とはすなわち、若者より大きな影響《えいきょう》力と権力を持っている大人を示します。だから、若く力もあるくせにろくに政治も人も動かせやしない未熟な皇帝を今のうちに散々笑ってやろうと心躍《おど》らせ、馳せ参じました」

柔《やわ》らかな眼差しに、ひねくれまくった感情がねじりこまれている。

（え、つまり悔《くや》しいから老害に徹《てっ》するって話なのか……？）

困惑《こんわく》しきったラーヴェに、そうなんだろうな、とうんざり答えておく。

モーガンの眼差しは、隣《となり》の兄にも注がれた。

「目をかけていたヴィッセルも、小賢《こざか》しい真似《まね》はやめてあなたの治世を築くことにしたようです。かといってただ邪魔《じゃま》するのも大人げない。嫌《いや》がらせめいた協力に悔しがる姿を上から眺《なが》めるほうが楽しいでしょう？　私を排除《はいじょ》する方向にしか考えが及《およ》ばなかった子が、私に協力してくれと頭をさげにきてくれて、ゲオルグのときと同じくらい興奮しました」

「本当に、見事な老害になりおりで」

吐《は》き捨てた兄に、ハディスも内心、全力で同意する。若者の苛立《いらだ》ちを見透《みす》かしてか、にっこりとモーガンが微笑《ほほえ》み返した。

「そういうわけで、私は信頼していただいてかまいませんよ」

「どこに信頼できる要素があるんだ。正直、引いたぞ」

きっぱり言ってくれるブルーノが頼《たの》もしく思えた。

「おや、ではノイトラール公になったばかりのあなたはなぜここに？」

「竜帝《りゅうてい》には腕相撲《うでずもう》で負けるからだ、多分だが！」

「尋《たず》ねた私が馬鹿でした」

「皆《みな》に黙《だま》って座っていればいいと言われたしな。何より、裏切った姪《めい》っ子の処分を不問にしてもらった恩がある」

エリンツィアが一時期ゲオルグの味方についたことは有耶無耶《うやむや》にしてあるのに、堂々と認められてしまい、ハディスが遠い目になる。挑発《ちょうはつ》したモーガンも呆《あき》れ顔だ。

「本当に黙って座っていたほうがいいですよ、あなたは」

「うむ！」

「――わたくしめは」

静かに、けれどよく通る声が周囲を落ち着かせる。改まった口調で、イゴールが続けた。

「リステアード殿下《でんか》——孫に、竜帝と敵対し国を割るような三公など害悪である、レールザッツ公としての矜持《きょうじ》があるならすぐさま竜帝に馳せ参じるべきだと、説教されましてな。いやはや、大きくなったものです——クレイトスと渡り合ったこともない小童《こわっぱ》が」

イゴールが口元のしわを嘲《あざけ》りの形にゆがめ、目に力をこめて低く笑う。

モーガンのような不気味さはない。ただ、圧があった。魔力《まりょく》などではない、時代を生き抜《ぬ》いてきた者の経験値だ。彼は二十五年ほど前、クレイトス王国との和平を考えた先帝《せんてい》メルオニスに怒《いか》り、三公をとりまとめてクレイトスの王都に攻《せ》め入ったこともある。

「陛下がリステアード殿下にベイルブルグを任せたと聞き、これはいよいよと馳せ参じた次第《しだい》です。今になってと手のひらを返したとお思いですか？」

「実際、そうだろう」

「甘い」

だん、と杖《つえ》が床《ゆか》を叩《たた》いた。眼光鋭《するど》く、イゴールが嘲る。

「甘いぞ、若造。何が今を作っているのかわからないのか。お前の選択《せんたく》だ。リステアードを味方につけ、エリンツィアを許し、ヴィッセルを説《と》き伏せた。だからその先がつながったのだ。これが人脈、政治というものよ。理解できぬものをただ排除するのはたやすかろう。だが、それでは何も続かぬのだ。ひとの目を潰《つぶ》す神の威光に甘えるな」

言い分には、一理あった。頬杖《ほおづえ》を突《つ》き背もたれに深く腰《こし》かけたハディスに、イゴールが目元をゆるめる。

「差し出がましいことを申しましたな。老骨の戯《ざ》れ言と思ってお目こぼしください」

「──お前たちの言い分はわかった。僕が竜帝だとは認めているが、皇帝にふさわしいかはわからない。だから様子見していた。が、姉上や兄上たちが頭をさげてきたので、重い腰をあげてもったいぶって出てきたというわけだ。つまり今のところ、自分たちが僕の役に立ってはいない自覚はある」

ブルーノは難しい顔になり、モーガンは口角を持ち上げる。

足を組み直し、顎《あご》をあげてハディスは笑った。

「僕からの信頼とやらが欲しければ、せいぜい働け。時代に追いやられぬようにな」

「ではお答えください、竜帝陛下。ラキア山脈に広がる不作は、女神《めがみ》の仕業《しわざ》ですな」

ほとんど確信を得ているイゴールの質問に、ハディスは胡乱《うろん》に頷《うなず》く。

「だろうな。だが範囲《はんい》は今以上に広がらない。女神にそんな力はもう残っていない」

「なるほど、一安心──と言いたいところですが、不作をいち早く察したクレイトス側から、支援《しえん》の申し出がきておりましてなあ。従来の半値で食物を買わせてくださるそうで。親切な売国の申し出です。近いうちに使者もよこすとか」

「なんだと、あれはそういう意味だったのか……！　親切な申し出をまずいからのひとことで断ってしまったので、心を痛めていた」

「まず三公からノイトラール公をはずし、二公とする決議から始めませんか？」

「我々が支援を突っぱねるのは簡単です。ですが、不安からクレイトスに頼《たよ》る者は出てくるでしょう。結果、女神の慈悲を崇《あが》めクレイトスに偏《かたよ》る馬鹿《ばか》が増える。一方、女神の仕業だと訴《うった》えても支援を申し出ている相手に対し説得力がない。被害《ひがい》がまた真綿で首を絞《し》めるようないい按《あん》配《ばい》ですのう。支援を拒絶《きょぜつ》した竜帝陛下への不満だけが募《つの》る。いいゆさぶりです。このやり方、南国王の策ではありませんな。新しい女王には優秀《ゆうしゅう》な頭脳がついておられるようだ」

すらすらと推論を立てるイゴールに、モーガンが待っていましたとばかりに補足する。

「女王の頭脳はロレンス・マートンという少年です。まだ十六歳だとか。羨《うらや》ましいですね、若くて賢《かしこ》くて女王の片腕《かたうで》とは、嫉妬してしまう」

「腕相撲の強さは確かなのか」

「知りませんよ。そうそう、彼自身にはほとんど魔力はなく、もとは王太子ジェラルドを主《あるじ》としていました。綺《き》麗《れい》で優《やさ》しいお姉様もいらっしゃるそうです。姉弟仲《きょうだい》も良好。全員、いつか私が死んでも覚えておくように。調理方法が試験に出ますよ」

「いずれにせよ不作はもう起こってしまった。時間は巻き戻せませぬ。ならばせめて、これ以上竜帝陛下のご威《い》光《こう》が翳《かげ》らぬよう、早急に陛下の弱点を潰す必要がありますなぁ」

意味深な目線を向けられた。冷ややかに問い返す。

「竜妃《りゅうひ》が僕の弱点だと？　だから婚礼《こんれい》に反対するつもりか」

「おわかりになっているなら話は早い。──いやはや、こんなか弱い老人をにらまないでいただけますかな。あなたの最愛の妃《きさき》だというのに、婚礼を強行するのが本当に最善だと？　巷《ちまた》での噂《うわさ》をご存じないとはおっしゃりますまい」

煽《あお》るイゴールに、モーガンがわざとらしい批難の声をあげた。

「言い方に悪意がありますよ、レールザッツ公。十一歳、能力的に劣《おと》るのは当然です。伸《の》びしろしかないと我々が信じて差し上げればよいのです」

「まだ騎竜《きりゅう》がいないらしいな。竜妃なのに」

嫌みったらしいモーガンはともかくブルーノの指摘《してき》はなかなか痛いところをついている。

（嬢《じょう》ちゃん、強すぎて怖《こわ》がられるか勝負を挑《いど》まれるかのどっちかだもんなー）

（うるさい、お前の躾《しつけ》がなってないせいだろうが）

呑気《のんき》に構えているラーヴェの尻尾《しっぽ》をつかんで振《ふ》り回してやりたい。

ジルと竜が犬猿《けんえん》の仲というわけではない。竜の王であるローはジルにべったりだし、ライカから帝都《ていと》まで送迎《そうげい》を申し出た赤竜も現れた。しかし、ジルの竜になるのかと思いきや一騎打《いっきう》ちに挑戦《ちょうせん》して敗北し、武者修行《しゅぎょう》の旅に出てしまった。強くなって帰ってくるそうだが本当だろうか。名前の候補をたくさん考えて待っているジルはいじらしくて可愛《かわい》いのだが。

「騎竜など些末《さまつ》な問題です。竜帝の寵愛《ちょうあい》をいいことにわがまま放題、公務もできない役立たず。

幼女の姿をした魔女《まじょ》だとか、魔術《まじゅつ》を使って帝国軍《ていこく》を操《あやつ》っているだとかも、まだましな評価でしょう。私がいちばん面白《おもしろ》かったのは、食料庫を食い尽《つ》くし部屋の扉《とびら》から出られないサイズに成長されたというものです。その名も暴食竜妃、かっこいいですね」

さすがにハディスの頬《ほお》も引きつりそうになったが、一応、言い返す。

「……ラーデアとライカでの功績がある」

「ラーヴェ帝国の人口比率の分布をお渡《わた》ししましょうか」

にこやかなモーガンの言いたいことはわかる。ラーデアは竜妃領という特殊《とくしゅ》な場所であるがゆえに統治がまともに続かず、レールザッツとノイトラールの通り道としてしか機能していない田舎《いなか》だ。ライカ大公国に至っては、ラーヴェ帝国にとって属国である。そんな場所を救ったところで、ラーヴェ帝民にはよくわからないのが本音だろう。

何より、ジルはまだ一度も公《おおやけ》に帝都ラーエルムの住民たちの前に立ったことがない。ラーヴェ帝国を支える根幹である自分たちをあとまわしにして、僻地《へきち》のご機嫌《きげんと》取りをしている――そんなふうに思われてもおかしくない。

「竜妃殿下《でんか》が竜帝陛下を独《ひと》り占《じ》めしているせいで、後宮の代替《だいが》わりもできないままですな」

楽しげにイゴールが別の問題を持ち出す。モーガンがぽんと手を叩いた。

「では、陛下に何人か皇妃《こうひ》を娶《めと》っていただきましょう。竜妃殿下にご負担を強《し》いることなく解決できます」

「お前らの息のかかった娘《むすめ》でもねじこんでくる気か？　冗談《じょうだん》じゃない」

はっとモーガンが鼻白んだ。

「でしたら竜妃殿下に後宮もなんとかしてもらわねば、示しがつきません。あそこはラーヴェ帝国の暗部ですので、突《つつ》けば何が出るかわかりませんが」

「十一歳の女の子には、荷が勝ちすぎるのではないか。何より、竜妃は皇妃とは違《ちが》う。竜帝《りゅうてい》を守ることこそお役目だ」

ブルーノは善意からの発言だろうが、残りのふたりは意を得たりとばかりに大袈裟《おおげさ》に頷き合った。

「確かに、ノイトラール公のおっしゃるとおりです。竜妃は竜帝の盾《たて》。役割で考えれば、民《たみ》の評判も臣下の信も必要ありません。くだらぬ噂など放《ほう》っておきましょう、そうしましょう」

「つまり、婚礼など餞別《せんべつ》にすぎず、形式だけというわけですな。さすが竜帝陛下、この老いぼれ、考えが及《およ》んでおりませんでした。てっきり本気で竜妃殿下おひとりを寵愛されるものだと勘違《かんちが》いしておりましてな。いやはや、年甲斐《としがい》もなく青臭《あおくさ》い考えでお恥《は》ずかしい」

「――何をさせたい、ジルに」

低く、ハディスは唸《うな》るように尋《たず》ねた。挑発《ちょうはつ》にのるのは腹立たしいが、ジルの未来が三公の言うとおりになりかねないのはわかるのだ。三公がにんまりと笑い返した。

「難しいことではありませぬ。さいわい、竜妃殿下にはラキア山脈に魔法《まほう》の盾を作り、女神の不作の呪《のろ》いを退けたという有名な伝説がございます。どうでしょう。竜妃殿下に伝説の再現をお願いできませんかな」

「ラキア山脈に魔法の盾を作ってみせろとでも？」

「いえいえ、目に見えぬひそかな功績など今は役に立ちませぬ。ですが、件《くだん》の盾ができた際、初代竜妃自ら祝祭を執《と》り行われました。今でいう、竜の花冠《かかん》祭です」

竜の花冠祭は帝都で春先に行われる祭りだ。規模は大きくはないが、初代竜妃が始めたもので歴史は古く、人気もある。竜帝が竜妃を見初《みそ》めたときに花冠を贈《おく》った逸話《いつわ》を取りこみ、男性が未婚の娘に花冠を贈る習慣を根付かせたからだ。花冠を贈られた娘は竜神《りゅうじん》の加護を得て幸せになると信じられており、祭り当日には様々な花や花冠がデザインされ売られる。金になるので、竜妃がいない間も後宮にいる皇妃が代理で執り行い、続けられた。

「慣例どおりなら、一ヶ月ほど先が開催《かいさい》時期になります。いかがでしょう。竜妃殿下に今年の竜の花冠祭を主催《しゅさい》していただくというのは？」

ハディスが返事をする前にモーガンが応じた。

「レールザッツ公の提案に賛成いたします。去年は偽帝騒《ぎていさわ》ぎで開催されませんでしたし、三百年ぶりの竜妃のお披露目《ひろめ》としてもふさわしい催《もよお》しでしょう。後宮にも竜妃殿下のご威光を示すいい機会ですね。婚礼の予行演習にもなります」

「祭りということは、つまり酒だな。よし、俺も賛成だ」

「もちろん、もう一度魔法の盾を作っていただけるならそれもよし。ただし、目に見える成果をいただきたい。我々は竜神も見えぬ凡人《ぼんじん》なものでして」

喉《のど》を鳴らして笑ったあと、イゴールがハディスに視線を向ける。

「もし新たな伝説をこの目で見ること叶《かな》いましたならば、そのときこそ我ら三公、竜帝陛下竜妃殿下の手足となり、命尽きるまで忠義を尽くしましょう」

イゴールが立ち上がると、モーガンもブルーノも続けて立ち上がった。

そしてそろって膝《ひざ》を突《つ》き、頭《こうべ》を垂れる。

「どうぞ我らをお導きくださいませ、竜帝陛下」

ふてぶてしい物言いに、笑ってしまう。伊達《だて》に三公を名乗っていないらしい。

三公は竜神ラーヴェが地上におりた際、真っ先に忠誠を誓《ちか》い娘を嫁《とつ》がせた者の末裔《まつえい》だ。ラーヴェ皇族と同じ竜神ラーヴェ直系の末裔であり、違いは二代目の竜帝が輩出《はいしゅつ》されたか否《いな》かでしかない。

ラーヴェ皇帝《こうてい》にとって、まず三公を制御《せいぎょ》できるかが大きな壁《かべ》になる。直近だと二十数年前の戦いがいい例だ。先帝は、三公に勝手にクレイトスに攻《せ》めこまれ、その後は実権を奪《うば》われたと聞いている。三百年もの間、竜帝を輩出できなかった影響《えいきょう》は大きい。少なくとも先帝は、クレイトスと渡り合う資質がないと判断されたのだ。

竜帝であるハディスですらためしにかかるのも、致《いた》し方ない。ハディスはクレイトスと和平を結ぼうとしているのだから。

（ラーヴェ、どうだ。盾をもう一度作る方法はあるか？）

（難しいだろうな……俺もだいぶ力を失ってる。女神《めがみ》に竜妃《りゅうひ》たちの力が奪われても、まだあの盾が残ってたのが奇跡《きせき》だったってのに……しかも目に見えるとなると、不可能だ）

だが、人間は期待する。ハディスが竜帝だからだ。

「竜妃殿下の意向もあります。今すぐ結論が出せるものではないでしょう」

「新たな伝説か。なかなか面白い茶番だ。いいだろう、のってやる」

話を流そうとしたヴィッセルを遮《さえぎ》り、ハディスは立ち上がった。

ためされることは不快だ。だが、理にはかなっている。この身に宿った竜神ラーヴェが見えない以上、威光《いこう》を示すのは自分の役割だ。

「三百年ぶりの、竜妃による竜の花冠祭を執り行う。――せいぜい残り少ない自分の出番を見失わぬよう気をつけろ、老害ども」

見えない育て親を、決して、ないものになどしない。

睥睨《へいげい》する竜帝に、竜神の末裔を自負する者たちは満足げに笑い返した。


テーブルに広げられた手紙を見て、まず、ナターリエが言った。

「恋文《こいぶみ》ねえ、確かに……」

次に、少し頬を赤らめてフリーダがもじもじと言った。

「……ジルおねえさまはかっこいいから……いいなあ、素敵《すてき》……」

三人で囲んだテーブルのうしろから、カミラが続く。

「アタシもこういうときめき展開、わくわくしちゃう。でも、もう結婚《けっこん》するって話、公表されてなかったっけ？」

護衛として部屋の扉を守っているジークが水を向けられ、面倒《めんどう》そうに答える。

「公表はまだだ。三公と今、話つけてんじゃなかったか。色々、手順があんだろ」

ジルは無表情ですっと目を横にそらした。

「準備は始まってるんですけどね、一応……刺繍《ししゅう》とか刺繍とか刺繍とか……」

最後に、部屋の主であるルティーヤが叫《さけ》んだ。

「なんで僕の部屋でやるんだよ、こういう話をさぁ！」

「すまない、ルティーヤ。ローがお昼寝《ひるね》してる時間、皆《みな》で集まって不自然じゃない場所となると、ここしか思いつかなくて」

今、ジルの部屋でぬいぐるみのハディスぐまを枕《まくら》にして軍鶏《ぐんけい》のソテーと一緒《いっしょ》に眠《ねむ》っている黒竜《こくりゅう》は、金のおめめがくりくりしたお尻《しり》の大きな飛べない幼竜だが、竜の王である。竜神ラーヴェや竜帝ハディスと、言葉も交《か》わさず意思疎通《いしそつう》ができるのだ。つまりローに話を聞かれると、ハディスに筒抜《つつぬ》けになりかねない。

「わかるだろう、陛下にばれたらどんなに面倒になるか……！」

「そ、そりゃまあ、わかるけど……でもよりによって僕の部屋じゃなくたってさ……」

「ジルが恋文もらったのが気に入らないだけでしょ、口だけは達者なんだから」

真っ赤になったルティーヤが、ナターリエをにらむ。ナターリエは取ってつけたように口元を両手で覆《おお》ってみせた。

「あらごめんなさい、口がすべっちゃった。でも、新しくきた弟だけ仲間はずれなんて可哀想《かわいそう》じゃない？　気遣《きづか》いに感謝してほしいわ」

「余計なお世話だ、さっさと出てけナターリエ！」

「お姉様って呼びなさいよ、ガキ！」

「うるせー誰《だれ》が呼ぶかブス！」

「なんですって⁉」

ばちばちと火花を散らすナターリエとルティーヤは、もう立派な姉弟《きょうだい》に見える。

帝城の奥にあるラーヴェ皇族――ハディスのきょうだいたちが住む宮殿《きゅうでん》も、ずいぶん賑《にぎ》やかになってきた。ナターリエとフリーダが住む宮殿にルティーヤが部屋をもらってからは、皆で集まる機会も増えた。

最初、装飾《そうしょく》の細かい家具や広い部屋に居心地《いごこち》悪そうにしていたルティーヤも、ナターリエとフリーダが何かと押しかけてくるものだから、だんだん慣れてきたようだ。もともとルティーヤはあまり物を持たないタイプらしい。埋《う》めるものがないと困惑《こんわく》していた棚《たな》の一部にはナターリエが持ちこんだ茶器が、殺風景だった窓際《まどぎわ》やソファにもフリーダが用意した花や香《かお》り袋《ぶくろ》入りのクッションが飾《かざ》られて、少しずつ生活感がにじみ始めている。

「ちょっとルティーヤ、ここに置いておいた焼き菓子《がし》消えてるんだけど。まさか食べた⁉　信じられない、最低」

「僕の部屋にあるもの食べて何が悪いんだよ、食べられたくなきゃ持ってくんな」

「皇妹様は監視《かんし》が厳しいのよ、あれも駄目《だめ》これも駄目って！　ここに隠《かく》しておけば侍女《じじょ》に見つからないって思ったのに……！」

「ルティーヤおにいさま……フリーダの飴《あめ》も、食べてもいいよ……？」

「じゃあそこにあるクッキー缶《かん》あけていいぞ、交換《こうかん》な」

「ちょっとなんでフリーダと露骨《ろこつ》に扱《あつか》いが違《ちが》うのよ！」

「日頃《ひごろ》の行いだろ。って、ジル先生……」

え、とジルが声をあげたときには皆の注目が集まっていた。

仲がいいなあと見守っている間、手持ち無沙汰《ぶさた》なのでもぐもぐ食べていたクッキーの山がいつの間にかなくなっている。そして皿の横には、蓋《ふた》のあいたクッキー缶が鎮座《ちんざ》していた。

「ごめん、ルティーヤのだったのか⁉　皿に出されてたし、すごくおいしくてつい……！」

おろおろするジルに、ルティーヤは雑に手を振《ふ》った。

「いいよ、別に。皿に出した時点でわかってたし……またノインに頼《たの》めば手に入るし」

「ノイン？　お前、ノインに会ってるのか？」

ルティーヤが露骨にしまったという顔をした。

ノインは今、帝都《ていと》の士官学校に一時的に留学しているルティーヤの同郷者であり、同級生である。ルティーヤは否定するだろうが、よき好敵手であり友達だ。しかし、ラーヴェ皇族でありライカ大公国への人質《ひとじち》でもあるルティーヤは、帝城を出るにも許可が必要な立場だ。護衛をつけたり、わりあい大仰《おおぎょう》な話になるのでジルの耳にも入るはずである。

ちらとカミラとジークを見ると、首を横に振られた。ふたりの耳にも入っていないということはすなわち——抜《ぬ》け出したのだろう。

ルティーヤはすさまじい問題児だった。大人たちを出し抜くのは得意である。元教官のジルとしても、帝城の監視ごときうまくまけて当然、という気持ちもある。

ばつが悪そうに唇《くちびる》を引き結ぶルティーヤの頭に、手を伸《の》ばした。

「内緒《ないしょ》にしといてやる。フリーダ殿下《でんか》も、ナターリエ殿下も秘密にしてくださいね」

フリーダは目を輝《かがや》かせてこくこく頷《うなず》いているし、ナターリエは興味なげだ。竜妃の騎士《きし》であるジークとカミラはジルの命令と受け取るだろう。

わしゃわしゃと頭をなでるジルに、ルティーヤがふてくされたように目線をあげる。

「……いいの？」

「もちろん。わたしの生徒なら朝飯前だろう。でも、ちゃんと駄目なラインは見極《みきわ》めろよ。危ない真似《まね》もするな。──わたしが言えた義理じゃないけどな」

ぴん、と人差し指で額を弾《はじ》いて笑う。ルティーヤは赤くなった頬《ほお》を膨《ふく》らませたあと、突然《とつぜん》身を乗り出した。

「なら……ならさ、先生も、一緒にどう？」

「わたし？」

「ノインも、帝都にきた他《ほか》の奴《やつ》らも、会いたがってるし！　僕、案内するよ。だから一緒に」

「なら陛下も一緒に見に行くか！」

へ、と空気が抜けたような声をルティーヤが返す。ジルは笑った。

「買い出しに抜け出すときにでもどうだ？　あ、内緒だぞ？　わたしと陛下がよく抜け出してるって。ヴィッセル殿下がうるさいから」

「あ……うん……」

「お前もゆっくり陛下と話すいい機会──思い出した、手紙！」

はっとジルは我に返る。将来の義弟《おとうと》の成長にほっこりしている場合ではなかった。

「ルティーヤ、どうしたらいいと思──」

「知るか」

反射よろしく冷たく切り捨てられ、ジルはぽかんとする。何かまずいことを言ったのだろうか。だがルティーヤは遠い窓際のソファに顔を背《そむ》けて座ってしまった。

新しいお菓子を取り出しテーブルでくつろいでいたナターリエが、ふっと笑う。

「励《はげ》ましてあげましょうか？」

「うっせーな、お前は自分の心配でもしてて――！」

怒鳴《どな》り返そうとしたルティーヤの口に、いつの間にか近寄ったフリーダがぽいと飴を放《ほう》りこんだ。

「ルティーヤおにいさま、おいしい？」

目を白黒させたあと、ルティーヤがふてくされたように頷く。にっこり笑ったフリーダは、取って返してきて、ジルにも飴を差し出してくれた。あーん、と言われたので、口をあけて放りこんでもらう。どうも、仲裁《ちゅうさい》らしい。

肩《かた》をすくめたナターリエが、ジルの前にお茶の入ったカップを置いてくれた。

「で、差出人の正体は？」

「いえ、全然わからなくて……拾ったあと周囲を見て回りましたが、誰もいませんでした」

「中、読んでも、いい……？」

フリーダが手を伸ばそうとすると、さっとナターリエが手紙を取りあげてしまった。

「文章も綴《つづ》りも完璧《かんぺき》、ちょっと古くさい言い回しだけど……文字も綺麗《きれい》ね。上流階級の人間が書いたもので間違《まちが》いなさそう。ただ女の人の筆跡《ひっせき》にも見えるわよね……」

「封筒《ふうとう》からいい匂《にお》いがしたので、女性が関《かか》わってるのかもしれません」

「竜帝《りゅうてい》陛下のご寵愛《ちょうあい》を一身に受ける竜妃《りゅうひ》様への嫌《いや》がらせかしら」

ふふっとなぜか楽しそうにカミラは笑う。ジルは首を横に振った。

「本気のときもあるので、即断《そくだん》はできません」

「ジルちゃん冷静ね……ひょっとして同性から告白されたことある？」

「ありますよ」

軍神令嬢《れいじょう》だった時代に。あっさり頷いたジルになぜか男性陣《じん》のほうが絶句する。ルティーヤは頭を抱《かか》えていた。

「嘘《うそ》だろ、女もかよ……」

「何動揺《どうよう》してんのよ、ルティーヤ。ジルならありそうでしょ。中身、読み上げてもいい？」

こくりとジルは頷く。ナターリエが手紙を持ち直した。

「──愛《いと》しの竜妃殿下。私は今、あなたとの恋《こい》に溺《おぼ》れ道を見失っています。どうか助けてください、この苦しみから。竜葬《りゅうそう》の花畑で、いつまでも待っています──」

「うわ、キモ……」

なかなか詩的な文だと思うのだが、ルティーヤの評価は辛《から》めだ。

改めて文章を耳から聞いて、ジルは周囲を見回す。

「わたし、竜葬の花畑に行こうと思うんで――」

「駄目に決まってるだろ！」

打てば響《ひび》く速度で反対したのはルティーヤだ。だがあまりに強く言いすぎたのを恥《は》じてか、目を丸くしたジルを見て慌《あわ》てて手を横に振る。

「あ、相手もわかんないし、そりゃジル先生は強いけど、あぶないだろ。だいたい、返事なんて決まって……るんだろ、どうせ……」

「そうそう、そうよねえ！」

声をすぼませるルティーヤのそばまでわざわざ近寄って肩を抱《だ》き、なぜかカミラが明るく付け足す。

「こういうときこそ竜妃の騎士であるアタシたちの出番よ、ねえ熊男《くまおとこ》」

「ま、わざわざ行くこともないだろ。お断りだって伝言しといてやる」

考えこむジルに、ルティーヤに突《つ》き飛ばされたカミラが苦笑い気味に告げる。

「あのねジルちゃん。相手を知りたいとかちょっとときめいちゃうのも、誠実に対応したい気持ちもわかるわよ？　でも駄目よ、ジルちゃんは竜妃なんだから毅然《きぜん》と」

「いや別にときめきも誠実もどうでもいいんだが」

「どうでもいいの!?」

「だって、陛下の敵だろう。早めに片づけておきたい」

端的《たんてき》な結論に、全員が固まった。何かおかしなことを言ったかと、ジルは確認《かくにん》する。

「クレイトスの動きがあやしい今、竜妃のわたしを陛下から遠ざけようとするなんて、本音はどうであれ敵だ。男だろうが女だろうが結論は変わらない。女性なら余計に警戒《けいかい》が必要だ。女神《め》神《がみ》は十四歳以上の女性に取り憑《つ》けるし」

女神を阻《はば》むため竜妃が張った結界、ラキア山脈の魔《ま》法《ほう》の盾《たて》はなくなった。女王即位《そくい》が本当なら今は器《うつわ》のほうが忙《いそが》しいだろうし、愛の女神は矜持《きょうじ》にかけてまずジルに真っ向勝負を挑《いど》んでくると考えているが、所詮《しょせん》、勘《かん》にすぎない。

なりふりかまわずやってくる可能性は、常に頭の隅《すみ》に置いておくべきだ。

ルティーヤの横に陣取《じんど》ったカミラも、足を組んで考えこんでいる。

「……そう、ね……本人にそんなつもりはなくても、確かに」

「じゃあまず、花畑にでも張りこんで差出人の正体を暴《あば》くか？」

「駄目《だめ》よ」

すっとナターリエが、手紙をテーブルに戻《もど》した。

「私も、この恋文《こいぶみ》は罠《わな》だと思うわ。理由はたくさんある。まず文章がおかしいでしょ」

「え、文章……ですか？」

「ジル先生とつきあってる前提の書き方になってるからだろ」

そっぽを向いたまま、ルティーヤが口を挟《はさ》んだ。そう、とナターリエは相づちを返す。

「他にもある。場所。竜葬の花畑よ」

「それ聞きたかったんです。どこなんですか？　カミラたちは知らないって言うし」

「後宮の、竜妃の宮殿《きゅうでん》にある花畑のことよ。三百年も放置されてて荒《あ》れ放題《ほうだい》のね。そのうえ、別の意味もある。――不倫《ふりん》するときの、逢《あ》い引き場所の隠語《いんご》」

咄嗟《とっさ》の反応に困った。ルティーヤは露骨《ろこつ》に顔をしかめている。フリーダに聞かせていいのかと思ったが、ナターリエは平然としていた。

「竜を葬《ほうむ》る、つまり理《ことわり》が亡《な》くなった場所って意味からきた比喩《ひゆ》みたい。元々は竜妃が一緒《いっしょ》に戦った竜を弔《とむら》ってた花畑だって話だけど、今は管理されてなくて荒れ放題だから、密会の場所とかに使われるようになって、そっちでの意味のほうが有名になっちゃったの」

「……年中、白いお花が咲《さ》く、お花畑……綺麗、なのに……」

今は後宮から住まいを移しているナターリエとフリーダだが、幼い頃《ころ》は皇妃《こうひ》の母親と一緒に後宮に住んでいた。だから知っているのだろう。

「誰《だれ》がくるにせよ、婚約《こんやく》者のいる人間が竜葬の花畑に行くこと自体まずいわ。後宮は出入りできる人間も限られてるしね。まず基本的に男子禁制、事前許可が必要なの」

「ジークとカミラが入れないってことですね。わたしひとりでも大丈夫《だいじょうぶ》ですよ」

「だからそう簡単な話じゃないの。後宮なのよ。理由や手続きだってちゃんと準備しないと、どうつけこまれるか」

「でもわたしは竜妃ですし、入るくらい――」

「……ひとが、誰か、死んじゃう、と思う」

思いがけないフリーダの言葉に、ぎょっとして固まる。フリーダは指をひとつひとつ折りながら続けた。

「……ジルおねえさまが、花畑に行く。後宮に入れる男の人と、会う……次の日には、浮気《うわき》したことになって……」

「そんなもん、花畑にきた相手をつかまえれば噂《うわさ》にもならんだろう」

ジークの乱雑な言葉に、ナターリエはあっけらかんと答える。

「いつの間にか死体になってるわよ、そいつ。なんなら竜妃との不倫を告白して自殺するかもね。で、自分の地位を守るためなら平気でひとを殺す竜妃様のできあがりよ」

「こっわ……」

ルティーヤのつぶやきと一緒にジルもぶるっと身震《みぶる》いする。

「ハディス兄様はジルを信じるだろうけど、外聞は確実に悪くなる。そうすると民《たみ》から人望を集められる貞淑《ていしゅく》な妃《きさき》が必要になる……王道の狙《ねら》いならそんなところかしら」

「他《ほか》の狙いもあるんですか!? い、いきなり動きが活発になりましたね、後宮……」

「そりゃ動くわよ。今、三公が帝都《ていと》にきてるでしょう？　三公はハディス兄様を本格的に皇帝《こうてい》としてたてるつもりなのよ。でも今の後宮にいるのは先帝の妃たち。ハディス兄様やあなたに味方しても利はないわ。ハディス兄様に取り立てられてるリステアード兄様のお母様――第八皇妃くらいね、利があると判断して味方になってくれそうなのは」

リステアードの母親ということは、フリーダの母親でもある。ちらと見るとフリーダは頷《うなず》き返した。

「お母さまは……たぶん、だいじょうぶ……厳しいけど……」

「とにかく味方にはできなくても、後宮を敵に回さない方がいいわ」

「ず、ずいぶん慎重《しんちょう》ですね……」

敵に回したいわけではないが、警戒が今ひとつぴんとこない。ナターリエは思いあぐねた様子で、口を開いた。

「……実は、後宮にはお父様がいるのよ」

「ナターリエ殿下《でんか》のお父様……って、先帝ですか⁉」

初めて聞く話だ。ナターリエは重々しく頷く。

「そう。譲位《じょうい》後は体調を崩《くず》しがちで……三公で預かる話もあったみたいだけど、政情が政情だったでしょ。ヴィッセル兄様がちょうどいいって、皇妃たちと一緒に後宮に押しこんだの。後宮なら夢見る介護《かいご》役が山ほどいるしね」

「夢見るって……？」

「もう一度皇帝に返り咲《ざ》く夢だろ、馬鹿馬鹿《ばかばか》しい」

素っ気なく言うルティーヤにとっても、先帝は実父だ。だが、赤ん坊《ぼう》の頃に母親と一緒にライカに渡《わた》ったルティーヤには、他人と変わらないのだろう。

「でも、先帝って、自分から譲位したんですよね……？」

「そうよ。今も後宮から出てこないし、後宮のどこにいるかもわからない。私も何年もずっと会ってないわ。会えるのは第一皇妃だけみたい。偽帝騒《ぎていさわ》ぎのときも気配すら感じなかった。三公とも仲が悪くて大した権力もない。――でも、先帝なのよ」

父親への憐憫《れんびん》なのか、少し間をあけてナターリエは胸に手を当てた。

「……ひとつ、これは自戒《じかい》もこめて思ってるんだけど。皇族ってね、自分ではなかなかやめられないのよ。当然よね。こんないいドレスを着ていい暮らしをさせてもらえるのは、国が滅《ほろ》びるときに責任を取るためだもの。――竜帝《りゅうてい》ともなれば、もっとそう」

自分の格好を上から下まで見下ろし、ナターリエは苦笑《くしょう》する。

「民はいざとなれば逃《に》げられるし、なんなら主君を乗り替《か》えられる。もちろん簡単なことじゃないわ。でも竜帝が駄目だと思えば捨てて、女王に服従する道はある」

それぞれの苦労があるが、ナターリエの言わんとすることはジルにもわかった。

「陛下は、味方がたくさんいないと詰《つ》むってことですね」

「そう。ハディス兄様は竜帝をやめられない。兄様は白黒の陣地《じんち》取りのゲーム盤《ばん》で、最後までたったひとり、絶対に色が変われないひとなのよ」

ナターリエは手紙をテーブルに置いた。

「竜葬《りゅうそう》の花畑にこいっていうのは、後宮からの挑発《ちょうはつ》かもしれない。情報が出そろうまで打って出ないほうがいいと思うわ。どうしてもって言うなら、私かフリーダか……スフィア様と一緒に行動して。彼女、ハディス兄様のお茶友達として生き残っただけあるから、頼《たよ》れるひとよ。ね、フリーダ」

片眉《かたまゆ》を少しあげて沈黙《ちんもく》したフリーダが、わざわざ椅子《いす》に座り、お茶を飲み、カップを置いてから、静かにつぶやく。

「……私の家庭教師として紹介《しょうかい》するなら、問題ないです。お母様にも取り次げます」

冷たくも聞こえる感情を押し殺した声音《こわね》だ。カミラが耳打ちしてきた。

「フリーダ殿下って、スフィアちゃんにだけやたら厳しくない？」

「とにかく男を後宮に突撃《とつげき》させるのだけはやめなさい」

きっぱり言い切ったナターリエに、カミラが両手をあげておどけた。

「わお、アタシたちの存在全否定」

「名誉《めいよ》の腹上死で竜妃《りゅうひ》殿下の足を引っ張りたいなら止めないけど？」

脅《おど》しにしては具体的な死に方に、降参したようにカミラが肩《かた》をすくめて同意を示す。ジークも神妙《しんみょう》な顔で首肯《しゅこう》した。

ジルも深呼吸して、手紙を封筒に入れ直し、カミラに差し出した。

「持っていてくれ。陛下に見つかると厄介《やっかい》だ」

「まかせて。もし、今後も届くようなら回収しとくから」

人差し指と中指ではさんで、カミラが片眼《かため》をつぶる。ジークが両腕《りょううで》を組んだ。

「見つかったら、隊長にはまだ渡してないって言っときゃ誤魔化《ごまか》せるだろ」

「あら熊男にしてはいい案ね。じゃあ方針は決まり――」

「ジル！」

「「「わ――――――――!!」」」

前触《まえぶ》れなく扉《とびら》を全開にして現れたハディスの姿に、ジルたちはそろって大声をあげた。

焦《あせ》ったカミラが落とした手紙をジークがすばやく握《にぎ》りしめ、懐《ふところ》にねじこむ。ナターリエは意味もなくジルの前に立ち、フリーダはテーブルに紅茶を零《こぼ》してわたわたしている。

ルティーヤだけが冷静に、ハディスにクッションを投げつけた。

「ノックもせず僕の部屋入ってくんな、馬鹿《ばか》兄貴！」

「そそそうですよ陛下、へい――か？」

他に目もくれずまっすぐやってきたと思ったら、ハディスは椅子に座るジルの足元に両膝《りょうひざ》を突《つ》いて、無言で抱《だ》きついてきた。

「駆《か》け落ちしよう、今すぐ」

「へっ」

「僕のこと好きなら、駆け落ちして！」

顔をあげたと思ったら、潤《うる》んだ目で訴《うった》えられた。ああ、と緊張《きんちょう》が解ける。これは手紙には気づいていない。

「何か嫌《いや》なことがあったんですね。でも陛下、逃げてばっかりじゃ解決しませんよ」

「正論なんかどうでもいいよ、大事なのは君が僕のこと好きか好きじゃないかだよ！」

「はいはい、好きですよ」

「言い方軽っ！　もっと！　ちゃんと気持ちをこめて言って！」

「だから好きですって、しつこいな毎回」

「面倒《めんどう》な気持ちをこめないで！」

ジルの膝に顔をうずめて、さめざめと嘆《なげ》き出す。さらさらの黒髪《くろかみ》に指先をからめて頭をなでてやりながら、ジルは尋《たず》ねた。

「何があったんですか？　言ってくれなきゃわかりませんよ、陛下」

「おや竜妃殿下、そんなところに」

ハディスが開けっぱなしにしている扉からもうひとり、入ってきた。

「皆《みな》もそろっているとは、話が早くて結構。喜べ。全員、仕事だ」

ジルから離《はな》れないハディスよりも指導者然としてヴィッセルが告げる。

「祭りを開催《かいさい》することになった。今から一ヶ月後だ」

「祭り？　婚礼《こんれい》の準備してるのにそんな時間ある？」

フリーダと一緒《いっしょ》にテーブルの零《こぼ》れを片づけていたナターリエが手を止めた。

「婚礼の予行演習だそうだ。三公の配慮《はいりょ》に涙《なみだ》が出そうだよ、私は。これがうまくいけば喜んで婚礼も協力してくれるそうだ」

笑顔《えがお》なのにヴィッセルの目には光がない。これは怒《おこ》っているやつだ。しかし、ハディスがむくれている原因はわかった。婚礼に難癖《なんくせ》をつけられたのだろう。

（まあ、この状況《じょうきょう》ですんなりいくわけがないと思ってたが……）

クレイトスの女王即位《そくい》、未遂《みすい》に終わったとはいえライカでも暴動が起きかけた。婚礼どころではない、と言われてもおかしくない。

「よくわかりませんけど、お祭りを成功させれば結婚していいって話ですか」

「そうだ。だから今回の祭りは、竜妃《りゅうひ》のお披露目《ひろめ》を兼《か》ねている」

「わたしですか⁉」

ぎゅっとハディスがジルに抱きつく力を強めた。苦々しくヴィッセルが吐《は》き捨てる。

「今回の奴《やつ》らの狙《ねら》いはあなたですよ、竜妃殿下。いいところに目をつけてきたさすが老害、ラキア山脈の魔《ま》法《ほう》の盾《たて》を作れと要求されなかっただけましだが、忌々《いまいま》しい。こんな無能な竜妃に祭りの采配《さいはい》などできるか！」

「しっ失礼ですね！　やってみなきゃわからないじゃないですか！」

「やらなくてもわかる！　明白だ！　できるわけがな――」

「やるしかないでしょう、陛下の妻なんですから」

ぴくり、とハディスの頭が動いた。ゆっくり頭をなでて、言い聞かせる。

「だから頑張《がんば》りましょう、陛下。駆け落ちはそのあとでも遅《おそ》くないです。ね？」

味方を増やす重要性を説かれたばかりだ。

観念したのか、ハディスが顔をあげた。ジルの膝の上に顎《あご》をのせるというかなりみっともない格好だが、声色《こわいろ》は冷静だ。

「……竜の花冠《かかん》祭を、君にやってほしいんだ。元は初代竜妃が始めたお祭り」

クレイトス王国では、十四歳の少女に大人の証《あかし》として花冠を贈《おく》る風習がある。それと似たようなものだろうか。クレイトス王国とラーヴェ帝国《ていこく》は建国時の因縁《いんねん》からか、似て非なるところが多くある。

「楽しそうですね。具体的に何をするんですか？」

「花冠をデザインして売ったり、演劇みたいな儀式《ぎしき》をしたり。昔の竜妃は竜の花でできた花冠を作って配ったから……あ、竜の花っていうのは、竜葬の花畑ってところで咲《さ》く花」

身じろぎはどうにか堪《こら》えた。騎士《きし》らしく背筋を伸《の》ばして壁際《かべぎわ》に立ったジークとカミラも、不自然に目が泳いだ気がするが、ハディスは背を向けているので気づいていない。

「後宮の協力もいる。今まで祭りを取り仕切ってたのはあそこだし、竜葬の花畑も後宮にあるんだよね。入るのも一苦労なのに、協力まで仰《あお》ぐなんてほんと面倒……」

ジルはできるだけそうっと、視線だけをナターリエに動かす。フリーダと一緒に固唾《かたず》を呑《の》んでこちらを見ていたナターリエは、ゆっくり首を横に振《ふ》った。

「へ、へえー……そうなん、ですね」

目をそらしながら答えたら、ひょいっとジルを抱《かか》えてハディスが立ち上がった。

「今、棒読みだったよね？　間もおかしくなかった？」

「そんなことはありませんよ！　ぜんぜん！　まったく！」

「……」

「な、なんですか。わたしが隠《かく》し事してるって言うんですか！　そんなわけないでしょう、よしんば隠し事をしていたとしても……それはっ大好きな陛下のためです！」

「だっ大好きな僕のため……!?」

大きく金色の目を見開いたあと、ハディスが頰《ほお》を桃色《ももいろ》に染め、もじもじし始めた。

「そ、そっか。なら、しょうがないよね……！」

「そ、そうですよ！」

よし誤魔化せた。勢いで話を流してしまえと、拳《こぶし》を振り上げる。

「わかりました、お祭りをすればいいんですね！　わたしにどーんとおまかせください！　露《ろ》店《てん》の料理は全部食べ尽《つ》くしてやります！」

「駄目《だめ》だよ君の評判がもっとひどくなっちゃう！」

「評判？」

あ、とハディスが口をふさぐ。視線はあからさまに泳いでいた。もちろん、見逃《みのが》したりなどしない。ジルは夫のように「君のため」なんて薄《うす》っぺらい言葉で簡単に誤魔化されたりはしないのだ。

何より、お菓子《かし》を持っていないハディスに勝ち目などない。


「ジ、ジル。大丈夫《だいじょうぶ》？　まだ落ちこんでる？　僕、かわろうか？」

ぶんぶんと首を横に振った。ハディスは不安そうに、踏み台の上に乗っている台所のジルをちらちら見ては戻《もど》るを繰《く》り返している。だが、ジルとしては譲《ゆず》るわけにはいかない。

火にかけていた鍋《なべ》からカップへと、ホットミルクを注いで、盆《ぼん》にのせる。

夜になると、ハディスの自室でホットミルクを飲みながら一日の終わりをすごす。ジルがホットミルクを作れるようになってからできた最近の習慣で、この時間はラーヴェも遠慮《えんりょ》してふたりきりにしてくれる。ジルにとっては『奥さんっぽい』大事な仕事だ。

ちょっと帝都《ていと》での評判が悪いからといって、投げ出すなんてしたくない。ジルはハディスの妻である。竜帝《りゅうてい》の妻である。

たとえ暴食竜妃とか言われていてもだ。

「はい、陛下……できましたよ……」

「う、うん、ありがとう……こ、こっち座って？　ね」

暖炉《だんろ》の前に敷《し》かれた毛の長い絨毯《じゅうたん》の上を、ハディスがぽんぽんと叩《たた》く。ジルは黙《だま》って腰《こし》をおろした。

「え、ええと……僕は君が好きだし、可愛《かわい》いと思ってるからね。君がおいしく僕の料理を食べてくれてるだけで幸せだよ。だから気にしないで」

「……知らなかったです。そんな変な噂《うわさ》が立ってるなんて、わたし――」

ハディスが息を凝《こ》らして見守っている。ジルはぎゅっとカップを両手で握《にぎ》り締《し》めた。

「こんなことなら、食料庫がからっぽになるまで食べておけばよかった……！」

「そ、そっちかぁ……」

「そうですよ！　わたしはまだ、帝城《ていじょう》のごはん食べ尽くしたことないです！」

「そこはずっとまだでいてほしいなあ……って、にが！　ジ、ジル。はちみつじゃなくシナモンが大量に入ってる」

「……陛下のお嫁《よめ》さんだから、色々、我慢《がまん》してたのに」

年齢《ねんれい》といいクレイトス出身という立場といい、ハディスの足枷《あしかせ》になる要素だらけなのは自覚している。社交だの礼儀《れいぎ》作法だの淑女《しゅくじょ》らしいことは平均ぎりぎり、もしくは以下だ。自慢《じまん》できるのは魔力《まりょく》の高さと腕《うで》っ節《ぷし》の強さくらい。一般的《いっぱん》な『お妃様《きさき》らしさ』とは真逆である。

だから、帝都では表立った行動は控《ひか》えていたのに、まさか仇《あだ》になるとは。

婚礼を強行すれば、確実にハディスの足を引っ張る。反対した三公は、ハディスの外聞をきちんと考えていると思う。ヴィッセルが祭りの開催《かいさい》を強く突《つ》っぱねなかったのは、正論でもあったからだろう。

しかし、どうしたものか。何度目かの溜《た》め息を落とすと、つんと頬を突《つつ》かれた。

「なんですか」

「誰《だれ》がなんと言おうが君は世界一素敵《すてき》な、僕のお嫁さんだよ」

暖炉の柔《やわ》らかい炎《ほのお》にとかされた甘い微笑《びしょう》に、吸い寄せられそうになった。だがすぐ、はあっと今度は大袈裟《おおげさ》に息を吐き出し、そっぽを向く。

「陛下だけがそう言っててもしかたないんですよ……」

「反応、冷たすぎない!?」

「言われなくたってわたしは負けませんよ。見返してやりますから」

這《は》って少し移動し、背後にある猫脚《ねこあし》の低い小卓《しょうたく》にカップを置く。かわりに後宮の見取図を取って戻り、暖炉の前の床《ゆか》に広げた。一連の行動を見守っていたハディスが訝《いぶか》しむ。

「なんで見取図……?」

「必要でしょう。後宮って、全体が壁《かべ》で囲われてきっちり仕切られてるんですね。出入り口は正門、裏口から出入りできる裏門、衛士《えじ》の見張りつきか……」

「待ってジル、なんでそんなこと調べてるの？　まさか攻《せ》めこむ気⁉」

「どこに何があるか確認《かくにん》してるだけですよ。わたしなら壁、壊《こわ》せますし」

「あ、そうだよね。君ならひとりで制圧でき……え、安心していいところ？」

「あと、ここからも専用通路でつながってるんですね」

皇族にとって住居部分にあたる宮廷《きゅうてい》は、帝城の奥にまとめられている。いちばん手前、中央部分に普段《ふだん》ジルとハディスが住まう宮殿《きゅうでん》が、北西にラーヴェ皇族――今はハディスのきょうだいたちが住まう宮殿が、北東に皇妃《こうひ》の住む後宮が、専用通路で結ばれ逆三角形になる配置だ。

ひょいっとジルの肩《かた》からハディスが顔を出した。

「皇帝《こうてい》が通る通路は必要だからね」

「……通ったことあるんですか」

「ないよ。先帝の後宮だよ？　行く理由が僕にないでしょ」

そうかもしれないが、あっさりしているのがあやしいような、そうでもないような。半眼になったジルをハディスがひょいと抱《だ》き上げ、膝《ひざ》の上で後ろ向きに抱えた。

「竜妃殿下《りゅうひでんか》、後宮攻略《こうりゃく》作戦はいかがされますか？」

「えっと――情報漏洩《ろうえい》をふせぐため、内緒《ないしょ》です！」

手紙のことがちらと脳裏《のうり》をよぎったので、そう言っておく。誰の仲介で後宮に入るかなどは、既《すで》に打ち合わせ済みだ。

「えー僕にも内緒？　心配になっちゃう」

「わたしより陛下ですよ。三公につけこまれちゃ駄目ですからね？　ちゃんとかっこいい皇帝やってくださいよ。わたしが仕事してる間、また勝手にすねるのもなしですよ！」

「はーい」

返事が今ひとつ信用できない。半信半疑のジルの横髪《がみ》を、ハディスが指でつまむ。

「でも気をつけてね、ジル」

「こっちの台詞《せりふ》です。……後宮には、陛下のお父さんがいるって聞きました」

「ああ……でも、何もできないと思うよ。でなきゃ抵抗《ていこう》ひとつせず床に頭をこすりつけて、僕に命乞《いのちご》いなんかしない」

父親を語る声は平坦《へいたん》だ。なんの感情もないように聞こえる。

実際、竜神《りゅうじん》ラーヴェに育てられたというハディスにとって、父親というのは先帝ではないのだろう。それどころか血のつながりもないと既にわかっている。

でもこのひとは家族との絆《きずな》を望んで、辺境の地から帝都に戻ったのだ。

これ以上、傷つけたくはなかった。

「でも、油断しすぎもよくないかな。三公なんかは警戒《けいかい》してるみたい。知ってる？　二十五年前くらいにクレイトスと戦争があったの。あれは先帝が秘密裏《ひみつり》にクレイトスと――」

「陛下」

静かなジルの声色《こわいろ》にハディスが口を閉《と》ざした。ジルはちょうどおなかのあたりにあるハディスの手をそっと両手で包みこむ。

「わたしが守りますからね。離《はな》れちゃだめですよ」

しばしの静寂《せいじゃく》ののち、ハディスがばっと離れた。すかさずジルは、ハディスが落としたカップを受け止める。離れるなと言ったそばからこれだ。

「……ま、また君は、そういうこと、平気で言う……！」

革張《かわば》りのソファまで逃《に》げたハディスが、座面に顔を突っ伏《ぷ》して悶《もだ》えている。かたわらにある猫脚の小卓にカップを並べ置き、ジルは仁王立《におうだ》ちした。

「陛下はちっとも慣れませんね……やっぱり結婚《けっこん》式のキスの練習、しときましょう」

「えっ」

「さあ！」

勢いよくソファに両手を突き、ハディスを腕の中に閉じこめた――と思ったら、ハディスが横にずれて逃げた。確実に今、とらえたと思ったのに、驚《おどろ》くべき俊敏《しゅんびん》さだ。

「……」

人差し指の先をつんつん合わせながら、ハディスがつぶやく。

「い、今はラーヴェもいないし……ま、まだ僕らには早いんじゃないかなあって」

もう一度同じ動きをしたら、今度は逆側によけられた。かすかに残像を捉《とら》えたジルは先を読み、阻《はば》もうと試みる。が、ハディスはソファの座面に手を突き、側転の要領でジルの腕を跳《と》び越《こ》え、ソファに座った。

本気になるとこんなに素早《すばや》いのか、この男。ふつふつと別の苛立《いらだ》ちがわいてくる。

「……わかりました」

大人三人くらいゆうに座れるソファだ。ハディスの横に、静かに腰をおろした。

「わかってくれた？」

「ソファから先に離れたほうが負け、勝ったほうの言うことを聞く。そうしましょう！」

「なんでいきなりそうなるの!?」

全身のばねを使ってハディスに飛びかかった瞬間《しゅんかん》、ひょいとよけられて腕に抱《かか》えられた。

ハディスはジルをつかまえたままで立ち上がってしまう。

「はい、ふたり一緒《いっしょ》に離れたから引き分け。君はもう部屋に戻《もど》って寝《ね》る時間だよ」

「……屁理屈《へりくつ》です！　わたしはまだ寝ませんよ！」

「えぇ～……でも明日《あした》から君、忙《いそが》しいでしょ。後宮に挨拶《あいさつ》行ったり、色々」

「だからですよ！　確認しなきゃいけないことたくさんあるんですから！　作戦だってまだまだいっぱい立てます」

拳《こぶし》を振《ふ》り上げて奮起するジルを、ハディスが向かい合わせに抱え直した。

「ちゃんと休むのも大切だよ」

「わたし、三日徹夜《てつや》しても後宮の警備に勝てる自信あります！」

「やっぱり後宮に攻めこもうとしてない……？　協力してもらうんだよ、竜《りゅう》の花冠《かかん》祭に」

「もちろんわかってます！　わたし、すごく嬉《うれ》しいんですから。だって初めてなんですよ、竜《りゅう》妃《ひ》のお仕事！」

竜の花冠祭は、まごうことなく、公的な竜妃の仕事だ。

手放しで喜んでいい状況《じょうきょう》ではないのはわかっている。けれど、竜帝《りゅうてい》として先に階段を上っているハディスの背中がやっと見えた気がするのだ。

「色々言われてるみたいですが、これを成功させたら、わたしは誰もが認める陛下の妻ってことですよ。そりゃ不作とか心配はたくさんありますけど、フェイリス王女が女王になるからってなんですか、負けません！　だから陛下も応援《おうえん》してくださいね！」

ハディスの鼻先に顔を近づけて笑うと、膝から力が抜《ぬ》けたようにハディスがソファに腰《こし》を落とした。喉《のど》を鳴らして笑っている。

「……君には、ほんと、かなわないなあ」

「？　陛下ってわたしに勝てたことありましたっけ」

もちろん個々の戦況《せんきょう》では勝てていないことはあるが、喧嘩《けんか》ひとつとっても概《おおむ》ね今までジルの圧勝である。笑っていたハディスが真顔で思案し始めた。

「……。いや待ってそこは後日、審議《しんぎ》しよう。夫の威厳《いげん》がかかってるから」

「まだ生き残ってたんですか、威厳……しぶといですね」

「殺さないで！　とにかく張り切ってるのはわかったけど、ちゃんと休まなきゃ」

「でも全然眠《ねむ》くありません。あ、陛下は寝ないとだめ――」

ちょん、と人差し指で唇《くちびる》をふさがれた。と思ったら、ソファに座り直したハディスに、体を横たえられる。頭はハディスの膝の上。膝枕《ひざまくら》だ。

「こうしたら眠れるよ」

「眠れませんよ、そこまで子どもじゃありません」

「じゃあ、十秒数えるだけでいいよ。目をつぶって」

とん、とん、と優《やさ》しくハディスがジルの肩を叩《たた》く。

無駄《むだ》だと思ったが、十秒くらいならためしてもいい。しぶしぶ、目を閉じた。

「おやすみ、ジル」

だから眠らないと言っているのにと頬《ほお》を膨《ふく》らませながら、ジルは数を数え始める。

（いち、にい、さん……）

「大好きだよ。――頼《たよ》りにしてる、僕のお嫁《よめ》さん」

ああでも、目を閉じて聞くハディスの声はとても心地《ここち》が良《い》い――。

（ろく……なな……わたしも、へいか、すき――）

むくり、と起き上がったジルはぼんやり周囲に目を向けた。

ふかふかのベッドの上だ。

時刻は目覚ましの鳴る五分前。すぐそばには、くまのぬいぐるみ。大きな枕の横に置いた籠《かご》の中では、丸まったソテーと腹を出したローが毛布と絡《から》み合って眠っている。

窓のカーテンの隙間《すきま》から差しこむ日光が、目にしみた。

「朝……」

もちろん、ハディスはいない。どう見てもジルの自室である。

「不覚……！」

ぐっすり眠ってしまったことを悟《さと》って、歯嚙《はが》みする。どういう状況かなんて聞かなくてもわかった。まんまと膝枕で眠りこけた自分を、ハディスが運んだのだろう。寝室《しんしつ》をわけてからというもの、何かの誓《ちか》いのようにハディスは律儀《りちぎ》にジルを自室に戻す。

悔《くや》しいが、ぐずぐずしてはいられない。今日から竜の花冠祭の準備だ。まずは後宮に協力を要請《ようせい》すべく、挨拶へ赴《おもむ》く予定が入っている。

掛《か》け布をはいで、柔軟《じゅうなん》運動も入れながらカーテンを開こうとして、まばたいた。

窓の近くにある花瓶《かびん》だ。自室を与《あた》えられてからは、帝城《ていじょう》の使用人たちが掃除《そうじ》のついでにいつも季節の花を活《い》けてくれるようになった、それ。

その花瓶の下に、手紙が挟《はさ》まれている。

一気に目が覚めた。

花瓶を倒《たお》さないよう気をつけて、手紙を引き抜く。予感は当たった。

――愛《いと》しの竜妃殿下《でんか》へ

二通目だ。

出だしは変わらず、詩的な愛を綴《つづ》るもの。だがそんなことはどうでもいい。手紙がここにあることが問題だ。

この手紙の差出人は、竜妃の自室に手紙を忍《しの》ばせるだけの権力がある。

ジルはぐしゃりと手紙を握《にぎ》り潰《つぶ》した。

第二章 ⚜ 竜妃と皇妃

後宮の手前、皇妃《こうひ》の謁見《えっけん》に使われる貴賓《きひん》室で、細面《ほそおもて》の女性がジルと視線が同じになる高さまで膝《ひざ》を折った。フリーダと同じ、柔《やわ》らかそうな髪《かみ》が肩《かた》からこぼれ落ちる。

「第八皇妃フィーネでございます。フリーダから事情は聞いておりますわ。竜の花冠祭を開催《かいさい》するため、人手を必要としておられるとか」

「はい。協力していただけませんか。竜の花冠祭は、竜妃がいない間は皇妃様たちが代理で受けていたと聞いてます」

背筋を精一杯《せいいっぱいの》伸ばして、緊張《きんちょう》しながら問いかける。成人した子どもがいるとは思えない可憐《かれん》な顔立ちの女性は、にこやかに応じた。

「おまかせくださいませ。後宮にとっても、竜の花冠祭は大切な行事です。必ず成功させましょう」

フィーネは手際《てぎわ》よく、その場で今後の予定をてきぱきと立ててくれた。

ほっとジルは胸をなで下ろす。散々、ナターリエやフリーダに後宮を甘く見るなと脅《おど》されていたせいで、警戒《けいかい》しすぎていたらしい。竜妃の騎士《きし》としてついてきたジークとカミラも、少し気を緩《ゆる》めたのが気配でわかった。

(優しそうなひとでよかった)

竜の花冠祭は他国から賓客を招くような大きな行事ではないが、露《ろ》店《てん》が並ぶ中で帝《てい》都《と》を巡《めぐ》るパレードも行われ、竜の乙女《おとめ》役が竜帝役から花冠をかぶせてもらう神話由来の儀《ぎ》式《しき》もある。露店の許可、パレードに参加する聖歌隊や踊《おど》り子たちの手配、花冠や衣装の準備、諸々《もろもろ》の警備、根回し、準備は多岐《たき》にわたり、すべきことをあげればキリがない。開催のノウハウや人脈がある後宮の協力は必須《ひっす》だ。

しかも、三百年ぶりに竜妃《りゅうひ》が主催《しゅさい》する本物の竜の花冠祭である。去年開催されなかった分を含《ふく》めても、期待は高まっているだろう。祭りの開催告知後、露店の許可申請《しんせい》が殺到《さっとう》したと聞いた。ここで失敗すれば、確実に竜妃の評判は地に墜《お》ちる。すなわち、ハディスの足を引っ張るということだ。失敗は許されない。

ジルには『愛しの竜妃殿下』から始まるあやしげな手紙の問題もある。今のところ手紙が届いているだけで、ジークとカミラも警戒してくれているが、祭りの準備でひとの出入りが増えたため、差出人を探し出すのは逆に困難になってしまった。内容はさして変わらないが、気づけば本棚《ほんだな》に挟まったりしている。今朝も露店のリストと帝都内の配置図をまとめた資料の中に二つ折りのカードがまざっており、慌《あわ》ててポケットに突《つ》っこむ羽目になった。

いずれ対処はしなければならない。わかっている。

──しかし、正直、こんなに祭りの準備が大変だとは思っていなかった。

「ジルちゃーん、パレードと会場の警備配置、サウス将軍からもらってきたわよ〜」

「そこに置いておいてくれ、カミラ。ジークが戻《もど》ってきてから見る」

「動かないでください、竜妃殿下」

「す、すみません！」

「竜妃殿下はお着替《きが》え中です。殿方《とのがた》は外へ出てください」

ジルだけでなく衝立《ついたて》の向こうにいるカミラにも、女官《にょかん》からの注意が飛ぶ。はぁい、と返事をしてカミラはすぐに出ていった。次の指示を出せなかったことをジルは少々後悔《こうかい》する。待たせてしまうかもしれない。鏡がないので、今、自分がどうなっているのかもよくわからない。黙々《もくもく》と仮縫《かりぬ》いのドレスの着付けをしている仕立屋や女官たちは、後宮から派遣《はけん》された見知らぬ顔ばかりなので、話しかけるのも気が引けた。

（このあとは陛下と衣装合わせして、裾《すそ》持ちの女の子たちとの顔合わせして……花冠のデザインもそろそろくるかな）

竜の花冠祭では、竜妃はもちろん皇妃も各自の名前で花冠をデザインし、売りに出すのだぞうだ。これは三百年前にもあったとかで、フィーネから見せてもらった資料を元にジルも試作品を作ってもらっている。

ジルにとっては見たこともないお祭りだ。覚えること、準備することが山盛りで、頭がこんがらがりそうである。

「同じ花冠の祭りでも、クレイトスとはずいぶん違《ちが》うよな……」

ぴくりと、着付けをしていた周りが固まった気がした。まばたいたジルの前に靴《くつ》をそろえて置いた人物が、顔をあげる。ドレスをデザインした仕立屋だ。初めて目が合った。

「クレイトスにもあるのですか、花冠祭が」

「あ、はい。あっちは竜妃とは関係なくて、十四歳になった女の子のための成人のお祝いなんですけど。十四歳の女の子は花冠をかぶって、洗礼を受けに行くんです。洗礼が終わったら籠《かご》にワインと果物をもらうんですよ。どの街でもずっと火を焚《た》いて夜もお祭りが続くので、娘《むすめ》が恋人《こいびと》といて遅《おそ》くなってもお目こぼしされるんです。とはいえ時期が冬なので、朝まで外ですごすのもだいぶ根性《こんじょう》がいるんですけどね」

かつて十四歳だったときの体験を思い出しながら、照れ笑いを浮《う》かべる。既《すで》に戦争が始まっていたが、あのときはラーヴェ帝国《ていこく》内での争いが大きくなって休戦状態だったため、ジルも帰国していた。とはいえすぐ動けるよう、王都ではなくサーヴェル家で洗礼を受けたのだが。

(顔だけ出してくれたんだよな、ジェラルド様。すぐ帰ったけど！)

なお、「フェイリスが行けと言うから」という余計なひとこと付きだった。

ふふ、とやや昏《くら》めに笑うジルに手を貸し靴を履《は》かせながら、仕立屋がしたり顔で頷《うなず》いた。

「さすが、愛の国。ずいぶんと奔放《ほんぽう》な祭りをなさっていたのですね」

ん、と違和感《いわかん》を咀嚼《そしゃく》する前に、金縁《きんぶち》の大きな姿見が運ばれてきた。

「どうぞ、ご覧ください」

うながされるまま、ジルは鏡に視線を移す。そこには、フリルやリボンでごてごてに飾《かざ》り立てられた、ドレス姿の自分がいた。肩はやけに大きく膨《ふく》らみ、後ろ襟《えり》は扇《おうぎ》が開いたようになっている。何より、真っ青に染め上げられた生地《きじ》に、ジルの目は点になった。

まあ、と着付けを手伝ってくれた女官が笑顔《えがお》になる。

「古き良き、威厳《いげん》のあるデザインですわね」

「御髪《おぐし》は結《ゆ》いあげたほうがよいでしょう。花冠がのせられるよう調整します」

「ま、待ってください！　いいんですか、この色⁉」

青はクレイトスの禁色だ。ラーヴェで禁じられている色ではないが、青い竜がいないという逸話《いつわ》になぞらえて、ラーヴェでは忌避《きひ》されていると思っていた。竜騎士団《りゅうきしだん》の見習いが水色の腕章《わんしょう》をもらうこと、ライカで見せしめに作られた落第学級が蒼竜《そうりゅう》学級と名づけられていたことからも、いい意味合いは感じられない。

だがジルの質問に、仕立屋は淡々《たんたん》と答えた。

「ここはクレイトスとは違います。大丈夫《だいじょうぶ》ですよ」

「だ、だとしても……ちょっと形が古すぎないですか。マントも重くなりそう……」

今回、ジルは竜の乙女役として、竜帝《りゅうてい》役のハディスに花冠をかぶせてもらう儀式がある。その際、マントを羽織ると聞いていた。裳裾《もすそ》を持ってもらう裾持ちは三人とまできっちり決められている。ドレスの色には決まりはないが、マントに関しては決まりがある——ということは、安易に省略してはいけない伝統的な意味があるはずだ。

ジルが今着ているドレスは肩は膨らんでいるし後ろ襟はまるで孔雀《くじゃく》が羽を広げたようで、マントを羽織ると邪魔《じゃま》になるのはあきらかだ。もちろん、合っているのならいいのだが。

「マントは今回、不要だと聞いております」

迷いのない仕立屋の返答に、ジルは目を丸くする。

「え……き、聞いてません、わたし。あの、いったい誰《だれ》がそんなことを？」

「第六皇妃《こうひ》殿下《でんか》です。私は第六皇妃お抱《かか》えの仕立屋ですので」

手配したのはフィーネではないのか。困惑《こんわく》するジルの耳に、扉《とびら》を叩《たた》く音が聞こえる。

「せんせー、入るよ。……なんで騎士を部屋の外に出してんの？」

ルティーヤだ。ちょうどいいところにきてくれた。すかさず女官が声をあげる。

「着替え中です。殿方は外に」

「え、今、着替え中!?」

「だ、大丈夫だ、もう着替え終わってるから！　どうしたんだ、ルティーヤ」

ルティーヤは皇弟だ。女官も安易に追い出せない。衝立の向こうで固まったルティーヤを逃《に》がさないよう、ジルは自分から素早《すばや》く姿を現す。ぎゃっとルティーヤが声をひっくり返した。

「で、出てくんなよ！　き、着替え──え？」

「ど、どうかな。竜の花冠祭で着るドレスを仕立ててもらったんだ」

ジルの微妙《びみょう》な笑顔に気づいたのだろう。壁際《かべぎわ》まで逃げたルティーヤが、目をぱちぱちさせたあとで、神妙《しんみょう》に答える。

「……とりあえず公式行事でまずいんじゃないの、青って……」

「だ、だよな……」

「まさか、仕立ててもらってそれ？　嫌《いや》がらせじゃん。デザインだっさ。誰の指示？」

「そ、それでお前はなんの用事だ⁉」

周囲が聞いている。慌てて話題を変えると、ルティーヤが目を細める。

「なんの用事って……先生がハディス兄上との衣装合わせにこないから、迎《むか》えに」

「衣装合わせって今からだよな？」

ルティーヤが舌打ちしたあと、斜《なな》めに視線を落として吐《は》き捨てた。

「……ハディス兄上の予定だと、今から一時間前だったよ」

さあっと頭から血の気が引いた。

「ち、遅刻《ちこく》……⁉　へ、陛下は⁉　まだ待っててくれてるのか⁉」

「会議の予定が入ってたからそっちいった。僕はあとで時間調整しようって伝言」

ハディスも忙《いそが》しいのだ。ジルとしては頷くしかない。

「わかった……陛下に謝っておいてくれ」

迷惑《めいわく》をかけてしまった。しゅんとするジルに、ルティーヤが声をひそめる。

「……ナターリエとか、フリーダは？　スフィア先生もいないよな」

スフィアはジルの家庭教師だが、最近はフリーダに続きルティーヤの礼儀《れいぎ》作法もみてくれている。周りに聞かれて困る話題でもないが、つられてジルも声量を絞《しぼ》った。

「ナターリエ殿下とフリーダ殿下にはパレードの衣装チェックとか、踊《おど》り子の面接をしてもらってるんだ。スフィア様はベイル侯爵《こうしゃく》家が祭りで出すバザーでトラブルがあったらしくて、まだきてない」

「……わざとじゃね？　衣装合わせも、今の状況《じょうきょう》も」

見返すと、真剣《しんけん》なルティーヤの顔がすぐ近くにあった。

「ハディス兄上、呼んでこようか」

「陛下、今、会議なんだろう」

「先生が呼べば飛んでくるよ。今だってどうせ仕事が嫌だってごねてるんだろうし」

「――行き違っただけだ、ルティーヤ。思いこみはよくない。お前は陛下が逃げないよう、見張っててくれ。頼《たの》んだぞ」

ぽん、と背中を叩いて笑ってみせる。ルティーヤは渋面《じゅうめん》になった。

「……僕はどうせ暇《ひま》だし。なんかあったら呼べよな」

「竜妃殿下《りゅうひでんか》、こちらにいらっしゃいます？　花冠《かかん》の試作品ができあがって……あら」

フィーネがひょっこり顔を出した。ルティーヤはぎろりとフィーネをにらみ、無言で踵《きびす》を返す。きょとんとしたフィーネが、こちらへ振《ふ》り返った。

「お邪魔でしたかしら……？」

「いえ、大丈夫です。あの、このドレスなんですけど、駄目《だめ》ですよね」

フィーネが上から下までジルを見たあと、眉《まゆ》をさげた。

「……そう、ですわね。あなたは第六皇妃殿下の指示でこちらを？」

「はい。注文どおりでございます。ご要望があれば第六皇妃殿下にお伝えください」

「わかりました。さがりなさい」

仕立屋は目礼し、道具を片づけて退室する。フィーネは困り顔だ。

「ごめんなさい、竜妃殿下。第六皇妃はノイトラールと縁《えん》のある方なんですが、第一皇妃を慕《した》ってらして、とてもまっすぐな御方《おかた》なんです。ちょっと直情的でらっしゃるから……」

「嫌がらせってことですか。クレイトス出身のわたしなら青でも気づかないと思って？」

「でも、青でもよろしいんじゃないかしら」

ぎょっとしたジルに、フィーネは笑顔で説明する。

「ラーヴェで禁じられている色ではないのだし、竜妃殿下はクレイトス出身だと隠《かく》さないのも堂々としていていいと思います」

実は天然なのか。ジルは急いで首を横に振る。

「よくないです、絶対に印象悪いです！　これだとマントも似合わなそうだし」

「そうそう、裾《すそ》持ちの三人が全員、辞退してしまわれたんですって。なんでも脅迫状《きょうはく》が家に届いたとかで」

まるで朗報のように言われて、反応が遅《おく》れた。

「い、いったい誰が⁉　犯人の目星は⁉」

「さあ……心当たりがありすぎて、時間の無駄《むだ》になるのではないかしら。だから今回はマントなしはありだと私、思いますの。きっと竜神《りゅうじん》の思《おぼ》し召《め》しですわね」

絶対違《ちが》う。だがにこにこしているフィーネを見ていると、毒気を抜《ぬ》かれそうになる。

「それより花冠の試作ができましたのよ。お持ちして」

フィーネが女官《にょかん》たちを呼び、先ほどまで着付けに使っていた長机の上にひとつひとつ、布でくるんだ荷物を並べる。

「こちらが竜妃殿下のお名前で売り出す花冠ですわ」

フィーネ自ら布をさっと払《はら》うと、長細い葉が青々しい冠《かんむり》が出てきた。

「シンプルで壊《こわ》れにくく皆《みな》に行き渡《わた》りやすい安価なものをとのご要望でしたので、サツマイモの蔓《つる》に葉を通して作ったそうです。色味をつけるため落ち葉もまぜました」

「……。あ、ありがとうございます。でもあの、これだと花冠ではないような……？」

確かにシンプルで丈夫《じょうぶ》で安そうだが、華《はな》やかさがまったくない。そもそも売り物として失格ではないか。うかがうジルに、フィーネが悩《なや》ましげに頷《うなず》く。

「竜の花をつけるにも数が読めず……でも丈夫でたくましい竜妃殿下をよく表している、今までにない斬新《ざんしん》なデザインです。いっそ何か実でもつけましょうか。そういえば竜妃殿下は苺《いちご》がお好きでしたわね。つけてみます？」

「もっとおかしくなりますよね!?　……ほ、他《ほか》の花冠は、どういうデザインでしょうか」

「あ、気になりますわよね。ではまず、僭越《せんえつ》ながら私から」

いちばん端《はし》にあった布をフィーネがめくる。出てきたのは、白い小さな花がいくつもあしらわれた可愛《かわい》らしい花冠だ。定番の白詰草《しろつめくさ》だが、白い花以外にも色づいた実や四つ葉のクローバーで彩《いろど》られていた。しかも、茎《くき》に似せた濃《こ》い緑色のリボンでくれるようになっている。

「定番でお恥《は》ずかしいですわ。手に届きやすい価格をと思うと、こうなってしまって」

「い、いえ、ずいぶん、こってますよね……ちゃんとサイズが調節できるし……」

「お気遣《きづか》いくださって有り難《がと》うございます。でも、他の皇妃のものにくらべれば見劣《みおと》りしてしまって。ほら、ご覧ください。これは第六皇妃殿下のものです」

次に見せられたのは、大小色とりどりの様々な花がこれでもかとあしらわれた大きな花冠だった。よく見ると、かぎ針編みの生地《きじ》が見える。型崩《かたくず》れしないように、ヘッドドレスに似せた造りをしているのだ。

「すー──素敵《すてき》、ですね」

「でしょう。他の皇妃殿下に協力していただいたんでしょうね。色んな地方のお花がまざっておりますから。ふふ、もう現役《げんえき》ではないからと花冠作りには参加されないとおっしゃった方もいらしたのに、抜け目のないこと」

「……後宮の皆さんが一致《いっち》団結して作った花冠……って感じですね……」

「でもすごいのは第一皇妃《こうひ》殿下ですわよ。ご覧くださいな」

ジルのものの隣《となり》にある最後の布を、フィーネが取り払う。

覚悟《かくご》していたにもかかわらず、息を呑《の》んでしまった。

中心が薄桃色《うすももいろ》に染まった白薔薇《ばら》や薄紫《うすむらさき》の薔薇を中心に細かい花々を、細いレースと太いリボンのガーランドでからめた、上品な花冠だ。うしろの結び目にはひときわ大きな花があしらわれており、そこから伸《の》びたレースには細かい刺繍《ししゅう》が仕込まれている。花嫁《はなよめ》がつけるレースを思わせる美しい花冠だ。

「もちろんお値段は張るんですけれど、この冠をつけた娘《むすめ》を皆、羨《うらや》ましがるでしょうね」

「そ、そう……ですね……」

「でも皆が身につけるのは、きっと竜妃殿下のものですわ。何せ安価で丈夫です」

そして、第一皇妃や他の皇妃たちの花冠を羨みながら「自分はこんな安っぽいものしかつけられない」と竜妃の花冠をつけることを嘆《なげ》くのか。

（まずい。ぜっっったい、まずい）

評判の悪い竜妃から不幸を呼ぶ竜妃に昇格《しょうかく》しかねない。

「デザインの変更《へんこう》って、今からでも間に合いますか？」

「今からですか？　花冠作りに人手がとられますし、引き受けてくださるところがあるかどうか……私の伝手《つて》ではとても」

「そこをなんとかお願いします！」

「なら、三公に働きかけるよう、竜帝《りゅうてい》陛下にお願いするのはいかがでしょう」

瞳《ひとみ》をまばたくジルに、あくまでにこやかに、フィーネは続けた。

「後宮の者は大抵《たいてい》、三公のどこかの支援《しえん》を受けています。三公の命令なら皇妃も無視できません。竜帝陛下も竜妃殿下が困っているとなれば、お聞き届けくださるでしょう」

「それって、陛下に頭をさげさせろってことですよね。三公に」

初めてフィーネから笑顔《えがお》が消えた。

フィーネが何を考えているかわからないが、さすがにここまでくれば、おっとりした可愛らしいお妃様《きさき》ではないことくらいわかる。だから、目をそらさず視線をさだめた。

「わたしを助けるかわりに陛下に何を要求するつもりですか？　後宮に残りたい？　あるいは誰《だれ》かを後宮に入れたいとかですか。でも、わたしはあなたたちに陛下を差し出したりしませんよ。絶対です」

気づけば周囲が聞き耳を立てて、しんと静まり返っていた。だがフィーネは、ころころとした可憐《かれん》な笑い声で静寂《せいじゃく》を破る。

「そんな大層なたくらみなどございませんわ。息子《むすこ》も娘もうまくやるでしょうし、私は後宮が慣例どおりに解体されれば、死ぬまで十分な年金をいただいて暮らしてゆけます。移住先はどこにしようかと迷うくらい」

きちんと保障されているらしい。少し驚《おどろ》いてしまった。

「そうなんですか。わたし、後宮のことよくわかってなくて……だったら失礼な言い方をしました。すみません」

「いいんですのよ。クレイトスは国王であれど一夫一妻制でしたわね。妃だけでなく、公妾《こうしょう》も許さないとうかがっています」

「はい。王妃《おうひ》はひとりで、他の女性はなんの権利も持ちません」

「愛の女神《めがみ》は一途《いちず》でお可愛らしいこと。……羨ましくもありますが」

今までと違い、含《ふく》みのある言い方だった。だがフィーネはすぐににこりと笑顔の仮面で覆《おお》い隠してしまう。

「納得《なっとく》いただけましたかしら。私は、ジル様に立派な竜妃になってほしいだけなのですよ。だから個人的にも協力しています」

「……ええと、ありがとう、ございます……？」

「信じていただけませんか？　でしたら、別の解決案を提示しましょう。――第一皇妃殿下《でんか》をお味方につけるのです」

フィーネがそっと、花のないジルの冠《かんむり》を取って、こちらに振《ふ》り返った。

「第一皇妃殿下――カサンドラ様、でしたか。フェアラート公のお姉さんですよね」

「そうです。今の後宮の主。私にとっても姉のような御方《おかた》です。恩もございますわ。もし第一皇妃殿下がひとこと、竜妃《りゅうひ》殿下をお助けせよと命じれば、後宮で従わぬ者はいません。ですが、第一皇妃殿下は竜帝陛下のご命令でもお会いにならないでしょうね」

「陛下でも？　どうして」

「あの御方は、皇妃の鑑《かがみ》。先帝《せんてい》陛下の一番の妻でらっしゃるからです」

ジルの冠を見る眼差《まなざ》しが、切なげだ。

「――でも、フィーネ様には何か策があるんですよね。協力の見返りはなんですか？」

フィーネが小さく笑う。

「竜妃殿下は、見た目よりもずっと大人でらっしゃるのね」

フィーネがジルの頭に花冠《かかん》をのせた。

「見返りは、先ほど言ったとおりです。立派な竜妃になってくださいな」

「もちろん、言われなくてもそのつもりですけど……」

「では、第一皇妃殿下の弱みを握《にぎ》ることもできますわよね？」

聞き間違《まちが》いかと思ったが、声色《こわいろ》は変わらない。

「せっかくです。休憩《きゅうけい》がてら後宮でも散策いたしましょうか」

絶対にただの散策ではない。だが断るわけがないと思っているらしく、フィーネは返事も待たず、ジルの着替《きが》えを手伝うよう女官《にょかん》に命じた。


衣装合わせに使っていた部屋は、皇妃たちが外部の人間の接待に使うもので後宮の敷地《しきち》内ではない。絨毯《じゅうたん》が端まで敷《し》き詰《つ》められた廊下《ろうか》を進むと、噴水《ふんすい》のある広場に出た。周囲を取り囲む回廊《かいろう》を歩き、反対方向に入ると、今度は大きな円形の出入り口が現れる。上を見ると、鉄格子《ごうし》があがっていた。夜はおりているのかもしれない。中は城門の詰所《つめしょ》のようになっており、兵士がフィーネを見て頭をさげた。

「ここから先が後宮の敷地になります。ジル様は初めてですわね。護衛がいなくては、不安ですか？」

カミラとジークは、フィーネから「ただの散策ですわ。まさか私が竜妃殿下に害をなすとお疑い？」という遠回しな牽制《けんせい》を受けて、ついてきていない。どうせ警備の確認《かくにん》などやることは山のようにあるので、そちらに回ってもらった。

「いいえ。一度入って配置を確認しておきたかったので、いい機会です」

「さすが竜妃殿下、頼《たの》もしいですわ」

再びフィーネが歩き出す。後宮を囲った壁《かべ》の内部なのだろう。少しだけ暗がりの石造りの通路が続き、やがて外からの光が差しこむ。

そしてジルが踏《ふ》み出したのは、白い花が咲《さ》き乱れる花畑だった。

想像していた華《はな》やかさはまったくなかった。花畑も、手入れされた様子はない。真ん中にぽつんとある傾《かたむ》いた東屋《あずまや》のおかげで、埋《う》もれかけている石畳《いしだたみ》の通路があるとわかる。おそらく元は前庭だったのだろう。

だが今は、真っ白な花畑に覆い尽《つ》くされた、さびれた庭園にしか見えない。

「ここが後宮……ですか？」

「竜葬《りゅうそう》の花畑です」

「こ、ここが⁉　あの⁉」

ぎょっとしたジルに、フィーネが意味深に笑む。

「まさか、誰かとお約束されてました？」

「そ、そんなわけないじゃないですか！　でもなんで、こんなところに」

「ここが竜妃殿下の後宮――竜妃宮だからです」

フィーネがすっと左方向を長い指で示した。余計な装飾《そうしょく》のない簡素な外観の屋敷《やしき》が、花畑にうずもれるようにして建っている。

「竜妃宮《りゅうひ》……わたしの、後宮の、宮殿《きゅうでん》ってことですか。三百年放置されてるっていう……」

「はい。私たち皇妃《こうひ》が暮らしているのは、あちらです」

今度は花畑の向こう、正面を指さされた。仕切りの鉄柵《てっさく》があり、その向こうにはアーチや生垣《いけがき》が備えられた庭園と、大きな建物が見える。黒い屋根が新しい、華やかな屋敷だ。見えているのは側面らしく、玄関《げんかん》は見えないが、大きな建物だとはわかる。

「……竜妃宮とは完全に仕切られてるんですね」

「竜妃の領分に皇妃は立ち入れませんから。竜妃は皇妃のひとりですが、皇妃は竜妃ではないのです。皇帝《こうてい》であっても、竜帝でなければ、竜妃宮を使えません。先帝も後宮へのお渡《わた》りは正面通路をお使いで、こちらには近づきませんでした。竜妃は特別なのです」

聞こえはいいが、ものすごく孤立《こりつ》しているということではないのか。目の前に広がる光景も、特別なというより打ち捨てられた場所に見える。

「特にこちらに出入りするのは、あまりよいことではありませんしね。三百年前の竜妃が、逢《あ》い引きに使った場所ですから」

ぎょっとしたジルに、フィーネがからかうように笑った。

「子までなしたという話です。竜帝自ら竜妃を斬《き》り捨てたと伝わっています」

いつぞや見た、三百年前の竜妃の記憶《きおく》と一致《いっち》する。

「そ、そんな記録まで、残ってるんですか……」

「いいえ。三百年前の竜帝は竜妃に関する物をすべて焼き払《はら》いました。ですが後宮は閉《と》ざされている分、時間の流れが外より遅《おそ》く、口伝で残ることも多いのです。お相手は、よりによって竜帝の弟だったそうですよ。ジル様もお気をつけくださいませ」

「はい？　どうしてわたし……まさか」

ルティーヤを疑っているのか。だがフィーネは笑《え》みを深めるだけで肯定《こうてい》も否定もしない。忠告なのか皮肉なのか判別のつかない居心地《いごこち》の悪さに、辟易《へきえき》してきた。

「嫌《いや》がらせは直球でお願いします。わたし、そういうのあんまりきかない――」

フィーネが人差し指を唇《くちびる》の前で立て、内緒話《ないしょばなし》のように身をかがめてジルに耳打ちする。

「実は、カサンドラ様が竜葬の花畑にかよわれているという噂《うわさ》ですの」

「えっ⁉」

密会に使われると噂の花畑だ。そんなところに、第一皇妃がかよっている。嫌な予感しかしない。うろたえるジルに、あくまで静かにフィーネは続ける。

「竜妃のジル様は自由に竜妃宮への出入りができます。つまり、カサンドラ様の待ち伏《ぶ》せだってできますわ」

「ま、まさかわたしに、ここで張りこみしろってことですか⁉」

「名案でしょう？」

目をきらきら輝《かがや》かせて同意を求められた。

「ひとは弱みを秘密にするもの。そして他人と仲良くなる秘訣《ひけつ》は、秘密の共有です。きっと第一皇妃殿下の秘密をつかめば、竜妃殿下とも仲良くしてくださいますわ」

「それ、弱みを握って脅《おど》せってことですよね!?」

「ま。私、そこまで野蛮《やばん》なことは言っておりませんわ」

心外そうに言い返されて、頰《ほお》がひくつく。だんだんフィーネのやり方がわかってきた。絶対に言質《げんち》をとらせず、思わせぶりに他人を動かすのだ。

「狙《ねら》いはなんですか」

「立派な竜妃になっていただきたくて」

笑顔の即答《そくとう》だ。あまりの隙《すき》のなさに両肩《りょうかた》を落とし、やけくそで叫《さけ》ぶ。

「いいですもう、わかりました！　やればいいんでしょう、やれば！　かわりに絶対、ドレスと花冠のデザイン、変えてもらいますからね！」

デザインひとつ変えられない今のままでは、ジルが願った成功の形にはならない。最悪、いいように使われて終わりだ。

「竜妃殿下は、思い切りのいい方ですわね。見ていて元気が出ます」

「ほめてませんよね？　後宮らしい振《ふ》る舞《ま》いはできてないって」

「竜妃が皇妃と同じ振る舞いをしてどうするのです。あなたは、ただただ次の竜帝《りゅうてい》を生むことだけを求められる私たちとは違《ちが》う」

鋭《するど》い返しに、驚《おどろ》いて振り返る。だがフィーネはすぐ笑顔で感情を覆《おお》い隠《かく》してしまった。

「竜妃宮には管理人がひとりだけ出入りしておりますが、竜妃殿下がここにいることは伏せたほうがよろしいでしょう。カサンドラ様に気づかれると、さけられてしまいますから」

「あ、はい。そうですね」

「では私は失礼しますわ。長くここにいると、不貞《ふてい》を疑われてしまいますから」

竜妃であるジルも同じではないのか。気づいたときにはもう、フィーネは姿を消していた。

（な、なんか結局いいように使われている気がするが……）

そっとポケットの上から、今朝、慌《あわ》てて突《つ》っこんだカードに触《ふ》れる。

都合がいいと言えばいい。竜葬の花畑を指定する手紙について調べる機会にもなる。第一皇妃が本当にかよっているなら、無関係ではない可能性も出てきた。

気を取り直して、ジルは花畑に踏み出した。埋もれている通路を辿《たど》り、竜妃宮の前に立つ。

改めて玄関口から宮殿を見あげる。くすんだ色の壁に囲われた重そうな両開きの鉄扉《てっぴ》は、やたらと大きくて物々しい。

（砦《とりで》っぽいなあ……あ、鍵《かぎ》あいてる）

扉《とびら》をあけた瞬間《しゅんかん》、黴臭《かびくさ》さに顔をしかめた。灯《あか》りはなく、薄暗《うすぐら》い。窓から差しこむ日光がよどんでいる。硝子《ガラス》が曇《くも》っているのだ。大理石の床《ゆか》も、薄汚《うすよご》れている。

三百年放置されていることを考えれば、まだ綺麗《きれい》なほうだろうか。だが、管理人がいるとフィーネは言っていた。

「お邪魔《じゃま》しまーす……？」

そろそろ足を踏み出すと、埃《ほこり》が舞うのが見えた。吸いこまないよう気をつけながらすり足で進む。ぎいい、と嫌な音を立てて無骨な扉が背後で閉まる。

ぱかっといきなり、床が開いた。

「⁉」

落下するも、咄嗟《とっさ》に腕《うで》を伸《の》ばして開いた床の縁《ふち》をつかむ。下を見ると、槍《やり》やら剣《けん》やら刃物《はもの》が突き立てられているのが見えた。間に見える白いものや突き刺《さ》さっている赤黒い端布《はぎれ》にぞっとしながら、腕に力をこめて体を持ち上げ、床に戻《もど》ろうとする。

その頭上を、矢がかすめていった。

「こ、今度は何だ⁉」

「何者じゃあ、小娘《こむすめ》！」

吹《ふ》き抜《ぬ》けの広間を震《ふる》わせるような大声だった。階段上の踊《おど》り場に、弓を構えている人影《ひとかげ》を見つける。小柄《こがら》な老人だった。くすんだ色合いの簡素な上下の服に、防寒用なのか長いベストを着ている。しわの深い目尻《めじり》をこれでもかというほど吊《つ》り上げて、こちらに弓を向けていた。

「あ、ひょっとして管理人さんですか」

「何しにきた、出ていけ！」

叫ぶなり矢が放たれた。次々降ってくる矢に、ジルはあとずさる。

「ま、待ってください、わたしは――って全然当たらないな!?　下手くそか！」

「やかましいわ！　あと一歩じゃ！」

「は？」

聞き返した瞬間、何か踏《ふ》んだ。床が光り、魔力《まりょく》の縄《なわ》が籠《かご》を編むように四方から飛んでくる。

(――捕縛《ほばく》結界！　矢は誘導《ゆうどう》！)

しゃがれた笑い声が響《ひび》く。

「ざまあみろ、儂《わし》の読み勝ち――」

拳《こぶし》を突き上げて、真ん中から魔力の籠を突き破った。

魔法陣《まほうじん》が霧散《むさん》し、老人の笑い声が止まる。

「……」

「あ、あの……竜妃宮の管理人さんですよね。わたし、竜妃、なんですが……」

「………………竜妃、じゃと」

「そうです。ジル・サーヴェルといいます」

「――そんなもん知るか！」

堂々と仁王《におうだ》立ちで言い放たれた。

「ここは儂の住んどる場所じゃ！　出ていけ！」

「は──はあ⁉　いえここ竜妃《りゅうひ》の宮殿《きゅうでん》ですよね、竜妃宮ですよね！」

「知らんもんは知らん！　大体、お前みたいな乳臭《ちちくさ》い小娘が竜妃のわけがない！」

ぴく、と口元が引きつった。

「いいか、竜妃というのはボインボインなんじゃ！　それが儂の求める竜妃なんじゃ！　お前みたいな小娘が竜妃だなんぞ、絶対認めんぞ！　魔力だけボインボインさせおって」

べーっと舌を出されて、青筋が浮《う》く。

(誰《だれ》だ、こんな奴《やつ》を管理人にしたの)

今まで散々なめられてきたが、こんな馬鹿《ばか》げた理由にぶち当たったことはなかった。なかなか新鮮《しんせん》だ。ジルはぼきりと拳を鳴らす。

「上等だ、わたしが竜妃だと思い知らせてやる……！」

「くるがいい、ぺったんこ！」

「誰がぺったんこだ────────────────！」

激昂《げっこう》したジルは飛びかかる。名前も知らぬ老人はひるまず、上に弓を放ち、鉄球を上から落とした。

「……。何があったの、ジル」

　めくれた絨毯《じゅうたん》、傾《かたむ》いたシャンデリア。一部吹き飛んだ窓硝子に、へこんだ床、ひっくり返った家具。強盗《ごうとう》が入ったのかと疑われそうな大広間の隅《すみ》、小さな書き物机の下で膝《ひざ》を抱《かか》えているジルの前に、ハディスがしゃがみこんだ。

「どうして陛下が、竜妃宮に……なんで、わたしがここにいるってわかったんですか」

「そりゃ、あれだけすごい音がしたり魔力が光ればわかるよ。帝城《ていじょう》だって大騒《おおさわ》ぎだったし。ジークとカミラも外で待機してもらってる。僕がつれてきた」

　ということは、ここにジルがいることは知れ渡《わた》っている。第一皇妃《こうひ》はもう姿を現さないかもしれない――そういう意味でも失敗だ。

「……反省してます」

「君、反省中は狭《せま》い所に隠れる癖《くせ》があるよね……でもそんなに反省することあった？」

「今日は反省だらけです。後宮の皇妃様たちにはなめられっぱなし、フィーネ様にもいいように使われっぱなし、陛下との衣装合わせもできませんでした」

「ああ……気にしなくてもいいよ？　定番の嫌《いや》がらせでしょ」

「でもヴィッセル殿下《でんか》は、勝ち誇《ほこ》ってますよね。うまくさばけてないって」

　曖昧《あいまい》にハディスは笑って誤魔化《ごまか》す。ぎゅっとジルは膝を抱えた。

「何より……わたしとしたことが、取り逃《に》がした……！」

「え、何を」

「竜妃宮の管理人です！」

だん、と床を拳で叩《たた》く。暴れ回ったせいか、もう埃は舞い上がらない。

「後宮のことはまだいいです、最初からすんなりいくとは思ってません……！　でも、よりによって、力業《ちからわざ》で負けるなんて屈辱《くつじょく》です！」

慢心《まんしん》はあった。相手は老人、魔力が高いわけでもない。頭の片隅で冷静な自分が、ちゃんと手加減を考えていた。

だが、捕《つか》まえられなかった。あの老人は大広間に数多《あまた》に仕掛《しか》けられた罠《わな》という罠を使い、ジルの思考と動きを攪乱《かくらん》し、まんまとどこぞへ逃げおおせたのだ。竜妃宮中を捜《さが》したが、もう見つからなかった。どこかに隠《かく》し部屋か何かあるのだろう。名前も聞けなかったが、竜妃宮の管理人であるということは間違《まちが》いなさそうだ。

「なんなんですか、ここ。絶対おかしいです、サーヴェル家でもここまでじゃない……！」

「そ、そんな危険地帯と化してるの？」

「大広間の罠はもう、使い切ったと思いますけど……自信なくします。わたし、こういうのだけは得意って思ってたのに……」

こういう戦いでも負けたら、本当にただの子どもじゃないか。悔《くや》しさが爆発《ばくはつ》した。

「どうせぺったんこですよわたしは！　陛下だってそう思ってるんでしょう！」

「な、なななななんかとんでもない単語が聞こえたんだけど、気のせいだよね!?」

「陛下だってわたしのこと子ども扱《あつか》いしてるじゃないですか！　キスの練習も逃げるし……」

勢いをなくし、唇《くちびる》を尖《とが》らせて、靴《くつ》のつま先だけを動かす。真っ赤になっていたハディスが今、どんな顔をしているのかわからない。

でもこういうときは決まって、大人の顔をしているのだ。

「――おなかすいたでしょ、ジル」

案の定だ。すっと、鼻先にバスケットを差し出された。ハディスがいつもピクニックや外で食べるときに持ってくるバスケット。たくさんのおいしい料理が入ったジルの宝箱だ。

「今日も夜までお疲《つか》れさま。一緒《いっしょ》に食べよう、ジル」

「食べます……けど……じゃあ、陛下のお部屋に先に戻っててください」

いつもなら目を輝《かがや》かせて飛びついてしまうのに、子どもだましのようで素直《すなお》に喜べない。ちらちら中身を気にしながら、可愛《かわい》くないことを言ってしまう。

「ここはこんな状態だし、わたし、まだ反省がたりないので」

「そんなのだめ。夜のお渡りにきた皇帝《こうてい》を追い返すなんて」

動きを止めて、しばらく考えた。お渡りというのは、皇帝のハディスがここ、すなわち後宮にやってきたことを指している。そこに夜の、と加われば。

（――あ）

顔をあげると、目が合った。ハディスの金色の目には、悪戯《いたずら》っぽい光がある。

「練習しておこうよ、今から」

ごっこ遊びみたいなものだ。でも、一気に気分が浮上《ふじょう》した。

「りょ、了解《りょうかい》です。大丈夫《だいじょうぶ》です、陛下のこと帰しません！　え、えっと、さっき厨房《ちゅうぼう》なら見つけましたから、そこで食べましょう！」

机の下から飛び出して、ハディスの手を引いた。改めて見ると大広間はぐちゃぐちゃで、色っぽい雰囲気《ふんいき》とは縁遠《えんどお》い。けれど先ほどのような屈辱感はもうない。

婚礼《こんれい》までにしっかり片づけないと、と思う。いつかくる、練習じゃないときのために。

「今日のご飯はなんですか？」

「あけてからのお楽しみ」

「わかりました！　あ、ジークとカミラも呼びましょう。今後の話もしたいです。外にいるんですよね？」

「えーふたりっきりじゃないの？」

頬《ほお》をふくらませたハディスに、ジルはすまして言う。

「それはあと、今は仕事優先です！　――って、こら陛下！」

ひょいと片腕《かたうで》で抱《だ》き上げられた。

「もう、すぐ抱き上げるの、そろそろやめてくださいよ」

にらんでも、ハディスは口を尖らせている。

「元気になったならいいけど、僕のお嫁《よめ》さんが冷たい。もっと優《やさ》しくしてほしい」

「だって大事な話がたくさんあるんですよ。カミラとジークにも協力してもらわないと……第一皇妃殿下《こうひでんか》が、竜葬《りゅうそう》の花畑で密会してるらしいんです。これはチャンスですよ！」

目を丸くしたハディスの前で、ジルは指折り数える。

「まず、第一皇妃殿下の弱みを握《にぎ》るでしょ。で、フィーネ様が情報を漏《も》らしたって密告して、後宮を分断します。で、わたしが拳で仲裁《ちゅうさい》！　後宮がまいりましたって言って、祭りが成功します！」

「ちょっと拳で仲裁あたりからの意味がわからないかな……でもリステアード兄上の母上を全面的に信じてはいないんだ？　優しそうなひとって言ってたのに」

つん、と頬を突《つ》かれたジルは胸を張る。

「優しくないなんて言ってませんよ。これが後宮のやり方、女の戦いなんです！」

不思議だ。さっきまで慣れないやり方や自分の力不足に嫌気《いやけ》がさしていたのに、何もかもが些事《さじ》に思える。

「怖《こわ》いなあ。僕はいつか、君の手のひらで転がされそう──ふへ？」

余裕《よゆう》ぶってゆるむ頬を、引っ張って伸《の》ばしてやった。

「笑ってられるのも、今のうちですからね」

夜のお渡りなんて、それっぽい単語だけで嬉《うれ》しくなってしまうのは、惚《ほ》れた弱みだ。

こんな綺麗《きれい》な男が、そう簡単にこの小さな両手におさまってくれるものか。ちゃんとわかっている。だから、精一杯《せいいっぱい》手を伸ばして、しがみつくのだ。

「竜《りゅう》の乙女《おとめ》役のドレスも花冠《かかん》も、頑張《がんば》って綺麗なのにしますから」

「やめて、心臓止まっちゃう」

「キスもしちゃいますか？　練習で」

頬を赤らめたハディスが視線を斜《なな》めにそらし、小さく「しない」と答えた。

ジークとカミラは、ハディスが帝都《ていと》を追われた際にノイトラール領の隠れ家で一緒に暮らしたことがある。そのときの経験があるため、皇帝と食卓《しょくたく》を囲むことにも抵抗《ていこう》がない。

「やーん、久しぶりの陛下のあったかいスープ、おいしい～！」

厨房の卓《たく》に並べられたスープをひとくち口に含《ふく》むなり、カミラが口元をゆるめる。隣《となり》のジークは無言で嚙《か》みしめるようにパンを食べていた。

「厨房、使えたからね。あっためられてよかった。食材も付け足せたし……でも、物足りなくない？　元はピクニック用だから」

「ぜんぜん、おいしいです！　ノイトラールを思い出します」

「あーわかる、懐《なつ》かしい～。竜妃宮《りゅうひ》って結構広いわよね、狩《か》りとかできない？」

「裏の奥のほう、滝《たき》から川が流れこんでたから魚、いるかもな」

盛り上がるジークとカミラは、ノイトラールでの自活を楽しんでいた。懐かしく思い出しながら、ジルはたしなめる。

「後宮ですよ。狩猟《しゆりよう》暮らしなんて始めちゃ駄目《だめ》ですからね」

「えーでもなんにもないし、どうせなら畑とか作っちゃわない？」

「壊《こわ》れかけのなんかを色々、再利用できそうだな。かまどとかどうだ？」

「ピザが作れるね」

「作りましょう、かまど！」

即決《そつけつ》したジルに、ハディスが笑う。

「竜妃殿下《でんか》のお許しが出たよ。竜妃宮って竜も直接行き来してたみたいで、敷地《しきち》が広いんだよねえ。竜妃の騎士《きし》が常駐《じようちゆう》できるよう、宿舎もあったみたい。ラーヴェが言ってた」

「ラーヴェ様が？　そういえばどこにいるんですか」

「懐かしいって周囲を見て回ってるよ。久しぶりにきたみたいだから」

相づちを返したジルはスープの中から肉を見つけ出し、口の中に放《ほう》りこんだ。

「そういえばラーヴェ様って、あんまり昔の話をしませんね」

「記憶《きおく》が曖昧《あいまい》っていうのもあるけど……あまり僕に影響《えいきよう》しないようにって昔、言ってたよ。器《うつわ》だからって自分と同じ存在を作ろうとするのは、理《ことわり》に反するみたい。時間を巻き戻《もど》しちゃいけないのと一緒だって言ってた」

　どきりとして、パンをちぎろうとしていた手が止まる。

　ジルは自分の意思ではないが、おそらく時間を巻き戻っている。今まで女神《めがみ》がやったことだからと流してきたが、理に反するという視点はなかった。

「必要なことは教えてくれるけどね。ここ、昔は砦《とりで》みたいな造りだったとも言ってたよ。竜妃の騎士たちもたくさんいて、騎士団の駐屯《ちゆうとん》所みたいになってたんだって」

「え、じゃあひょっとしてアタシたちここに住めちゃう？」

　うん、とハディスはあっさり頷《うなず》いた。カミラが指を、ジークは口笛を鳴らす。

「いいな。どうせかまども作るんだ、いっそ住むか」

「さんせー、今日から住んじゃいましょ」

「帝都に家を借りてるじゃないか、ふたりとも」

「……ジルちゃん。こんなことは言いたくないんだけどね」

　カミラが珍《めずら》しく低い声で、真顔になった。

「竜妃の騎士って名誉《めいよ》職なのよ。……お給料、安いの……」

「えっそうなんですか⁉」

「見習い騎士のちょっと上くらいだな。やってけなくはないが」

　ハディスを見ると、苦笑《くしよう》された。

「三百年前はたぶん、ここで衣食住も提供されてたから……あっでも遺族年金高いよ！」

「嬉しくねーよ」

「大事だけどねえ。その前に妻子を養えるかぎりぎりだって」

からからカミラは笑っているが、ジルとしては笑えない。

「そ、そういうことなら……あの管理人の好きにさせるわけにもいかないしな」

「さっき外で会ったぞ。逃《に》げられたが」

ジークの申告《しんこく》に、横でパンを嚙みちぎったカミラが笑う。

「あー、やられてたわね。穴に落とされてやんの間抜《まぬ》け」

「うるせー背後をつかれたんだよ。気配もねーし……何モンだ、あのじいさん」

「レールザッツ公の縁者《えんじゃ》らしいよ。名前、えーっとなんだっけな……もしジルが気に入らないようなら、クビにできるけど」

「いいえ、クビにはしません」

予想外だったらしい。ハディスたちがそろってこちらを見る。

「現時点でここにいちばん詳《くわ》しいひとですよ。味方にすべきです。あの罠《わな》、あのおじいさんが作ったんだと思うんですよ。昔、騎士団の駐屯所みたいに使われてたなら、こんな罠があったはずないですし……あ、でもサーヴェル家にはあるから、意外と訓練用にある……？」

「ないよ。君の実家の話は置いておこうね」

「だとしたら、やっぱりただ者じゃないです。あれだけの罠を作って、配置して、使って、わたしから逃げたんですよ」

冷静に考えると自分の油断以上に、相手が上手《うわて》だったのではないだろうか。

「魔力《まりょく》はそんなに感じなかったですけど、自分の気配を消すとか、だましに特化させて使ってるんだと思います」

「苦労しそうねーつかまえるの」

「でもやる価値はあります。第一皇妃の密会の件も、何か見てるかもしれません」

「異論はない。あのジジイ、絶対つかまえてやる」

ジークが獲物《えもの》を見つけたように笑う。カミラは食器を置いて、胸に手を当てた。

「アタシも了解《りょうかい》よ、我らが竜妃殿下。ジルちゃんがここに頻繁《ひんぱん》に出入りするのも、面倒《めんどう》な噂《うわさ》を呼びそうだしね。竜葬《りゅうそう》の花畑に入り浸《びた》ってるって思われちゃう」

「え、何か駄目なの？」

きょとんとしたハディスに、ジルたちは顔を見合わせた。

（そうか、三百年前の竜妃がきっかけだから、ラーヴェ様も知らないんだ）

そして後宮に足を運ばなかったハディスも、そういう話を耳にしなかったのだろう。竜神《りゅうじん》を侮辱《ぶじょく》するに等しい噂を周囲が遮断《しゃだん》した可能性もある。

気の利《き》くカミラが、ナターリエから聞いた話を軽い口調で伝える。

ハディスは大きく目を見開いたあと、笑顔《えがお》で言った。

「燃やそう、あの花畑全部」

「駄目です！　第一皇妃の密会も全部台無しになっちゃうじゃないですか！　できれば花冠にも使いたいのに」

「だってジルが浮気《うわき》しただなんて、そんな話が噂でも流れたら、僕は生きていけない……！」

「噂だけで死なないでください。竜にまつわる花を竜帝《りゅうてい》が燃やすなんて許されませんよ！」

「そうじゃ、ありゃラーヴェでは唯一無二《ゆいいつ》の、魔力で咲《さ》く花じゃぞ」

横から聞こえた声に、ジルは固まった。

「女神から大地への恩恵《おんけい》を拒《こば》んだラーヴェで、魔力で咲くことが許された花。理に反した花じゃ。神域にあったとも言われておる。存在ひとつとってもこれ以上なく貴重なのに、それをこんなちんちくりんの評判を気にして焼く？　罰当《ばちあ》たりな」

ハディスもカミラもジークも動かない。ゆっくりゆっくり、ジルは慎重《しんちょう》に振《ふ》り向く。

堂々と食卓のあいた席に、管理人が腰《こし》かけていた。取り分け用の籠《かご》に入ったパンをつかみ、残っていた鍋《なべ》からすくったスープをがつがつ貪《むさぼ》っている。

「やりようなどいくらでもあるだろうに、はーこれだから竜帝は……うまいな、これ」

「……っ……」

「そもそも儂《わし》の進退なんぞ、他人に決められる筋合いはない。よくもまあ、自分にすべての決定権があるような顔をして話し合えるな。む、スープに浸《ひた》すとなかなか」

「つかまえろ――――！」

ジルの号令に、ジークとカミラが飛び出す。はっと老人が顔をあげた。

「しまった、ひさしぶりのいい匂《にお》いにつられてしもうてつい……卑怯《ひきょう》な！」

「お前が勝手に盗《ぬす》み食《ぐ》いにきたんだろうが！」

ジークの腕《うで》をひょいとよけた老人だが、カミラに座っている椅子《いす》を蹴倒《けたお》され、体勢を崩《くず》す。

すかさずジルは飛びかかったが、上半身を起こした老人が小さく言った。

「バリー・サーヴェルはまだ生きとるか？」

祖父の名前に意表をつかれ、判断が遅《おく》れた。その隙《すき》に老人は床《ゆか》を転がってジルをよけ、持っていたスプーンを壁《かべ》に投げる。

いきなり天井《てんじょう》からの灯《あか》りが、ふっと消えた。真っ暗になった部屋で、笑い声が響《ひび》く。

「ひゃっひゃひゃひゃ、つかまってたまるか！　ここは儂の縄張《なわば》りじゃあ！」

「ちょ、どこだ！　灯り！」

「じゃが、うまいメシの礼くらいはしてやろう。――いつもなら、そろそろ花畑にお客さんがくる時間じゃぞ」

燭台《しょくだい》の灯りをカミラがつけたとき、厨房《ちゅうぼう》にはもう、ハディスたちしかいなかった。

「……逃げられたか。マジで手強《てごわ》いな、あのじいさん」

「そうね……罠とか頭脳戦持ちかけられると、どうにも調子がくるっちゃう」

「バリー・サーヴェルって？」

壁からスプーンを引っこ抜《ぬ》いたハディスが尋《たず》ねる。ぱっと灯りがついた。灯りに使っている魔力の回路を一時的にスプーンで断っただけのようだ。器用なことをする。

「わたしの祖父です。先代サーヴェル家当主。もう亡《な》くなってますけど……知り合いなんでしょうか……」

「隊長の動きを止めるために言っただけじゃないのか？」

あり得るが、どうにも腑《ふ》に落ちない。ジルは眉間《みけん》に指を当てた。

「やっぱりいっぺん捕《つか》まえないと駄目《だめ》ですね……意味深なことも言ってたし」

「花畑にお客さんねえ……やっぱり第一皇妃のことかしら」

「おいハディス！　外に出ろ！」

唐突《とうとつ》に上から降ってきたのは、竜神の声だった。焦《あせ》った様子に、ハディスが目を細める。

「どうした、ついに女神のお出ましか？」

「違《ちが》う。竜だ。誰《だれ》か乗ってる。——たぶん、ここにおりるつもりだ。いいから早く外に出ろ、逃がしちまう」

「どうしたの、ジルちゃん」

「ラーヴェ様が、外に出ろって言ってます。誰かが乗った竜がきてるそうです」

いつもなら、そろそろ花畑にお客さんがくる時間。

カミラとジークが表情を引き締《し》め、武器を持って先に歩き出す。ジルが見あげると、ハディスも頷《うなず》いて、厨房を出た。かたわらにラーヴェが飛んでついてくる。

「竜には誰が乗ってる?」

「わからない、竜が答えないんだよ」

「お前に答えないのか? 竜が?」

最低限の灯りがあるだけの薄暗《うすぐら》い廊下《ろうか》で、ハディスの声が低く張り詰《つ》める。

「ああ。まるで聞こえてないみたいだ。気配もなかった。俺が気づいたのは、たまたま外で見かけたからだ。――なんかおかしいぞ、あの竜」

そんな竜に乗っている人物も当然、ただ者ではない。

先導していたカミラが玄関《げんかん》をあける。外に出た。先に出たジークが、大剣《たいけん》の柄《つか》をつかんで、正面を見据《みす》えている。ジルもハディスより少し前に出た。竜が舞《ま》い降りる風で、正面の花畑が円の形にへこんでいる。

ざあっと、白い花弁が夜風と竜のはばたきに翻弄《ほんろう》されて、舞い上がった。

竜妃宮《りゅうひ》付近に、灯りはほとんどない。唯一、ジルたちが立っている玄関のかがり火だけが、煌々《こうこう》と夜の花畑を照らしている。

舞い降りた竜から飛び降り、花畑を踏《ふ》んだ長身の影《かげ》は、すぐこちらに気づいた。

「――おや、これはまた意外な先客だ。竜妃宮はまだ使われていないと思ってましたが……運の悪い。いや、運がいいのかな？」

竜の鞍《くら》につけたカンテラに照らされた笑顔を、ジルは知っていた。

かつての未来で、妹の死を盾《たて》にクレイトスに迫《せま》り、ラーヴェ帝国《ていこく》の皇位継承《けいしょう》権を主張した。つい最近、ライカで操竜笛を作らせ反乱を煽《あお》るだけ煽り、姿を消した。

大して魔力はない。ライカで操竜笛を作らせ反乱を煽るだけ煽り、姿を消した。

大して魔力はない。武芸に勝《まさ》るという噂もない。かつての未来でも、神輿《みこし》に担《かつ》がれただけでいつの間にか退場していた人物だった。今も、ライカで反乱も成功せず、操竜笛も使えなくなっている。何も成し遂《と》げられていない。

なのに、ここぞという時運を逃《のが》さない不穏《ふおん》さがある。

あっとラーヴェが声をあげた。竜が飛び上がったのだ。夜にとけこむようにして、見えなくなってしまった。

「竜帝陛下、そして竜妃殿下《でんか》でお間違《まちが》いないでしょうか？」

飛んでいった竜を少しも顧《かえり》みず、話しかけられた。

丁寧《ていねい》な質問には確信の響きがある。ハディスは答えない。かわりに、カミラが応じた。

「そういうあなたは誰かしら？」

「これはこれは失礼いたしました。私はマイナード・テオス・ラーヴェ」

かがり火が照らす場所まで進み出たマイナードが、胸に手を当て、跪《ひざまず》く。中性的な顔立ちや細めの体の線も相まって、優美で品のある所作だった。

「予定とは違いますが、竜帝ご夫婦《ふうふ》にお会いできるとは恐悦至極《きょうえつしごく》。このたび、クレイトス王国より親善大使の任を賜《たまわ》り、参上いたしました」

「親善大使？　お前が？」

「こちらを。任命状でございます、ご確認《かくにん》ください」

懐《ふところ》から流れるような仕草で差し出したのは、クレイトス王国でよく見る書状だった。

署名は──フェイリス・デア・クレイトス。

「遊学中、王女に拝謁《はいえつ》する機会を賜り、両国の橋渡《はしわた》しをと願われた次第《しだい》です。僭越《せんえつ》ながら、私もラーヴェ皇族の末席に名を連ねる身。祖国の平和のため、お役目を引き受けました」

流暢《りゅうちょう》な台詞《せりふ》も美声も、まるで舞台《ぶたい》のように作りものめいていた。

「許されるならぜひ、昔話などしたいものです。家族でね」

すべてが芝居《しばい》がかった中で、たったひとつ。薄《うす》い金の前髪《まえがみ》に隠《かく》れた青の瞳《ひとみ》だけが、含《ふく》みをもってきらめいた。

ナターリエは最近忙《いそが》しい。異母妹フリーダの相手くらいしかできず、不穏な情勢にただ悶々《もんもん》とするしかなかった日々が嘘《うそ》のようだ。

特に竜の花冠《かかん》祭では、不慣れな竜妃の補佐《ほさ》に走り回っていた。貴族の派閥《はばつ》や面子《メンツ》を考慮《こうりょ》しながらパレードの踊《おど》り子たちを選び、目を光らせる。踊り子たちは大半が帝都《ていと》に住む未婚《みこん》の娘《むすめ》たちだが、貴族の娘もまざっている。パレードの最後には竜の花と呼ばれる五人で踊る花形の踊りがあり、踊り手に選ばれたいともめ事が起こるのが常だ。踊りの指導者への賄賂《わいろ》はまだ可愛《かわい》いほうで、衣装を破いたり有力候補者を脅迫《きょうはく》して辞退を迫ったりと荒《あら》っぽい事件も起こる。

特に今回はひどいことになると覚悟《かくご》していた。兄――本物の竜帝《りゅうてい》が竜の乙女《おとめ》に花冠を贈《おく》るため舞台に出ることが決まっているからだ。裾《すそ》持ちと同じく、目立つ位置にいればいるほど、皇《こう》帝《てい》の目にとまる機会が多くなる。竜の花冠祭で皇帝の目にとまった女性が後宮に入るのも、珍《めずら》しくない。

あちこちに気を遣《つか》う中、ジルが一番の花形である竜の乙女なのは幸いだった。ジルでなかったら、殺人や誘拐《ゆうかい》が起きただろう。もちろんジルでも起こり得るのだが、犯人が可哀想《かわいそう》になる腕《うで》っ節《ぷし》のおかげで安心感が違う。帝国軍は「竜妃殿下に挑《いど》む馬鹿《ばか》がいたら直ちに帝民《ていみん》を避難《ひなん》させます」と斜《なな》め上の護衛案を出してきた。本人も「そうだな頼《たの》む」と答える有り様だ。もし事件が起こったら、犯人の蛮勇《ばんゆう》に拍手《はくしゅ》が起こるだろう。

ジルが困るとしたら後宮への対応だと思っていた。皇帝を裏から支える女たちは、ジルとは違う戦い方をする。だから助けにならねば――そう思っていたのだが。

「フィーネ皇妃殿下《こうひでんか》。いったいどういうおつもりかしら」

「ナ、ナターリエおねえさま、おちついて……！」

うしろからフリーダが抱《だ》きついてきたが、ナターリエとしては声も荒らげず、十分落ち着いているつもりだ。ノックはしなかったけれど。

薄着《うすぎ》にガウンだけ羽織ったフィーネは、就寝《しゅうしん》前らしく長椅子《ながいす》にゆったり腰《こし》かけ、女官《にょかん》に足の爪《つめ》の手入れをさせていた。マニキュア独特の匂《にお》いがつんと鼻をつく。

「ナターリエ殿下。こんな遅《おそ》い時間にどうされたのですか。後宮には立ち入らないよう、私とお約束しましたわよね？」

「ええ、お約束しましたわ。私が後宮に乗りこんであれこれ指示を出さないかわりに、竜妃殿下に協力してくださるってね。先に反故《ほご》にしたのはそちらでしょう」

「あら、私、竜妃殿下にきちんと協力しておりますわよ？」

「ふざけないで！」

やっぱり落ち着いていないかもしれない。口調が荒《あ》れる。

「ルティーヤから聞いたわ。ドレスの件。付き添《そ》いのスフィア様を足止めしたのもあなたの仕《し》業《わざ》でしょう？　バザーの出し物に難癖《なんくせ》つけて！　しかも裾持ちが辞退？　どこが協力なの」

「お、おねえさま、落ち着いて。おかあさまは……」

「フリーダもフリーダよ！　どうしてジルをひとりにしたの」

「つまり竜妃殿下は誰《だれ》かがついていないと、皇妃ひとり相手にできない御方《おかた》なのかしら」

ぐっと詰まった。爪の手入れを終えたフィーネは女官たちをさがらせ、足をそろえてこちらを向く。そしておっとりと微笑《ほほえ》んだ。

「こんな夜半に、前触《まえぶ》れもなく、実母でもない皇妃の宮に怒鳴《どな》りこんでくるなんて。さすが、非常識な占《うらな》い狂《きょう》の娘ですわねえ」

一瞬《いっしゅん》で頭が冷えた。ナターリエにしがみついていたフリーダが色をなす。

「おかあさま！」

「そう言われたくなくて張り切ってらっしゃるのでしょうけれど、空回りですわ。フリーダ、あなたもきちんとナターリエ皇女をいさめなさい。竜妃殿下だって望んでおられませんよ。あの方はとても手強《てごわ》いもの」

フリーダが冷えた手のひらを握《にぎ》ってくれる。少し、落ち着いた。

「お引き取りを、皇女殿下――いえ、もう立派な皇妹殿下ね。あなたの仕事はクレイトスの王太子をものにすることです。後宮に仕事はありません」

「……簡単に言ってくれるわね。女神《めがみ》に殉教《じゅんきょう》する堅物《かたぶつ》相手に」

「あら、弱気ですのね。女王即位《そくい》なんて、これ以上ない好機でしょう。あなたをクレイトスの国王にしてやるとけしかけて国を割ってやりなさいな」

それで操《あやつ》れる相手ならどんなに楽か。腹の底に苛立《いらだ》ちを押しこめ、冷静に答える。

「議論する気はありません。──竜妃殿下の件、信じてもいいのですね」

「もちろんです。ああでも、スフィア様についてはお約束できないわ。リステアードの母としては当然でしょう？」

まさか嫁《よめ》いびりでスフィアをためしたのか。いやでも、そう見せかけているだけかもしれない。後宮はそういうところだ。皆《みな》、裏がありすぎる。

「後宮は自分は何に殉《じゅん》じるのかがためされるところです」

ナターリエの逡巡《しゅんじゅん》を見透《みす》かしたように、フィーネが告げた。

「竜妃殿下はその点、非常にお強い方です。心配には及《およ》ばない──と、私も信じたいのですけれど、皇妹殿下は違《ちが》うのでしょうか」

挑発《ちょうはつ》的な物言いに、たしなめがまざっている。フィーネは実母と兄に置いていかれたナターリエを、ずっと気にかけてくれた皇妃だった。皇女であるナターリエを取りこんでおこうという打算は確実にあったが、情がないわけではない。

直情的なばかりに状況《じょうきょう》を悪くする第六皇妃や、見栄《みえ》ばかりで政治に興味のない他《ほか》の妃《きさき》にくらべれば、立ち回りも情のあり方も信用できる。油断できないだけだ。

「……そもそも、狐《きつね》だらけのレールザッツに私ごときがかなうわけなかったですわね」

レールザッツ領は狐の生息地で有名だ。代々狡猾《こうかつ》なレールザッツへの皮肉をこめての常套句《じょうとうく》に、フィーネはふんわりと微笑んだ。

「おわかりいただけて光栄ですわ。さあ、もう夜遅いです。お戻《もど》りになって」

「……なら、返して」

横から口をはさんだフリーダに、ナターリエだけでなくフィーネも首をかしげた。

「おかあさま、ジルおねえさまへの手紙を、とったでしょ。お部屋にあるの、見たの……ナターリエおねえさまとジルおねえさまをいじめるためなら、返して」

ナターリエは顔色を変えたが、フィーネは逆に表情を消したあと、笑《え》みを深めた。

「危険な手紙を処分してあげたとは思わないの、フリーダ？　信じてくれないのね。お母様、とても悲しいわ」

ぶるぶるとフリーダは首を横に振《ふ》る。

「おかあさまは、おにいさまの立場が悪くなるようなことは、しない。ぜったいそう。でもあぶないことをしてるなら――」

「フリーダ」

ぴしゃりと名前を呼ばれ、フリーダが固まった。おっとりした空気を振り払《はら》う、強い制止だった。声を呑《の》んだナターリエたちの背後で、物々しい足音が鳴る。後宮の衛士《えじ》たちだ。

ナターリエたちを押しのけ、取り囲むように部屋に入ってくる。

「こんな時間に、何事かしら？」

フィーネが静かに立ち上がる。焦《あせ》った様子はない。想定内と言いたげだった。

「――わかっているでしょう、フィーネ」

衛士たちのあとから入ってきた皇妃の姿にも、落ち着いた様子だ。

ナターリエはフリーダを抱き寄せてうしろにさがり、軽く頭《こうべ》を垂れた。そうせねばならないと、癖《くせ》のように染《し》みついた相手だった。

相手は第一皇妃。後宮の主。実母を失ったラーヴェ皇族たち全員の、母でもある。

もし今の帝城で対等に渡《わた》り合う人物がいるとすれば、竜妃《りゅうひ》だけだ。

フィーネでも、恭《うやうや》しく一礼を返す。

「第一皇妃カサンドラ殿下ともあろう御方が、こんな夜中に不躾《ぶしつけ》な訪問ですわね」

一分の隙《すき》もない身なりをした第一皇妃は、ちらとナターリエたちを見たあと、フィーネに向き直った。

「お話があります、フィーネ」

「明日にしませんこと？」

「白々しい」

「白々しいのはそちらでしょう。――罪状はなんですか？」

――罪状。後宮の妃の処分は、後宮を取り仕切る皇妃が決める。今はカサンドラだ。

「お前は後宮に余計な混乱を招こうとしています」

「具体的にはどのような？」

「後宮に竜妃を招きましたね、私の許可なく」

「まあ、竜妃殿下《でんか》ったら。ばれないようにと念を押しましたのに。でも少々根拠《こんきょ》が弱いのではないかしら、カサンドラ様ともあろう者が。竜妃が竜妃宮に入るのは当然の権利です」

「しかも竜妃殿下へ不敬を働いたと聞いています」

「そちらも苦しいですわね。第六皇妃あたりも捕《と》らえなくてはならなくなりますわ」

「お前が責任者でしょう。だからナターリエ殿下もこんな夜中に騒《さわ》ぎ立てていらっしゃる」

驚《おどろ》いて前に出ようとしたナターリエを、フリーダがしがみついて引き止める。見ると、震《ふる》えながらフリーダは何度も首を横に振った。

だが、ナターリエの不興を理由にする流れだ。予感は的中した。

「言い訳はあとで聞きましょう。しばらく謹慎《きんしん》なさい」

衛士がフィーネを取り囲み、その腕を取った。謹慎とは言っているが、まるで罪人のように荒縄《あらなわ》をかけられる姿に、ナターリエは叫《さけ》ぶ。

「待って、待ちなさい！　私は何も、そんなつもりじゃ――」

「お黙《だま》りなさい、後宮で小娘《こむすめ》にかばわれるなど皇妃の恥《はじ》！」

すかさずフィーネに一喝《いっかつ》され、ナターリエはすくみ上がった。フィーネに縄をかけた衛士もたじろいでいる。

動じていないのは、カサンドラだけだ。

「立派な物言いですが、結果は変わりません。つれていきなさい」

「まあ……ひどい、カサンドラ様。私はお味方ですのに」

「ぬけぬけと、女狐妃《めぎつねひ》はよくしゃべること」

「姉を押しのけてお前がそうなれと、後宮にきたばかりで泣いていただけの私に皇妃のあり方を教えてくださったのは、あなたではありませんか」

「では、メルオニス様の皇妃にふさわしい働きをしたと？」

　カサンドラの声色《こわいろ》に、冷ややかなものがまざった。堂々とフィーネが答える。

「もちろんです。謹慎場所は、メルオニス様のところにしていただけると嬉《うれ》しゅうございますわ。最近、お手紙の返事もいただけなくて――」

「しゃべらせるな、つれていけ！」

　初めてカサンドラが声を荒《あら》らげた。衛士たちがフィーネに手を伸《の》ばす。

「さわるな、無礼者！　――自分で歩けますわ」

　ぴしゃりとはねつけたあと、優雅《ゆうが》に微笑《ほほえ》み直し、フィーネが歩き出す。そしてナターリエにも、フリーダにすら一瞥《いちべつ》もせず毅然《きぜん》と顔をあげたまま、衛士に囲まれて部屋から出ていった。

「ナターリエ殿下、フリーダ殿下はお引き取りください」

「……フィーネ様をどうするつもりなの」

「後宮の問題です。皇妹だからと、みだりに口出しなさらぬよう」

「な、ならっ、ジルおねえさまの、お祭りへの協力は……っ」

「フィーネにかわり、私が引き受けましょう」

とりつく島のなさに、悔《くや》しそうにフリーダが唇《くちびる》を引き結んでうつむいた。ナターリエも同じ気持ちだ。だが、カサンドラの言い分は正しい。

あらかじめ決められていたのか、カサンドラが何を言うでもなく、部屋の中の家捜《やさが》しが始まっていた。これも止められない。

──何か、皇妹としてカサンドラにも要求できることがあるとすれば。

「……なら、お父様に会わせて」

カサンドラの眉尻《まゆじり》が動いた。確信はない。でもここだと信じて、ナターリエは切りこむ。

「フィーネ様の一件、私からお話しします。お父様に会わせなさい」

「私はあなた方が後宮へ立ち入ることを許可していません。なのに──誰《だれ》があなたたちをここへ通しましたか？」

「誰でもないわ、話を誤魔化《ごまか》さないで！　お父様への面会はあなたでも止める権利はない」

「門には、見張りの衛士がいたはずですね」

カサンドラが何を示唆《しさ》しているかわかって、ナターリエは息を詰《つ》める。カサンドラは素っ気ない。

「かばい立てしても、誰かは調べればすぐわかることですが」

「わ、私が振り切って入ったのよ、門番は悪くないわ！」

「でしたらお引き取りを」

無情に、カサンドラが宣告した。

「衛士ひとり切り捨てられぬ甘い考えで、後宮の問題に立ち入るのはおすすめしません」

こう言えばナターリエとフリーダが引くとわかっている、そういう声音《こわいろ》だ。

「ナターリエ殿下とフリーダ殿下をお送りしなさい」

カサンドラに顎《あご》で示された衛士たちに囲まれた。ナターリエはフリーダと部屋から追い払われ、後宮の出入り口になる門に向かって歩かされた。

「……おかあさまは、だいじょうぶ」

小さく、言い聞かせるようにフリーダがつぶやくのが聞こえた。

「だいじょうぶ。……かんがえ、なきゃ。おかあさまが、何を、してたか……」

ぎゅっとナターリエはフリーダと手をつないだ。そうだ、今となってはフィーネの言動から考えるしかない。そのときだった。

いきなり背後にいた衛士が、倒《たお》れた。次に、横にいた衛士も。

「お前、いったい何を——ぐぁっ！」

「ナターリエおねえさま、にげて！」

「フリーダ！」

ナターリエを突《つ》き飛ばしたフリーダが、殴《なぐ》り飛ばされた衛士《えじ》に巻きこまれて倒れた。小さく悲鳴をあげたナターリエの前を、衛士の格好をした襲撃者《しゅうげき》がはばむ。ちょうど視線と同じ高さに、赤い血が滴《したた》る短剣《たんけん》があった。ごくりと喉《のど》が鳴る。

「ナターリエ殿下、お迎《むか》えにあがりました」

「……私？」

今、良くも悪くも注目を浴びているのは、竜妃《りゅうひ》と、竜の花冠《かかん》祭に抜擢《ばってき》された女性たちだ。自分が狙《ねら》われる理由がわからず問い返してしまう。皇妹というならば、衛士の下敷《したじ》きになって動けないフリーダでもいいはずだ。

だが、襲撃者は、尻餅《しりもち》をついたナターリエから目をそらさない。

「脅《おび》えることはありません。ただ一緒《いっしょ》にきていただければ――」

「ッコケ――――――――！」

雄叫《おたけ》びに似た鳴き声が天井《てんじょう》に反響《はんきょう》し、ナターリエの頭上を白い塊《かたまり》が弾丸《だんがん》のように吹《ふ》き抜《ぬ》けていった。襲撃者が顔面に蹴《け》りを入れられ、沈《しず》む。衛士の下から這《は》い出てきたフリーダが、ぱあっと顔を輝《かがや》かせた。

「ソテー！」

竜妃の軍鶏《ぐんけい》が倒れた襲撃者を踏《ふ》みつけ、両羽を広げて胸を張る。

「ナターリエ殿下、フリーダ殿下！　無事ですか!?」

「ジル……！」

背後からの声に不覚にも泣き出しそうになってしまった。正面からも、鶏《にわとり》の声を聞きつけたのか衛士たちがやってくる。

だが安堵《あんど》したナターリエの目の前で、ソテーに踏まれた襲撃者が血を吐《は》き出した。ひっとフリーダが喉を鳴らす。

――毒を飲んだのだ。

ころころと、蓋《ふた》の開いた小瓶《こびん》が床《ゆか》を転がった。ナターリエのかたわらにやってきたジルが、小瓶を拾い上げる。

「……大丈夫《だいじょうぶ》ですか。怪我《けが》は？」

ジルは冷静だ。ナターリエは腹に力をこめて、頷《うなず》く。

「――だ、だい、大丈夫よ。どう、したの。あなた、竜妃宮にいたんじゃ……」

めまぐるしい展開に現実味がないせいで、どうでもいいことを尋《たず》ねてしまう。だが、ナターリエに手を貸したジルは、黙ってしまった。

嫌《いや》な予感がした。

「……何かあったのね？」

言いよどむジルの表情には、躊躇《ちゅうちょ》があった。けれど小さくても決断ができる竜妃は、ナターリエの目を見て、教えてくれる。

「マイナード殿下が、いらっしゃったんです。クレイトスの親善大使として」

意味がよくわからず、反応が遅《おく》れた。

マイナード。兄の名前だ。

ソテーに助けられて立ち上がろうとしたまま、フリーダも固まっている。

「今、陛下が三公を呼び出して情報を集めてます。ひとまず顔合わせは明日ってことになったんですけど、ナターリエ殿下に会いたがってるみたいで、どうしようかと――」

説明が耳に入ってくるが、頭にはうまく入ってこない。

ただどうしてだか、竜の乙女《おとめ》役をやりたがったナターリエに兄が作ってくれた綺麗《きれい》な花冠のことを思い出していた。

あの花冠は、いったいどこにいってしまったのだろう。

第三章 ⚜ 竜帝の空白地帯

首元でネクタイを締《し》め、気合いを入れ直す。かたわらでは、立派な軍鶏も身なりを確かめるように鏡を見ていた。

「ソテー、ナターリエ殿下たちを頼《たの》むぞ」

「コケッ」

くまのぬいぐるみが入った鞄《かばん》を背負《しょ》い、ソテーは颯爽《さっそう》とテラスから飛び出していった。

「ロー、お前は今日も留守番でいいのか？」

「ぷきゅ」

もぞもぞと布団《ふとん》の中から顔だけ出し、金の目をしょぼしょぼさせながらローが返事をする。ちやほやされるのが大好きなのに好《す》き嫌《きら》いが激しく大人数が苦手なローは、竜の花冠祭で大勢の人間と関《かか》わるジルと一緒にいたがらない。最近はジルの部屋でおとなしくお留守番しているる。成長を感じるが、竜の王は竜帝《りゅうてい》の心を栄養に育つ。ハディスの心情が影響《えいきょう》されているのであれば、油断ならない引きこもりだ。

「今日はソテーもいないぞ。大丈夫か？」

「きゅ」

わかっているのかいないのか、布団の中に潜《もぐ》ってしまう。まだ眠《ねむ》いらしい。

いい子にしていろ、と念を押して部屋を出た。鍵《かぎ》をしっかりかけたところで、ハディスもちょうど部屋から出てくる。

思わぬ偶然《ぐうぜん》にふたりで目を丸くしたあと、笑ってしまった。でも、今朝は忙《いそが》しくて朝ご飯も別だったから嬉《うれ》しい。

「おはよう。お弁当はカミラに預けたよ。──もう出かけるの？」

「はい。カサンドラ様とご挨拶《あいさつ》して、話し合ってきます。陛下は、マイナード殿下《でんか》たちとお茶ですよね。──顔色悪いですよ、ちゃんと寝《ね》ました？」

「日が昇《のぼ》る頃《ころ》にはね。君はちゃんと先に眠った？」

「ばっちりです！　ナターリエ殿下たちを部屋に送り届けたあとは、ぐっすり寝ました。こういうときこそよく寝てよく食べないと！」

寝不足は頭の働きも体の動きも鈍《にぶ》くする。不安なときこそ、いつでも動けるよう体も心も整えておくのが最善だ。

「何かあったら遠慮《えんりょ》なく頼《たよ》っていいですよ。わたしは元気ですからね！」

ハディスはうーんともったいぶって考えたあと、しゃがみこんで、両腕《りょううで》を広げた。

「じゃあ、ぎゅってして」

「いいですよ。ぎゅー！」

首根っこに勢いよく飛びつく。ハディスが立ち上がり、くるくると回った。楽しくて、ジルも声を立てて笑ってしまう。ハディスも笑い、やがて少しよろけてジルを抱《だ》いたまま壁《かべ》にもたれかかった。

「あーあ。君がいると元気が出るなあ。何でも、どうにかできそう」

「でしょう！　わたしは陛下の元気の源ですよ。陛下もわたしの元気の源です！」

そっかと小さい相づちを返し、ハディスがぎゅっと抱きしめてくれる。ちょっと苦しい、どきどきする強さだ。

「フィーネ皇妃《こうひ》が謹慎《きんしん》だってね。後宮は手強《てごわ》いよ。僕も下手に手出しできない。大丈夫？」

「おまかせください！　作戦は練り直しですけど」

「ああ、そっかあ。そうなるねえ……」

既《すで》にナターリエから昨夜、後宮であったことは報告を受けている。何が起こっているのか、誰《だれ》が敵なのかも、わけがわからない状況《じょうきょう》だ。

でも、ハディスと一緒に頑張《がんば》っていると思えば、全然平気だ。

「ほら、陛下、もう行かないと」

時間が迫《せま》っているのに、ハディスはいやいやをするように肩口《かたぐち》に額をぐりぐり押し当ててくる。しかたないな、とジルはその脇《わき》に手を入れてくすぐった。

「わ、わはは、やめ、やめてジル！　わかった、仕事する、します！」

「よろしい。今日も一日、頑張りましょうね、陛下」

「じゃあ僕のこと好きって言って」

答えるかわりに、ハディスの額にちゅっと音を立てて唇《くちびる》をあてた。真っ赤になったハディスが壁にしがみつくように逃《に》げる。解放されたジルは、着地と一緒《いっしょ》に敬礼した。

「では陛下、いってきます！」

「き、君、ほんとに最近、強すぎない!?　し、しん、心臓……っ」

壁にもたれかかって呼吸を整えているが、どうせラーヴェが面倒《めんどう》をみる。放置してジルは歩き出す。黙《だま》って待ってくれているカミラとジークにも悪い。

「どうだった？」

短く聞くと、カミラは首を横に振《ふ》った。ジークも同じだ。ジルは頭をひねる。

「ひどいときは朝から三通も四通もきてたのに今日はなしか……偶然か？」

「判断するには早い。昼には出てくるかもしれねーし」

「昨日の今日だから、ナターリエ殿下とフリーダ殿下は公務はお休みするって聞いたわ」

「ソテーに護衛を頼んでおいた。マイナード殿下とのお茶会は欠席だそうだ。面会も未定」

「向こうも文句は言えない、か。不幸中の幸いってやつねぇ」

皮肉っぽくカミラが笑う。ジークが懐《ふところ》から書類を出した。

「後宮から昨日の襲撃者《しゅうげきしゃ》について報告がきてる。こそ泥《どろ》だと。後宮に出入りしてた商人になりすまして侵入《しんにゅう》、衛士《えじ》の服を奪《うば》って潜《ひそ》んでたところを第八皇妃の謹慎騒《さわ》ぎに乗じて、皇妹殿下《でんか》を人質《ひとじち》に逃走《とうそう》を目論《もくろ》んだって筋書きだ」

「こそ泥が毒を飲んで死ぬか」

「ごもっとも。だがこれ以上は出てこないだろうな。関係者は既に処分済みだそうだ」

「わー昨夜の今朝で？　お仕事早くって後宮こわーい。ジルちゃん、勝算は？」

「そんなもの、今から考える」

いつもフィーネと待ち合わせていた貴賓《きひん》室の前で足を止めると、ジークが扉《とびら》をあけた。

新しい待ち人は、窓の外を眺《なが》めていた。

背の高い女性だ。飾《かざ》り気はあまりない落ち着いた色合いの、だが刺繍《ししゅう》も使われている生地《きじ》も一級品とわかるドレスを着た第一皇妃カサンドラが振り返り、鳩尾《みぞおち》あたりで手を組んだまま、会釈《えしゃく》した。

「お初にお目にかかります、竜妃殿下《りゅうひでんか》」

フィーネのように膝《ひざ》を折って一礼しないのは、先帝《せんてい》の最上位の妃《きさき》で、同等であるという意思表示だ。竜妃ではあるが皇妃ではないジルに対して、十分な敬意の示し方だろう。

「はじめまして。謹慎のフィーネ様にかわって、あなたが直々に竜の花冠《かかん》祭に協力してくださるとうかがいました」

「はい。不手際《ふてぎわ》が多々あったと聞き及《およ》んでおります。私の指導不足によるもの。後宮を代表して深くお詫《わ》びいたします。つきましては花冠、ドレス、共に作り直させております」

つ、とカサンドラが視線を向けるだけで、女官《にょかん》がさっと中央の机に花冠を並べた。

「他《ほか》の妃の花冠もこのように作り直させました」

並んだ花冠は、昨日見せられたばかりの試作品だった。ただし、色鮮《いろあざ》やかな花が削《けず》られ一輪だけになっていたり、一色に統一されていたり、絹のリボンが素朴《そぼく》な紐《ひも》に変わったり、すべて華《はな》やかさがそぎ落とされている。フィーネの花冠は当然のようになくなっていた。

「他の皇妃が調達した花を竜妃殿下の花冠に回します。これで竜妃殿下の花冠が最も華やぐことでしょう」

眉《まゆ》ひとつ動かさずカサンドラはそう言ってのけた。

「どうして他の皇妃様たちのデザインまで変えたんですか。せっかく綺麗《きれい》だったのに」

「元のままでは、竜妃殿下の花冠をかすませることになります」

「だからって、手を抜《ぬ》くような真似《まね》はどうなんですか。わたしだって嬉しくないし、そんなお祭りなんて絶対盛り上がりませんよ。あなただって、最初はすごく素敵《すてき》なものを出してきたじゃないですか」

「配慮《はいりょ》がたらず、申し訳ございませんでした。フィーネが指導するとばかり思っておりましたので」

皮肉をまぜたジルの苦情にも耳を貸さず、カサンドラは深く頭をさげる。付け入る隙《すき》が見当たらない。少々うんざりしていたフィーネの言動が、優《やさ》しかったような錯覚《さっかく》を覚える。

（……フィーネ様は指導してくれてたのかもしれないな）

第一皇妃の弱みを握《にぎ》って脅《おど》せ。いや、秘密を共有して仲良くしろだったか。

深呼吸して、ジルは気を取り直す。

「──確かに、フィーネ様は困った方でした。いつも遠回しな発言ばかりで」

頭をあげたカサンドラの瞳《ひとみ》がふ、と開かれる。初めて、くすんだ瞳の中に感情らしき色が見えた気がした。

「わかりました。カサンドラ様になら、竜の花冠祭の進行や確認《かくにん》をおまかせしても大丈夫《だいじょうぶ》そうですね」

「よろしいのですか？」

「いいですよ。ここでわたしが何を言ってもあなたは聞き入れないでしょう。──なめられてることは、よくわかりましたので」

カサンドラはただ静かにこちらを見つめている。

「皇妃と竜妃は違《ちが》うとフィーネ様が言っておられました。ですので、わたしはわたしのやり方で戦うことにします。諸々《もろもろ》、進めておいてください。時間もないですしね」

「何をされるおつもりですか」

「皇妃が気にすることではありませんよ」

ここまで言葉に詰《つ》まることのなかったカサンドラが、閉口した。だがすぐに、落ち着き払《はら》った声で応じる。

「そうでした。わきまえぬ発言、お許しください。――ですが」

「わかってますよ。後宮に入るな、口を出すな、でしょう？　でも、これ以上わたしを怒《おこ》らせるような真似はしないでくださいね」

カサンドラは答えない。ジルはにっこり笑い返した。

「じゃあ、あとはまかせました」

「……承《うけたまわ》りました。では、昼食後の衣装合わせの時間にまたお越《こ》しください」

「あ、そうそう。ちゃんと寝《ね》てくださいね。昨夜は後始末で忙《いそが》しかったでしょう」

返答に窮《きゅう》したのか、カサンドラが眉根《まゆね》をよせる。そうするとしわが見えるので、逆に硬質《こうしつ》すぎる雰囲気《ふんいき》が和《やわ》らいだ。

「わたし、後宮のお妃様には綺麗でいてほしいので！　お祭り前に倒《たお》れないでくださいよ。協力してもらうんですから」

「心得ております」

「ちゃんと、ですよ」

言い置いて踵《きびす》を返す。カサンドラの表情は見えなかった。

外に出たところで、カミラが背後を気にしながら声をかけてきた。

「で、実際、どうするのジルちゃん」

「竜妃宮のあのおじいさんを捕《つか》まえる。絶対、何か知ってるはずだ」

「ああ、そういやそうだったな。昨夜からの騒ぎで忘れかけてた」

「でもさっきジルちゃん、後宮には入らないって約束したんじゃないの？」

「あそこは竜妃宮だ。竜妃と皇妃《こうひ》の領分は違う。文句は言えないはずだ」

やだ、とカミラが笑い出す。

「詭弁《きべん》〜！　いいわね、ジルちゃんもなかなか立ち回るじゃないの」

「散々、フィーネ様にやられたからな。これくらいは押し通す。何より——」

もうそろそろハディスのお茶会も始まっているだろう。小さいけれど、精一杯《せいいっぱい》の大股《おおまた》でジルは前に進む。

「竜妃が皇妃にやられっぱなしでたまるか」


丸いテーブルとそこに座る面々を見るなり、マイナードは柔《やわ》らかく微笑《ほほえ》んだ。

「王座に案内されないと思ったら、そうくるわけですか」

「ラーヴェ皇族だと名乗ったのはあなたでしょう、マイナード兄上」

素っ気なく紅茶を先にすすりながら、ヴィッセルが斜《なな》め向かいの席を顎《あご》で示す。

「謁見《えっけん》など堅苦《かたくる》しい。きょうだい水入らず、語り合おうじゃありませんか」

「親善大使として扱《あつか》うより、きょうだい扱いしたほうがまだましだと。フェアラート公が言い出しそうな時間稼《かせ》ぎですね。三公はクレイトスへの確認、私が入りこんだルートの確定諸々含《ふく》め、今頃《いまごろ》大忙しでしょう。いや、竜帝《りゅうてい》より担《かつ》ぎやすい神輿《みこし》を求めて私に接触《せっしょく》してくるかな。どちらだと思います、ヴィッセル殿下《でんか》？」

「いいから座ったら。きょうだい水入らずなんだろ」

ハディスの横に座ったルティーヤが、クッキーをつまみながら乱雑に言う。幼さは残るが、ルティーヤは聡《さと》い。ここがどういう場面か理解し、らしく振《ふ》る舞《ま》うことができる。

「そうだね、ルティーヤ。では遠慮《えんりょ》なく、お邪魔《じゃま》するよ」

優雅《ゆうが》な足取りでやってきたマイナードが、ハディスの正面の席に腰《こし》をおろした。椅子《いす》を自分で引く動作も、かがんだ際に流れた長髪《ちょうはつ》を後ろ耳にかける仕草も、演技がかっていていちいち絵になる。役者のようだ。

カップを取り紅茶を味わう今は、皇子様役といったところだろうか。

「いいお茶だ。レールザッツの茶葉だね」

誰《だれ》も答えない。ルティーヤがクッキーを咀嚼《そしゃく》する音と、ヴィッセルがソーサーにカップを戻《もど》した茶器のこすれが、締《し》め切った応接間に響《ひび》く。ぱきり、と暖炉《だんろ》の薪《まき》が落ちる音まで聞こえる静けさだ。

「それで、聞きたいことはなんだい？」

小鳥の影《かげ》が見えた気がして、ハディスは窓の外を眺《なが》めた。今日はいい天気だ。

（ジル、大丈夫かなあ）

（まあそこは信じるしかねえな）

肩《かた》からテーブルに移動したラーヴェが、菓子《かし》台にのった焼き菓子を物色し始める。ヴィッセルは本を取り出していた。

「……。何かしゃべってくれると嬉《うれ》しいのだけれどね」

「……」

「愛情の反対は無関心、とはいうけれどねえ。困ったな」

両肘《りょうひじ》をテーブルにつき、組んだ手の上に顎を乗せて、マイナードが溜《た》め息をついた。

「わかったよ、教えてあげる。私が今回、親善大使としてクレイトスから仰《おお》せつかったのは、不作の支援《しえん》の申し出と、ジェラルド王子の安否確認だよ。謁見では面会を求める予定だ。面倒《めんどう》なのは後者だね」

「この焼き菓子はおすすめですよ、マイナード兄上。口いっぱいにどうぞ」

「もちろん君たちは断る。そこまで織りこみ済みだ。でも、不作でクレイトスからの支援を受けたい馬鹿《ばか》が、売国奴《ばいこくど》の自覚なくクレイトスの顔色をうかがっている。王子に竜《りゅう》の花冠《かかん》祭も見

学もさせず、友好的な留学を主張するのも無理筋だ。貴賓席にでも座らせて、見学の体を保てばいい。私には竜の花冠祭をぜひ楽しんでいってくださいと言って、ジェラルド王子の姿が見える遠い席に座らせる。落とし所はそのあたりでどうかな？」

妥当《だとう》な意見だ。ハディスが顔を戻すと、マイナードが嬉しそうに微笑んだ。

「十五年ぶりかな、ハディス。大きくなったね。私のことは覚えてるかい」

すかさずヴィッセルが鋭《するど》い声を飛ばす。

「焼き菓子を喉《のど》まで詰めこんであげましょうか」

「相変わらずヴィッセルは過保護だ。でも弟は竜神《りゅうじん》が見えるんだ、嘘《うそ》なんかついてないと、半泣きで誰彼《だれかれ》構わず殴《なぐ》りかかっていった頃に比べたら大人になったかな。いったい何回穴に落としてやったっけ？　返り討《う》ちにされては図書室に閉じこもって、可愛《かわい》かったね」

ばたんと音を立ててヴィッセルが本を閉じた。ぎろり、とマイナードに向けた目に殺意がこもっている。

「あなたにはずいぶん鍛《きた》えていただきましたよ。宮廷《きゅうてい》の悪意という悪意を学ばせてもらいました、感謝してます」

「そうか、よかった。今ならわかってくれると思ったよ。あんなふうに馬鹿正直に弟を竜帝だと訴《うった》えて回るのが、どれだけ危険だったか。今、どんな気持ちかな？」

「鼻の穴まで焼き菓子を詰めこんでやりたいです」

「そうそう、クレイトス女王即位《そくい》の正式な通達も仰せつかってる」

話の緩急《かんきゅう》がうまい。知らんぷりをしなければと思いながらも、耳を傾《かたむ》けてしまう。

「ということで、謁見はしてくれるかな？　形だけでいいから。でないと私は早々にクレイトスに戻らないといけなくなってしまう。やはりラーヴェ帝国《ていこく》はジェラルド王子を監禁《かんきん》しているようです、面会も拒《こば》まれましたという報告と一緒《いっしょ》にね」

それは余計な火種になりかねない。

人質《ひとじち》にされた兄を取り戻す幼い女王は、演出次第《しだい》でさぞ魅力《みりょく》的に映るだろう。

「のんびりさせてくれると嬉しいね。エリンツィア姉上は国境警備、リステアードはベイルブルグだっけ？　フリーダとナターリエはどうしてるのかな」

「ナターリエとフリーダは、昨夜何者かに襲撃《しゅうげき》を受けましてね」

ヴィッセルに告げられたマイナードの反応を、ハディスはじっと観察する。

塗《ぬ》り替《か》えられた心配そうな顔は、おそらく作りものだ。ただ持っていたカップの取っ手をつかむ指のこわばりと、呼吸を整える一瞬《いっしゅん》の間が、本物に見えた。

「今日明日は公務を休ませます。会いたいなら、明後日《あさって》以降にしてください。特にナターリエにとって、あなたの顔は心臓に悪いでしょうからね」

「――そう、だからいないのか。怪我《けが》は？　ふたりとも無事なのかな。君たちがここにいるなら心配しなくていいのだろうけど……」

「あんた、何か知ってるんじゃないのか？　犯人について」

ヴィッセルではなく、ルティーヤが切りこんだ。ヴィッセルは顔をしかめたが、ハディスは黙《だま》って成り行きを見守る。マイナードは大袈裟《おおげさ》に憂《うれ》えてみせた。

「私が？　まさか犯人だと疑われているのかな。昨夜、ラーエルムについたばかりだよ」

「竜葬《りゅうそう》の花畑とかいうところにおりてきたんだろ。後宮だよな。ナターリエが襲《おそ》われたのも後宮だ。偶然《ぐうぜん》とか、あり得ないんだけど」

「残念ながら偶然だよ。……そうか、ナターリエは後宮にいたのか」

「そもそもなんであんな場所におりてきたんだよ。仮にも親善大使だろ。誰かと待ち合わせでもしてたんじゃないのか」

「はずれ。時間が時間だっただろう？　あそこなら騒がれないと思っただけだよ」

「そんな言い訳が通じるか！　ジル先生がいなかったら、ナターリエもフリーダも怪我してたかもしれないんだぞ、正直に答え――」

「乗ってきた竜か？」

口を動かしたハディスに、驚《おどろ》いたようにマイナードがこちらを向いた。素の表情だな、と思いながらハディスは問いかける。

「竜を人目につかせたくなくて、あそこにおりたんじゃないのか」

マイナードに気を取られてあの竜をすぐに追わなかったのは失敗だった。ラーヴェが捜《さが》しに飛んだときにはもう、姿がなかった。帝都《ていと》周辺の竜に尋《たず》ねても、見ていないという。

逆説的にあまり遠くには行ってないのだろうが、忽然《こつぜん》と姿を消したのが不気味だ。ラーヴェに答えないというのも、ライカ大公国の操竜笛と竜の暴走を思い出させる。

竜神、あるいは竜帝に従わない竜の存在は、理《ことわり》に反する。

そして、理に反することは、ラーヴェの神格に関《かか》わる。

「あの竜か。考えたこともなかったな……私は何も知らないよ」

全員から鋭くにらまれ、マイナードは両手をあげた。

「本当だって。クレイトスがラーヴェ行きのために手配してくれたから有り難《がた》く乗ってきただけさ。竜帝が言うなら何かあるんだろうけど、竜は竜神の神使だよ。神に挑《いど》むような真似《まね》をする不届き者はそういないと思わないかい？」

「操竜笛を作ろうとしたあんたが言っても説得力皆無《かいむ》だっつーの」

ルティーヤのもっともな指摘《してき》に、マイナードは怒《おこ》られたように首をすくめた。

「まいったな。……わかった、なら本当は誰かと待ち合わせしてたってことにしとこう？　誰とは言えないけれどね」

竜のことを隠《かく》したいのか、それとも待ち合わせが本当なのか、疑惑《ぎわく》を混ぜ返している。この男は本当に、誤魔化《ごまか》すのがうまい。

「そろそろお暇《いとま》しようかな。ライカ、クレイトス、ラーエルムと移動してばかりで疲《つか》れてるんだ。──ああ、心配しなくても用意された部屋でおとなしくしているよ」

飲み干したカップの縁《ふち》を指先で撫《な》でながらマイナードが微笑《ほほえ》む。

「謁見《えっけん》の時間が決まったら教えておくれ。ジェラルド王子と面会させてもらえるなら喜んで引き受けるよ。話すことなんて、女王即位のお知らせくらいしかないけれど。そういえばジェラルド王子には女王の件、伝わっているのかな？」

「……」

「じゃあ、お互《たが》い話せることは話したということで」

「──ライカ大公……お祖父《じい》様は、なんで死んだんだ」

立ち上がったマイナードが、ルティーヤを見下ろした。

「あんたが殺したのか？　ナターリエの母親……コルネリア元皇妃《こうひ》の行方《ゆくえ》もわかんないって聞いた。どっちも、あんたが何かしたのか」

マイナードが嘲《あざけ》るように、頰《ほお》を緩《ゆる》める。

「──驚いた。まさか私ではないと疑わない余地があるのかな？」

「返事になってない！」

「私だよ」

食い下がろうとしたルティーヤが押し黙る。少なからずショックを受けているようだ。なんだかんだ純真なルティーヤに、ハディスは小さく嘆息《たんそく》した。

「これで満足かな。また何かあれば遠慮《えんりょ》なく話しかけておくれ」

「でもルドガー兄上は信じてないよ」

今度はマイナードのほうが口をつぐんだ。

「アルノルト兄上、だっけ？　そのひとが目指したものを台無しにするような奴《やつ》じゃない、みたいなこと言ってたよ」

「……。相変わらずあのひとは、おめでたい。だから皇位継承《けいしょう》権も平気で捨てる」

不愉快《ふゆかい》そうに吐《は》き捨てて、マイナードが踵《きびす》を返した。ヴィッセルがテーブルのほうを向いたまま声をかける。

「どうぞゆるりとご滞在《たいざい》ください。あなたがリステアードにどんな顔で挨拶《あいさつ》するのかは、見てみたいですから」

「奇遇《きぐう》だね」

扉《とびら》の取っ手に手をかけ、マイナードが微笑み返す。

「私もお悔《く》やみ申し上げたらどんな顔であの子が私に挨拶を返すのか、楽しみだよ」

マイナードは長い髪《かみ》をなびかせ、退室してしまった。ルティーヤが立ち上がる。

「僕、部屋までついてく」

「ノイトラールの連中が見張りについてる。余計なことはするな」

「でも、何かわかるかもしれないじゃないか」

そう言って追いかける末の弟を、ヴィッセルは引き止めなかった。ハディスは冷め切った紅茶に手を伸《の》ばす。

「頭のいいひとだね。こっちの対応を見透《みす》かしてる」

「性格は最悪だがな。……ラーヴェ帝国の両翼《りょうよく》になると言われていた人物だ」

両翼の片方は、アルノルトだったのだろう。

「あのひとが味方につけば、ヴィッセル兄上は助かる？」

「余計なことは考えなくていい、ハディス。あれは毒のような奴だ、近づくな」

いつもより硬《かた》い声で、ヴィッセルが切り捨てた。ふうっとハディスは肩《かた》から力を抜《ぬ》く。

クレイトスへの対応、女王即位の報告、ジェラルド王子の扱《あつか》い――マイナードの提示した案は、当面をしのぎたいハディスたちの妥協点《だきょうてん》とほぼ重なる。全面戦争をするためにやってきたのではないとわかったのは、収穫《しゅうかく》だった。

（竜のことはいったん置いておくしかないか……）

（だなー。ローにも注意するよう言ったし、他《ほか》の竜も見張ってるし）

人目が少なくなったからか、ラーヴェは菓子皿《かしざら》から堂々とケーキをかじっている。マイナードの訪問にくわえ、後宮で何が起こっているのかもわからないし、竜の花冠《かかん》祭がどうなるのかも見当がつかない。問題は山積みなのにいいご身分だ。

「ジルの評判もあるしなあ……全部一発で解決できる方法ないかなー……」

「竜妃《りゅうひ》の評判は本人次第だ。何も解決できなくともすべて竜妃の責任にすればいい」

「でも、ジルが食料庫をからにしたとかあのあたりの噂《うわさ》、半分くらいはヴィッセル兄上の責任だよね？　わざと放置したでしょ」

ヴィッセルが笑顔《えがお》でこちらを見た。

「火のないところに煙《けむり》は立たないというじゃないか。さて、そろそろ会議だ。さっきの話を三公に通すぞ。そのあとは昼食、衣装合わせをして、パレードの手順確認《かくにん》だ」

「衣装合わせか。なら、午後からはジルも一緒《いっしょ》？」

前回の嫌《いや》がらせがある。すれ違《ちが》いを懸念《けねん》するハディスに、ヴィッセルが口角を持ち上げた。

「ご一緒したいがな。せいぜい、竜妃のお手並みを拝見するとしよう」

完全に嫁《よめ》をいびる舅《しゅうと》の顔だ。衣装合わせはすれ違いで終わりそうだった。


待てよ、と声をかけると、騎士《きし》に囲まれた異母兄が足を止めて振《ふ》り向いた。おや、と目元をゆるめる様は優《やさ》しそうで、いかにもうさんくさい。

「ルティーヤ。私に近づきすぎると、ヴィッセルに怒られてしまうよ」

「僕をあの場に呼んで使ったのはあっちだよ、知るもんか」

「ここでうまくやってるんだね、よかった」

ルティーヤが横に並ぶのを待って、マイナードは歩き出す。

「ライカ大公国にいた頃《ころ》の君は、そんなふうに年上に甘えなかっただろう。ヴィッセルも君を信用しているから、放置してるんだ。あの子は怖《こわ》がりだからね、すぐに先回りして怖そうなものを潰《つぶ》してまわる。悪い癖《くせ》だ」

「……あんたがいじめたせいじゃねーの」

「誤解だよ。私は、怖いものの見分け方を教えただけさ」

言うと決めたことは言わないと、巧《たく》みな話術に流されてしまう。深呼吸した。

「さっきの、ライカ大公――お祖父様の件だけど。僕は、恨《うら》んでないから」

マイナードが視線だけをよこした。祖父が踏《ふ》むことのなかった豪奢《ごうしゃ》な絨毯《じゅうたん》を踏みしめ、ルティーヤは続ける。

「お祖父様はもう、駄目《だめ》だった。ラーヴェ帝国《ていこく》をやりこめたいばっかりで、あのままいけばまた騒動《そうどう》を起こしてた。ライカの、もっと色んな人を巻きこんで」

「だから、私に感謝していると？」

「……ううん、言い訳かも。僕は、お祖父様にうんざりしてた。死ねばいいのにって思ってたよ、心のどっかで。そういう自分も、最悪だなって思うけど……」

ジルには言えないな、と心のどこかで苦笑《くしょう》する。悲しませてしまいそうだ。

「だとしたら、私はライカ大公を救ってしまったのかもしれないね。孫に復讐《ふくしゅう》されて死ぬのがふさわしい末路だっただろうに」

「――あんたは、僕がそうならないようにしてくれたのかなって」

言ってから、らしくないお人好《ひとよ》しぶりに自分で笑ってしまう。

「うまく言えない。ただ今は……お祖父様が死んで、ちゃんと、悲しい気もしてるから」

「ならよかった。親を殺せる日を指折り待つ子どもの生き方は、不幸だ」

「そういうことがわかるあんたこそが、そういうのかなって、気になったんだ」

マイナードが足を止めた。

「なんかあったら、ちゃんと言えよ。……士官学校に送り出してくれた借りは返す」

ルティーヤを祖父の目の届かない場所へと送り出してくれたのは、この兄だ。打算こみであっても感謝している。

「……だったらお言葉に甘えて。竜妃殿下《りゅうひでんか》に会いたいんだけど、どんな御方《おかた》かな」

「どんなって……見たんじゃないの、ライカで。学級対抗戦《たいこう》」

「やっぱり本物だったのか、あれは――……なかなか難しそうだね」

嫌そうな顔をしている。なんだかおかしくなってしまった。

「なんだよ、苦手か？　でもナターリエとフリーダを助けたのはジル先生――っ」

途中《とちゅう》でどん、と突《つ》き飛ばされた。つんのめったルティーヤは怒《おこ》ろうとして、目を丸くする。

開いた窓にマイナードが足をかけて、外へと飛び出そうとしていた。

「ヴィッセルに怒られる役をよろしく」

ここは三階だ。だがマイナードは器用に、近くの木につかまって地上に降りてしまう。真っ青になった騎士たちが慌《あわ》てて声をあげ、駆《か》け出した。

（お言葉に甘えてって……）

ルティーヤは窓枠《まどわく》に頬杖《ほおづえ》をついて、そっぽを向く。

「ジル先生に近寄って怒るのは、ハディス兄上だっての……」

狭《せま》い小屋の中で粉をぶちまけられる。案の定、魔力《まりょく》の引火で起こった粉塵爆発《ふんじんばくはつ》を結界でふせいだ。だが、真っ白な視界が晴れたときにはもう、老人の姿は消えている。

「くそ、逃《に》がした！　ジーク、外だ！」

「まかせろ！」

「もーなんなのよ、あのおじいさん！　ぶっ殺す！」

小麦粉を頭からかぶったカミラが癇癪《かんしゃく》を起こしている。ジルは外に出て周囲を見回した。先に外に出たジークが戻《もど》ってくる。

「駄目だ、見当たらねえ。いったいどこ逃げたんだよ、今度は……」

「ねえジルちゃん、あそこ、お弁当盗《ぬす》まれてない!?」

「はあ!?」

仰天したジルが先ほどまでいた場所に戻ると、シートの上にあったお弁当が籠ごとなくなっていた。追いついてきたジークが唸《うな》る。

「……最初っからこれ目当てだったんだろうな……」

竜妃宮の中を掃除《そうじ》がてら捜索《そうさく》し、折角《せっかく》だから見晴らしのいい外の花畑で昼食をとろうとした最中の騒動だった。老人の影《かげ》を発見し、小屋に誘《さそ》いこまれ、この結果だ。

あんまりの犠牲《ぎせい》だ。ジルは頽《くずお》れた。

「わ、わたしのお弁当がっ……こ、殺していいなら一瞬《いっしゅん》なのに……！」

「落ち着け隊長。なんか厨房《ちゅうぼう》からもらってきてやるから」

「あのおじいさん、ゼッタイただ者じゃないわね」

「よくおわかりで」

聞き慣れない第三者の声が割って入った。いつの間にか、日に透《す》ける薄《うす》い髪《かみ》を風になびかせた長身の男性が、顎《あご》に指を当てて立っている。

「策を講じないと日が暮れても捕《つか》まえられないのでは？」

「おま……おま、マイナード！　殿下《でんか》……っ」

気配がなかった。驚《おどろ》くジルを面白《おもしろ》そうに見下ろし、にこりとマイナードが笑う。

「名前を覚えていただけたとは光栄です、竜妃殿下。こんにちは」

ジークとカミラがそれぞれの武器に手をかける。マイナードが苦笑した。

「丸腰《まるごし》の私にそういう対応、傷つきますね」

「お前……いや、ええと」

「無理にラーヴェ皇族として扱《あつか》わなくてかまいませんよ」

気遣《きづか》われてしまった。迷いつつ、ジルは落ち着いて切り出す。

「どうしてここに？　陛下たちとお茶会してるはずですよね」

「お茶会はなごやかに終わりましたよ。そのあと見張りの隙《すき》をついて逃げ出したんですが、多勢に無勢。しかたなく兵が入れない後宮に逃げこんだら、竜妃殿下が何か面白いことをしてらっしゃるようだったので、見学してました」

「ジーク、カミラ。マイナード殿下を今すぐ丁重《ていちょう》に客室にお送りしろ」

「――というのは嘘《うそ》ではない建前で、あなたに会いにきたんです、竜妃殿下。ナターリエを助けてくださったとか」

マイナードが胸に手をあて、恭《うやうや》しく頭をさげる。綺麗《きれい》な礼だった。

「有り難《がと》うございます。ひとこと、お礼を言いたくて」

誠実な声色《こわいろ》が、意外だった。かつての未来で妹の死を語る彼はうさんくさくてたまらなかったのに、本音に聞こえる。

「……偶然《ぐうぜん》です。あなたの訪問を知らせようとして、鉢合《はちあ》わせただけなので……」

「なら、あなた方に見つかってしまった甲斐《かい》もあるというものですね」

いや、やっぱりうさんくさい。一度目の人生でそんなに関《かか》わったわけでもないが、ライカでの扇動疑惑《せんどうぎわく》など、あやしい点が多すぎる人物だ。

警戒《けいかい》しながら、ジルは付け足した。

「ナターリエ殿下とフリーダ殿下には、護衛をつけています。安心してください」

おとなしくしていろ、と言外に念押しもしておく。伝わらない相手ではないだろう。

だが、顔をあげたマイナードは感動したように目を輝《かがや》かせている。

「ならお手伝いしますよ、あの老人の捕獲《ほかく》」

「は？　なんでですか」

「お礼です」

絶対嘘だ。黙《だま》るジルとしばらく見つめ合い、マイナードは大袈裟《おおげさ》に肩《かた》を落とした。

「どうして信じてもらえないんでしょうかね、私は。そんなにうさんくさいでしょうか」

「自覚あるんですね……」

「わかりました、本音を言います。あの老人に聞きたいことがあるのですよ」

「知り合いなんですか」

「知り合いというほど親しくはないですが、彼がどういう出自の人間かは知ってます。私が知りたいことを知っていて、教えてくれそうなのは彼しか心当たりがなくて」

「……何を知りたいんですか」

答えるとは思っていなかった。だが、マイナードはジルを見据《みす》えて薄い唇《くちびる》を動かす。

「先帝《せんてい》の居場所」

想定外の返答だった。ジークとカミラも顔を見合わせている。

「あなたも決して無関係ではありませんよ、竜妃殿下。こちら、拾ったんですが」

マイナードが懐《ふところ》から指先ではさんで取り出したのは、封筒《ふうとう》だった。愛《いと》しの竜妃殿下へ、という宛名《あてな》のものだ。ぎょっとしてジークが自分の尻《しり》ポケットを見る。

「盗んだな!?」

「拾ったんですよ」

「堂々とした嘘つきね！　あんたもなんでそんなとこ入れっぱなしにしてんのよ！　陛下にばれたらやばいってわかってる!?」

「カミラ！」

「あ」

マイナードがにっこりと、とてもいい笑《え》みを浮《う》かべた。

「竜帝《りゅうてい》陛下と竜妃殿下は本当に仲がよろしいのですね。こんな手紙で大騒《おおさわ》ぎできるとは」

「……。わかりました、手伝ってもらいます。だから返せ！」

これ見よがしにひらひらさせている手紙を奪《うば》う。マイナードがくすくす笑った。

「剛毅《ごうき》ですね。それとも乙女心《おとめごころ》なのかな。こんな手紙、どう考えても罠《わな》でしょう。竜帝陛下が信じるとは思えませんよ。私の相手をするほうが面倒《めんどう》でしょうに」

「うぬぼれないでもらえますか。陛下はあなたなんかより、よっぽど面倒で厄介《やっかい》なんですよ」

きょとんとしたマイナードを、鼻で笑う。

「あなたを黙らせるほうが簡単です。最悪、首を折ってしまえばいいんですから」

「……。冗談《じょうだん》」

「そう聞こえました？」

「いえいえ、よくわかりました。竜帝も竜妃《りゅうひ》もなかなか苛烈《かれつ》でらっしゃる」

「会話してもらえたんですか、陛下と」

お茶会という体裁《ていさい》は整えていたが、ハディスは警戒心《けいかいしん》が強いし、嫌《きら》いなものには関わりたがらない。ヴィッセルとルティーヤが主な会話相手だったはずだ。

「見ている世界が違《ちが》うんでしょうね。突かれると痛いところだけ突かれました」

ジルはちょっと鼻が高くなる。でも気づかれないよう、素っ気なく話を進めた。

「で？　どうやってつかまえるんですか」

「追いかけるだけではこちらがいいように翻弄《ほんろう》されるだけです。罠にかけましょう」

「どこにいるかもわからないのよー？」

「見たところ、さっきは食事につられて出てきてましたよね。そこで罠をかけるのは？」

ああ、とジルは手を打つ。

「前回も食事中、竜葬《りゅうそう》の花畑を燃やすのはどうこう文句をつけながら出てきたな」

「つまり陛下の食事だな！　——となると明日か……」

「陛下、予定いっぱいだもんねえ」

「でもわたし、陛下の料理を囮《おとり》になんて使えません……！」

唸るジルに、ジークとカミラが黙りこむ。少し考えて、マイナードが言った。

「竜葬の花畑を焼くのを反対したんですか？」

「あ、はい。価値をわかってないとか……まさか焼くつもりですか⁉」

「この花の価値を惜《お》しむ人物。——おそらく、歴史的なものがお好きなんでしょう。竜妃殿下《りゅうひでんか》なら、竜の花などかすむ囮を用意できるのでは？」

まばたいたジルに、マイナードが人差し指を立てる。

「たとえば、金目の黒竜。——竜の王とか、垂涎《すいぜん》ものだと思うのですが」

襲撃《しゅうげき》を受けた翌日だ。怖《こわ》かっただろう、裏切り者の実兄《じっけい》に会うのも負担だろう——そんな気遣いをしてくれる兄ではなかった。

「……竜の花冠《かかん》祭、私と一緒《いっしょ》にどう？」

ぎこちなく切り出したナターリエは、デートの誘《さそ》いのようだと遅《おく》れて気づく。焦《あせ》って早口にまくしたてた。

「こ、ここにきてから一度も外に出てないでしょう？　見学くらいいいかと思って――」

「遠慮《えんりょ》する」

読んでいる本を閉じようともせず、横顔のまま隣国《りんごく》の王子ジェラルドはすげなく答えた。

「……ほ、本物の竜妃が取り仕切る、三百年ぶりのお祭りよ？　興味ない？」

「どうしてもと言うなら、縛《しば》りあげた状態であなたの横に放《ほう》り投げればいい」

「そんな趣味《しゅみ》、私にはないわよ！」

「クレイトスから私に面会要請《ようせい》でもきたか？　だがやってきた使者が、会わせたい相手ではない。だから、遠くから姿を見せてお引き取り願おう――というところか」

頭の回転の速い奴《やつ》はこれだから嫌《いや》だ。

「面会なら応じる。祭りの見学はそれ次第《しだい》だ」

「――本当に縛られた状態で私の横に並べられていいっていうのね」

「かまわない。ラーヴェ帝国《ていこく》に都合のいい友好とやらを示すいい機会だ」

「ジルが見るわよ」

「……関係ない」

本の頁《ページ》をめくる指先をこわばらせておいて、嘘《うそ》をつく。なんだかむなしくなった。

「いいわよ、わかったわ。そうお兄様たちに伝えておくわよ。でも当日、縛られたまま私への襲撃に巻きこまれて無様に死んでも自業自得《じごうじとく》だからね」

「……襲撃？　あなたが？」

「なんか狙《ねら》われてるみたい、私」

特に隠《かく》すことでもない。何よりこれくらいの軽さで話したほうが気が紛《まぎ》れる。

「襲撃者は死んだけど、二度目がないとは限らないわ。縛られて横に並ぶなら覚悟《かくご》しておいて」

「……。あなたを狙う理由が思いつかない。竜の花冠祭は竜妃が主役なのだろう。あなたに害する価値などない」

「悪かったわね、狙う価値もない皇妹で！　喧嘩《けんか》売ってるの」

「――私と婚約《こんやく》などとうそぶいたからでは？」

意表をつかれた。淡々《たんたん》と、生真面目《きまじめ》にジェラルドが続ける。

「あなたをクレイトスの王太子妃《ひ》にしたくない輩《やから》がいる。他《ほか》に理由が思い当たらない」

「……クレイトスからの襲撃だって言うの？」

「いや、ラーヴェ帝国内部の話だろう。クレイトスであなたと私の婚約話が広がっているとは考えにくいし、本気にするとすればラーヴェ帝国側のほうだ」

――今、クレイトスでは女王即位《そくい》に動いている。つまり、ジェラルドと結婚《けっこん》してもクレイトス王太子妃にはなれないのだ。そんな不安定な状況《じょうきょう》で、クレイトス王国側がわざわざラーヴェ帝国の帝城まで乗りこんできて、ナターリエを害するなんて考えにくい。

「……クレイトスと和解したくない連中とか……？」

「にしてもおかしいが。正式に契約書《けいやくしょ》を交《か》わしたわけでもない。あなたを亡《な》き者にしたところで私は留学中のまま、何も情勢は動かない。……」

顎《あご》に手を当てて思案していたジェラルドが、本を閉じて置いた。

「竜の花冠祭、見学させていただこう」

「……なんで、また、急に」

「そちらから持ちかけてきた話だろう」

この話の流れで、警戒しないほうがおかしい。半眼で見ているナターリエに、やっとジェラルドが振《ふ》り向いた。

「それとも、縛りあげた私を横に並べるのが趣味か」

ぶるぶるぶる、と急いで首を横に振った。

「い、いいのね？　縛りあげられはしなくても、たぶん見張りとかはつくわよ。い、衣装とかこっちで用意するし、何もたくらめないわよ」

「いちいち確認《かくにん》しなくてもわかる。好きにすればいい」

「ジルの近くは無理よ!?　私の横よ!?」

呆《あき》れた眼差《まなざ》しを向けられた。

「その前提で承諾《しょうだく》した流れだろう」

ナターリエは、こちらとあちらを区切る鉄格子《ごうし》から一歩、さがる。

「じゃ、じゃあ、お兄様にそう、報告してくるから……」

「ご自由に」

素っ気ない返事だ。顔を背《そむ》けて、読書に戻《もど》っている。いつもなら腹立たしい態度が今は有り難《がた》かった。

口元を手で塞《ふさ》ぎ、急いで部屋から離《はな》れる。気づかれないよう願った。あの王子様には、気づかれてはいけないことがたくさんあるのだ。女王即位だとか、ナターリエ自身にも止められない浮《う》かれた足取りだとか。

(ど、どうしよう、何からすればいいかしら。ええとまずは、衣装とか)

あの王子様は見栄《みば》えがするから、下手なものは用意できない。きちんと仕立てたものが必要になる。そして友好を示すためだから——ナターリエと少しおそろいのようなものを、入れる必要があるのではないか。

そう考えると、足下《あしもと》に火が付いたようにうろたえた。

(必要だから！　そう、政略的なものだから……！)

「おねえさま、おしごと、終わった……？」

控《ひか》えの間でソテーと一緒に待っていたフリーダから、声をかけられた。フリーダはソテーが持ってきたくまのぬいぐるみを抱《かか》えている。襲撃の翌日だ。後宮の出方がわかるまで、今日はできるだけ一緒にいるように、と言われている。

「ご、ごめんなさい。待たせたわね、フリーダ」

「……何かいいことあった？」

「ふ、普通《ふつう》よ。ヴィッセル兄様に報告しに戻りましょ」

物わかりの良いフリーダは、こくりと頷《うなず》いてナターリエに手を差し出す。妹のあたたかい手を握《にぎ》り返し、できるだけ落ち着いた足取りでナターリエは歩き出した。


いいか、と花畑に両膝《りょうひざ》をついたジルを、ローはきゅるんとした丸い大きな目で見あげた。

フリーダにプレゼントされたという、毛糸の帽子《ぼうし》とそろいのガウンが、もこもこしていて可《か》愛《わい》い。体温調節に長《た》けた竜は熱さにも寒さにも強いらしいが、お洒落《しゃれ》好きなローは最近、外出時の帽子だのマフラーだのにこだわっている。

「ここでいい子に絵本を読んでてくれ、ロー」

「きゅ」

まかせろと言っているようだが、本当にわかっているのだろうか。

「お前は囮だ。危険を感じるまでは竜を呼ばず、じっとしててほしい」

「うっきゅ」

「何があっても絶対絶対、わたしが助けに飛んできてやるから、そこは心配するな」

「うきゅううぅぅっ」

嬉《うれ》しそうにローが悶《もだ》え、尻尾《しっぽ》をふりふりさせている。囮云々《おとりうんぬん》より、ジルに助けてもらうのが大事らしい。提案した側のジルがそれでいいのかと脱力《だつりょく》する。

(レアにばれませんように)

心の中で祈《いの》り、ローを置いたままそっと離れる。

場所は竜葬《りゅうそう》の花畑のど真ん中だ。ピクニック用のシートの上にのった籠《かご》の中で、ふかふかの毛布にくるまれた金目の黒竜が、絵本を開いてすごしている。厨房《ちゅうぼう》でわけてもらったお菓子《かし》のファッジとミルクつきだ。完全に状況がおかしい。

「……あからさまなんですが、引っかかります?」

持ち場になる東屋《あずまや》に戻ったジルは、半眼で罠《わな》の発案者に尋《たず》ねた。

「あからさまなほうがいいんですよ、どうせ力勝負なんですから」

「ローに何かあったら竜が何をしでかすかわかりませんよ」

「織りこみ済みです。誘拐《ゆうかい》されたら竜のあとを追えばいいし、危険にさらせば竜妃宮《りゅうひ》が吹《ふ》き飛びかねません。この花畑に価値を見出《みいだ》す人物が、そんな選択《せんたく》はしないと思いますよ。金目黒竜の価値も当然、わかっているでしょうから」

とりあえず納得《なっとく》して、ジルはマイナードと少し距離《きょり》を取って座る。放置された東屋のテーブルにはお茶とお菓子が置いてあって、はからずもお茶をする構図になってしまった。ジークとカミラは別の場所から見張っているので、ふたりきりだ。マイナードは水筒《すいとう》から飲み物を注いで、目の前に置いてくれる。

「薬湯です。体があたたまりますよ。防寒の魔術《まじゅつ》を縫《ぬ》いこんだ上着を着ていても、今の時期は寒いでしょう」

「あ、ありがとうございます……薬湯は、あなたが？」

「ええ、毒物とかが子どもの頃《ころ》から大好きで」

飲みかけた薬湯を噴《ふ》き出した。ははははとマイナードが声を立てて笑う。

「大丈夫《だいじょうぶ》です、毒なんて入ってませんよ」

「当たり前ですよ！　でも今の話の切り出し方、狙ってたでしょう⁉」

「でも竜の花は毒花でもあるんですよ」

東屋のひび割れから侵蝕《しんしょく》してきている白い花を、マイナードが無造作にちぎり取った。

「大した毒ではないのであまり知られてないですがね。大量に食べると、魔力《まりょく》の急激な欠乏《けつぼう》を起こすんですよ。竜の死骸《しがい》から咲《さ》いた花という逸話《いつわ》もありますし、魔力を焼く竜の炎《ほのお》の仕組みも関係しているのかもしれません」

「……つまり……竜を食べることはできないってことですか⁉」

「竜を食べる気だったんですか？　竜妃が？」

目を丸くして問い返され、視線を泳がせた。

「……た、食べられるなら、一度くらいは……陛下だっていけるって言ってたし……？」

「なるほど……いえ、驚《おどろ》いただけですよ。いいですね、そういう冒険《ぼうけん》心」

「わかります!?」

「ええ、冒瀆《ぼうとく》的でそそられます」

いいひとかもと思ったが、違《ちが》うと思い直した。

(でも……やっぱり以前とは印象が違うな)

ライカの一件があるので警戒は解けないが、自らをラーヴェ皇帝《こうてい》だと主張して開戦させたかつての行動原理はなんだったのか、気になった。

「……マイナード殿下《でんか》って、皇帝になりたいとか、願望、ありますか」

正直に答えるわけもないだろうが、聞いてみた。マイナードが目を丸くする。

「まさか、あんな面倒《めんどう》なもの。私は常に皇帝の邪魔《じゃま》をしたい人間です」

さわやかな笑顔《えがお》でもっと厄介《やっかい》なことを言わないでほしい。

「アルノルトって、竜妃殿下はご存じですか？」

「リステアード殿下とフリーダ殿下のお兄さんですよね。もう亡《な》くなった……」

「そうです。私はあれより二ヶ月年上でね」

聞き覚えのある言い回しが引っかかったが、マイナードの話は淡々《たんたん》と続く。

「よく比べられましたよ。とはいえ、私の母は二十五年ほど前の戦いで先代フェアラート公が持ち帰ったクレイトスの戦利品――まだ王太子だった南国王の女官《にょかん》でした。クレイトス王城が陥落《かんらく》したときの捕虜《ほりょ》です。フェアラート公縁《ゆかり》の貴族の養女になりましたが、クレイトス出身で身分も低く立場も微妙《びみょう》な皇妃《こうひ》でした。それを補って余りある美人でしたがね」

マイナードは長い髪《かみ》を手で払《はら》う。絵になる仕草が、母親似だと暗に示していた。

「先帝《せんてい》の後宮に押しこまれたのは、フェアラート公による一種の嫌《いや》がらせです。先帝はクレイトスよりで、和平とは名ばかりの売国をたくらんでいましたからね。三公は反発し、手を結ぶ前に先回りしてクレイトスの王都を叩《たた》いたのだとか」

「あの戦いって、そういういきさつだったんですか⁉」

びっくりしたジルに、マイナードは苦笑いを浮かべる。

「私も生まれる前の頃の話ですから、母や周囲から聞かされただけですが。ただ、先帝を見る限り大きくはずれていないと思いますよ。先帝は執拗《しつよう》なまでに、ラーヴェ帝国《ていこく》待望の竜帝《りゅうてい》を認めようとしなかったですから」

「本当は血がつながってないから……だけじゃなくて……？」

「怖《こわ》かったんでしょう。竜帝陛下はその戦いのあとに誕生しています。ラーヴェ皇族を――クレイトスに傾《かたむ》いた自分を罰《ばっ》するために生まれてきたと感じたんじゃないですか」

そうして、床《ゆか》に頭を伏《ふ》せて命乞《いのちご》いをする父親ができあがったのか。

「──陛下が可哀想《かわいそう》です。身に覚えのない理由で、お父さんに疎《うと》まれて……」

「よかったですよね、本当の父親じゃなくて」

「そうかもしれませんが！　陛下は家族と仲良くしたいと思って帝都《ていと》に戻《もど》ったんですよ」

「そんなお花畑なことを信じて……馬鹿《ばか》なんですか？」

「さっきから、もう少しオブラートに包んでもらえませんかね！」

間違《まちが》ったことは言っていないのだが、いちいち大袈裟《おおげさ》に驚くマイナードの表情が神経を逆撫《さかな》でする。マイナードは苦笑いを返した。

「まあ、そういうわけで私はラーヴェ皇族の中でも皇帝になる芽のない皇子だったんです。レールザッツ公の孫でもあり文武両道品行方正見目麗《うるわ》しいアルノルト殿下が同世代にいる以上、都合良くどれだけ皇太子が死んでも絶対に皇帝になれるわけがない。私はできもしないことを夢見るのが嫌《きら》いですし、皇帝になる気は毛頭ありませんでした」

「……でも、皇位継承《けいしょう》権は返上してないんですよね」

「母が夢見がちでね」

そう言ったきり、マイナードはクッキーを口に入れた。会話が途切《とぎ》れる。説明する気はない、あるいはしたくないのだろう。ジルはあえて口火を切る。

「……わたし、あなたは皇位継承権を主張して、クレイトスの支援《しえん》を受けてラーヴェ帝国に喧《けん》嘩《か》を売ってくると思ってました」

かつてのマイナードの選択だ。本人はどう答えるだろう。

「確かに、できなくはないですね。私はいい開戦の神輿《みこし》になるでしょうし……謁見《えっけん》したフェイリス王女も似たようなことをおっしゃってましたよ」

「断ったんですか」

「だって、無理でしょう。たとえばラーヴェ皇族の誰《だれ》かが無慈悲《むじひ》に処刑《しょけい》されたとか、いかにも陰謀《いんぼう》めいた悲劇があれば、つけこめるかもしれませんが」

かつての出来事で心当たりがありすぎた。

「じゃ、じゃあ、つけこむ隙《すき》があればやるんですか」

「ですから、私は帝位には興味がないですよ。都合よく処分される神輿に乗って無駄死《むだじ》にも御《ご》免《めん》です」

「……っじゃ、じゃあ、もしもですよ。もしもあなたがクレイトスに担《かつ》がれてラーヴェ皇帝になるために動くとしたら、理由はなんですか!?」

怪訝《けげん》な顔をされたが、じっと見つめ返すと、マイナードが諦《あきら》めたように口を開いた。

「……私なら、担がれること自体を、目的にするでしょうね」

「担がれて……何かしたいじゃなくて？」

「たとえば、クレイトスで何か調べたいとかですね。担がれるということは、利用価値がある間はクレイトスでの安全なり権力なりが保障されます。担がれた時点で開戦も決まります。色々起こるでしょう。混乱の最中であれば、動きやすい」

あ、と口からひらめきが漏《も》れた。

「……ナターリエ殿下の事件を調べに……？」

一度目の人生で、ナターリエの生死はわからないまま終わった。クレイトスもラーヴェも互《たが》いに責任を押しつけ合うばかりだった。それに憤《いきどお》っていたのだとしたら――

「――ナターリエが、なんですって？」

「あっいえ、なんでもないです！」

ぶんぶん首を横に振《ふ》って、湯気があがらなくなった薬湯を飲む。マイナードはこちらを見ていたが、何も言わず別のカップに水筒から薬湯を注いで口をつけた。

（あぶないあぶない。でも……ひょっとして妹思いのいいお兄ちゃんなのか。うーん……だからって手段を選ばないのはなぁ……ライカだってめちゃくちゃになりかけたわけで……）

「竜妃殿下は、未来でも視《み》えるんですか？」

焦《あせ》ってカップを落としかけた。

「そ、そそそんなこと、あるわけないでしょう!?」

「本気で言ってるわけではないですが……でも、不思議な御方《おかた》だ。いったい、どこまで何を気づかれているやら」

ふふ、と声を立てる含《ふく》み笑いは、いかにも何かたくらんでいる。でも、決して自分を信じるな疑え――と忠告されている気もする。

「余計なことまでしゃべってしまいそうです。話しやすいんでしょうね。アルノルトのこともそうです」

「……わたし、ご本人を知らないですけど」

「だからですよ。お前が死ねばよかったのに、と私に向けて考えもしないでしょう」

ぎょっとした。だがマイナードは涼《すず》しい顔だ。言われ慣れているのだろう。

「竜《りゅう》の花冠《かかん》祭、初めてでらっしゃるんですよね。でも後ろ盾のないあなたは後宮の協力を引き出せない。どうせ第一皇妃あたりが絶妙《ぜつみょう》な邪魔をしてきてるんでしょう」

「なんでわかるんですか……」

「私は後宮生まれの後宮育ちですよ。どうですか、協力しませんか。後宮にうごめく陰謀を一《いっ》緒《しょ》に暴《あば》きましょう」

「わたしを利用したいの言い換《か》えですよね」

「ああ、どうして私はこう誤解されてしまうのか……」

大袈裟に天を仰《あお》いで嘆《なげ》いてみせるからだ。

「じゃあ聞きますけど、なんで先帝の居場所を知りたいんですか？」

「久々に親子の語らいをしたくて……拳《こぶし》を握《にぎ》らないでください、冗談《じょうだん》です」

「まさか先帝《せんてい》はクレイトスと、まだ何かつながりがあるんですか」

目を丸くしたあと、マイナードは感心したようにつぶやいた。

「竜妃殿下《りゅうひでんか》は思ったより聡《さと》くていらっしゃる……」

「馬鹿にしてますよね、完全に、わたしを！　クレイトスの親善大使がクレイトスよりだった先帝に会いたいって、もう見るからにあやしいじゃないですか！」

「ですが残念、因果関係が逆です。先帝に会いたいから、親善大使を引き受けたんですよ。クレイトスは先帝の存在など忘れているでしょう。ですので、理由は個人的なことです。母が書いた手紙で、気になるところがあってね」

「手紙？　先帝とやり取りがあったんですか。帝城を出たあとも？」

夜逃《よに》げしたと聞いていたから、ナターリエ含《ふく》めてっきり没交渉《ぼっこうしょう》だと思っていた。

「──ああ、おしゃべりはここまでです。きましたよ」

はっとジルは視線をローのほうに戻した。ローは既《すで》に絵本に飽《あ》きたのか、周囲の花を摘《つ》んで集めていた。その背後に、ひゅっと消えたり出たりする妙《みょう》な塊《かたまり》がある。匍匐《ほふく》前進で近づいてきているらしい。花畑に溶《と》けこむよう、衣装はもちろん髪の毛の色を染めてきたようだった。

「そ、そこまでして近くで見たいものなんですか、ローが……」

「金目黒竜ですから。準備はいいですか、竜妃殿下。騎士《きし》様たちに合図を送りますよ」

「もちろん。あなたは？」

「愚問《ぐもん》です」

白い手袋《てぶくろ》を付け直し、マイナードが薄《うす》く笑う。

名も知らぬ老人が、籠《かご》の中に花を入れたローの背中目がけて飛びかかった。まずはカミラが遠くから小石で動きを封《ふう》じ、飛び出したジークが、体勢をととのえようとする老人に向かって小瓶《こびん》を投げた。む、と老人が額にしわをよせる。

「いったいなんの真似《まね》――」

小瓶が地面に落ちる直前、老人の脇《わき》をすり抜《ぬ》け、ジルはローを抱《だ》いて離《はな》れた。

「うっきゅううう！」

待ってましたとばかりにローが抱きつく。嬉《うれ》しそうだ。

老人は自分をつかまえず距離《きょり》を取ったジルたちを怪訝そうに見ていたが、もう手遅《ておく》れだ。地面に落ちた小瓶が、音を立ててわれた。

ぶあっと広がった煙《けむり》に、老人が顔色を変える。

「しまっ……催涙《さいるい》……っ！」

外なので煙はすぐ霧散《むさん》するが、もろにあびればしばらくは目がつかえない。よろめいた老人のふくらはぎに、細い針が刺《さ》さった。がくり、と老人の膝《ひざ》から力が抜ける。

「薬は魔力《まりょく》とは違《ちが》って気配がない。竜妃殿下の魔力を警戒《けいかい》すると、こういう単純な手に引っかかりやすくなる……とあなたに説明するのは、野暮《やぼ》ですね」

「……っ、お前、ひょっとして、毒草小僧《こぞう》か……っ」

「おや、私を覚えていてくださったとは」

ジークが老人を起こして針を抜き、カミラが持ってきた荒縄《あらなわ》でぐるぐる巻きに縛《しば》る。

「おい、丁寧《ていねい》に扱《あつか》わんか！　こっちはか弱い老人じゃぞ！」

「何がか弱いだ、一服盛られてんのにぴんぴんしてんじゃねえか！」

「魔力で毒を分解してるんですよ。そんなに強い薬でもないですしね。暴れるようでしたら追加で嗅《か》がせてください」

マイナードから小瓶とハンカチをジークが受け取る。老人が舌打ちした。

「これだから最近の若い奴《やつ》は！　敬意がたらん！　嘆かわしい！」

「はいはいおじいちゃん、ここに座りましょうね。お話があるのよ」

後ろ手にがっちり縛られた老人を、先ほどまでローがピクニックしていたシートの上に座らせる。くそ、と老人が毒づいた。

「罠《わな》だとわかっとったのに……！　つい、本物の金目の黒竜かどうか気になって！」

「本物ですよ」

ローを抱いたまま、ジルも近づく。腕《うで》に抱かれたもこもこのローを見て、老人は一瞬《いっしゅん》目を輝《かがや》かせたが、すぐにそっぽを向いた。

「そんなちゃらちゃらした格好のちっこい竜が金目黒竜などと、信じられるか！　信じてほしければそいつをこっちによこせ、さあ！」

「別に信じてもらわなくていいです」

「なんだと！　金目の黒竜だぞ！　記録では三百年ぶりじゃぞ！　どれだけ貴重なのかわかっとらんのか、そんな奴の手に渡《わた》せんさあ今すぐ見せろそら見せろ！」

ああ言えばこう言う。

「本物だってわかってるじゃないですか……あなたのお名前は？」

「そんなもん忘れた！」

そのくせ、肝心《かんじん》な応答は一切《いっさい》しない。

「名前くらい教えてくれてもいいじゃないですか。聞きたいことがあるんです」

「儂《わし》には何にもないわ、このぺったんこ」

「ジルちゃん！　ジルちゃん、落ち着いて！　殺すのは情報吐《は》かせてからよ！」

「先帝《せんてい》の居場所を教えてください。あなたならご存じでしょう」

そっぽを向いていた老人が、マイナードの質問に少しだけ視線をこちらに戻《もど》した。

「なんだ、お前。父親を殺しに戻ってきたのか」

両目を剝《む》いてジルは横のマイナードを見あげる。感情のなくなった表情が見えたが、すぐにマイナードはいつもの笑顔《えがお》で取り繕《つくろ》った。

「まさか、そんなことをする理由がないでしょう」

はん、と老人が顎《あご》をあげて笑う。

「心配せんでも、あれには何もできやせん。第一皇妃《こうひ》がうまくやる。放《ほう》っておけ」

「第一皇妃……カサンドラ様がですか。やっぱり何かあるんですね。ここでカサンドラ様が誰《だれ》かと密会していたというのは本当ですか？」

「密会？　夫婦《ふうふ》が夜の散歩にやってくるのを、密会とは言わんじゃろう」

思いがけない返答だった。では──カサンドラが竜葬《りゅうそう》の花畑で一緒にいるのは。

「だから放っておけと言っとるんじゃ、ひよっこ竜妃」

鋭《するど》い視線に、射貫《いぬ》かれた。

「世の中には、知らんほうがいいこともある。何も起こらずすむかもしれんのに、無闇《むやみ》に騒《さわ》ぎ立てるでない。何人も死なねばならん結末を招くぞ」

その覚悟《かくご》はあるのか。そう問いかけるような、脅《おど》しではない気迫《きはく》があった。

「……ナターリエ殿下たちが何者かに襲《おそ》われてます。既に騒ぎになってますよ」

「無事だったじゃろうが」

あっさり、老人はそう言い切った。

「狙《ねら》いがなんにせよ、皇妹誘拐《ゆうかい》にはあまりにお粗末《そまつ》な計画だとお前は思わなかったか？」

ナターリエとフリーダを襲った人物はたったひとりだ。襲撃《しゅうげき》がうまくいったのは不意をつけたという運の要素が大きい。もしジルが偶然《ぐうぜん》こなくても、後宮の衛士《えじ》たちがすぐに気づき救出に動いただろう。誘拐は未遂《みすい》に終わる公算が大きかった。

犯人の生死からくる結果も同じだ。もし犯人を生きて捕《と》らえられたとしても、後宮で起こったことだからと、同じ報告があがってきたに違いない。

「よほどの権力者が自滅覚悟《じめつかくご》で手助けせねば、成功なんぞせん。そんな程度じゃ。何も危険なぞない。それともなんだ。危険かもしれないからと、すべて排除《はいじょ》して回るか？」

「そんなつもりはありません。でも、何が起こってるかわからないと判断もできない」

どっかりあぐらをかいて座り直した老人が、ジルを睨《ね》めつけた。

「お前がそうでも、竜帝《りゅうてい》はどうじゃ。ずいぶん人間不信に育っとるだろう。力がある分、いつ臆病《おくびょう》な独裁者になってもおかしくはない」

「陛下を侮辱《ぶじょく》するな」

一歩前に出て、上から見おろした。

「何より、わたしがそんなことはさせない」

老人は目を細め、はっと斜《なな》め下に吐き捨てる。

「口だけならなんとでも言える、ぴよぴよ夫婦が。第一皇妃にまかせるのが確実じゃ」

「そうはいきません。わたしは、名実ともに竜妃にならなくてはならないんです。先帝の皇妃たちにいつまでもなめられているわけにはいかない」

ふん、と鼻を鳴らしたきり、老人は口をつぐんでしまった。

「──ひとつだけ、わかりましたよ」

黙《だま》ってやりとりを聞いていたマイナードが切り出した。

「露見《ろけん》すれば何人も死ななければならないような大罪なんて、ひとつしかありません。──弑《し》逆《ぎゃく》です」

ぎょっとしたカミラとジークにつかまったまま、老人が低く答える。

「証拠《しょうこ》なんぞないぞ。何も起こっとらんからな」

「そんなもの、でっちあげてしまえばいい。宮廷《きゅうてい》の作法では？」

「お前……！」

「竜妃殿下《りゅうひでんか》、陛下に報告しましょう。そして後宮に乗りこむんです。そうすれば後宮は終わりだ。竜の花冠《かかん》祭だってあなたの思うままに──」

調子よくしゃべっていたマイナードが、こちらを見て途中《とちゅう》で口を閉《と》ざした。マイナードをにらんでいた老人も、視線の先を追って押し黙る。ジークとカミラがそっと目をそらした。

ゆっくり深呼吸して、ジルはつぶやく。

「──まったく、どいつもこいつも」

笑い出してしまいそうになるのをこらえ、ジークとカミラに向き直った。

「ジーク、カミラ、そのひとを拘束《こうそく》しておいてください。ローも頼《たの》みます」

ぽいっと投げたローを、カミラが受け止める。不満げなローに、ジルは苦笑いを返した。

「いい子にしててくれ、ロー。わたしは陛下と話をしてくるから」

「──おい待て小娘《こむすめ》、竜帝に進言する気か？　そんなことをすれば」

「黙れ、判断はわたしがする。ロルフ・デ・レールザッツ」

面食《めんく》らった老人が閉口する。かまをかけただけだが、当たったらしい。

「マイナード殿下はわたしと一緒《いっしょ》にきてください。ただし、余計なことは一切しゃべらないでくださいね」

「これはまた、ずいぶん横暴な。私は一応、クレイトスの親善大使なんですが？」

「だからどうした。なんとでもなるのが、宮廷の作法じゃないのか」

さめた眼差《まなざ》しを返すと、顎を引いたマイナードが胸に手を当てた。

「──ではひとまずお手並み拝見いたします、竜妃殿下」

「陛下が今、どこにいるかわかるか」

「あ」

雰囲気《ふんいき》にそぐわない妙《みょう》に抜《ぬ》けたカミラの声に、ジルは首をかしげる。全員の視線を受けたカミラが気まずそうに口を開いた。

「……ひょっとしなくても、ジルちゃんとの衣装合わせして、パレードの下見してる時間じゃないかしら……？」

「──今、何時だ!?」

懐中時計《かいちゅう》を出したマイナードの告げた時間は、既《すで》に予定時刻をすぎていた。

マイナードの首根っこをひっつかんでジルは走り出す。いってらっしゃーいという騎士《きし》たちの声はすぐ遠くなった。

(まずいまずいまずい、陛下がすねる……！)

パレードの下見は、中庭の予定だ。全力疾走《しっそう》するジルにマイナードが噴《ふ》き出した。

「なんですか!? 急いでるんですよ、わたしは！」

「いえ、竜妃殿下は落差が激しい方だなあと……ご老人の正体、よくわかりましたね」

「勘《かん》ですよ！ お祖父《じい》様を知ってて、あれだけ逃《に》げ回れる人物はそこしか心当たりがなかっただけです！ あと、陛下がレールザッツ公の縁者《えんじゃ》だって言ってましたし」

「それだけの情報で当てたなら、大したものですよ。勘がいいのも侮《あなど》れません。──勘のいい竜妃殿下。あなたは誰が弑逆をくわだてているか、もうおわかりなのでは？」

ジルは前を見て走りながら、短く答える。

「まだ何も起こってない」

「──そうですね。では私も祈《いの》りましょうか。このまま、何も起こらないことを」

「先帝の暗殺をたくらんでるっていうのは、本当なのか」

「……私は臆病ですから」

曖昧《あいまい》な答えは、肯定《こうてい》に聞こえた。

「あとで理由を聞かせてください」

「お断りします」

中庭の芝生《しばふ》に踏《ふ》みこんだジルは、マイナードを放り投げる。ひらりと優雅《ゆうが》にマイナードが着地してみせたのにいらっとしたが、先に首を巡《めぐ》らせた。

ハディスはどこだろう。そこで初めて、人が慌《あわ》ただしく行き交《か》い、怒声《どせい》が飛んでいることに気づいた。いやに騒がしい――まるで、事故でもあったみたいに。

（まさか、何かあった？）

マイナードが走り出した。その先にある光景を見て、ジルは息を呑《の》む。

毒だ、という声が遠く、他人事《ひとごと》みたいに聞こえた。


「……これねえな、嬢《じょう》ちゃん」

ラーヴェのつぶやきを聞ける者は、ここにはいない。花冠祭用の衣装の寸法確認《かくにん》を終え、着《き》替《が》えたハディスの横で、ヴィッセルが勝ち誇《ほこ》ったような笑《え》みを浮《う》かべている。

「さすが竜妃殿下だ、二度も竜帝との衣装合わせをすっぽかすとは……！　何度してやられるんだ、学習能力がないのか」

「ま、まあまあ兄上。ジルだって頑張《がんば》ってるわけで――」

「第一皇妃《こうひ》カサンドラ様がおいでです」

元凶《げんきょう》がきた。ヴィッセルが入室の許可を出す。

背の高い女性が、静かに入ってきて、ハディスに深く辞儀《じぎ》をした。

後宮から出てこない第一皇妃とは、初対面に等しい間柄《あいだがら》だ。会うのも、先帝《せんてい》が後宮に住まいを移すとき以来だった。深々と頭をさげていてほとんど顔が見えないのだが、まったく年を取っていないように感じる。

「竜妃殿下はこちらにおいでではないでしょうか」

抑揚《よくよう》のない第一声に、ヴィッセルと顔を見合わせた。

「見てのとおりだが、どういう意味だ、カサンドラ妃。あなたと一緒ではないのか？」

「いいえ。竜妃殿下は私にまかせるとおっしゃって出ていかれてしまい、それきりで……昼食後にお約束したのですが……」

疑うにはカサンドラの困惑《こんわく》は本物に見える。

つまり――ジルは、ハディスのことを忘れている。ヴィッセルが呪詛《じゅそ》のように唸《うな》った。

「嫌《いや》がらせでも行き違《ちが》いでもなく本当にすっぽかしてどうする、あの馬鹿《ばか》竜妃……！」

カサンドラの前だ。ははは、とハディスは笑ってみせた。

「何かに夢中になってるのかな。ジルらしいね」

「目が笑ってねえぞ、お前……」

ラーヴェがうるさい。カサンドラが両肩《りょうかた》を落とした。

「……さがしてまいります。少々お待ちを」

「いや、いいよ。時間もないから、パレードの確認に行こう。どうせジルなら何を着ても可愛《かわい》いからね。青いドレスだろうが、裾《すそ》持ちがいなかろうが」

変更《へんこう》するという予定のデザイン画を取って、ひらひらと思わせぶりに振《ふ》る。カサンドラは素っ気なく口を動かした。

「竜妃殿下の装いがご不満ですか。ご希望があるならおうかがいします」

「ないよ。判断するのはジルだ。ジルはこれでいいって言ったんだろう？」

「……私にまかせる、とおっしゃいました」

消極的な責任回避《かいひ》だ。ハディスはせせら笑う。

「なら君にまかせると言ったジルを僕は信じるよ。君のことはまったく信じてないけど、僕は妻にはひざまずく男なんだ」

「ずいぶん、竜妃殿下を信頼《しんらい》しておられるのですね」

「愛だよ。覚えておいてね」

牽制《けんせい》がわりに笑顔で言い足しておく。すると、カサンドラは居住まいを正してこちらに向き直った。

「……後宮にこのような言い伝えがございます。竜妃から愛を、皇妃から理を。代々の竜帝《りゅうてい》が妃《きさき》に求める振る舞《ま》いだそうです。――陛下もその例に漏《も》れないようですね」

何か癇《かん》に障《さわ》ったらしい。まったく感情のなかった声がわかりやすく冷えているのを、意外に思った。ヴィッセルも驚《おどろ》いてカサンドラを眺《なが》めている。

「竜妃殿下《りゅうひでんか》に事情を確認してからと思っておりましたが、それだけ信頼があるのならば大丈夫《だいじょうぶ》でしょう。こちらを」

カサンドラの背後に控《ひか》えた後宮女官《にょかん》が、目配せを受けて静かに進み出た。差し出されたのは手紙だ。宛先《あてさき》を見たヴィッセルが手を伸《の》ばすより先に、ハディスが取る。封《ふう》をあけ、中身に目を走らせた。

「愛《いと》しの竜妃殿下……ってこれ、まさか嬢ちゃんへの恋文《こいぶみ》か!?」

仰天《ぎょうてん》した。

覗《のぞ》きこみ、同じ文面を読んだラーヴェが仰天《ぎょうてん》した。

「昨夜、フィーネの部屋で発見いたしました。他《ほか》にも何通かございます」

「いつから、誰が?」

冷えたハディスの表情を見て、カサンドラの口元にわずかに笑みが浮かぶ。

「やはり、ご存じなかったのですね」

答えるかわりに、手紙を握《にぎ》り潰《つぶ》した。

「出回っているのか」

硬《かた》い声色《こわいろ》でヴィッセルが確認する。カサンドラは静かに答えた。

「私のほうで厳重に管理しておりますのでご心配なく。ですが、余計なお世話でしたね。こんな手紙に惑《まど》わされる絆《きずな》ではないのですから」

艶《あで》やかに、美しく、後宮の頂点に立った女が微笑《ほほえ》む。

「こんな手紙ひとつ処理できぬまま、夫に隠《かく》してしまう。竜妃殿下はずいぶんお可愛らしい御《お》方《かた》ですわね」

言い返す言葉が見つからない時点で、自分の負けだ。ヴィッセルが話題を変える。

「議論はあとだ。次の予定がある」

「パレードの確認でしたね。ご案内いたします。どの娘《むすめ》も竜帝陛下にお声がけいただけるのを待ちかねているでしょう」

とどめに別の女はどうだ、という遠回しな嫌みつきだ。気が済んだのか、淡々《たんたん》とした表情に戻《もど》ったカサンドラは裳裾《もすそ》を返した。

ヴィッセルに目配せされ、手にした手紙を封筒《ふうとう》ごと魔力《まりょく》で焼却《しょうきゃく》してから、ハディスも歩き出した。するりとラーヴェがハディスの体に入りこむ。

(おい、わかってんだろうな。ありゃ罠《わな》だ)

(わかってるよ。ジルが隠したのも、僕のためだって)

婚礼《こんれい》が決まった状況《じょうきょう》での恋文など、ジルの足枷《あしかせ》にしかならない。すなわちハディスを狙《ねら》うための罠に決まっている。

(どこの誰《だれ》かわからないから、泳がせるつもりで放置したんだろう。僕に報告しなかったのも

何も報告できることがないからだ）

（いやあ手紙を見せたときのお前の相手をするのが面倒《めんどう》で――）

（何か言ったか）

（わ、わかってんなら何を怒《おこ》ってんだよ、そんなに）

（勝ち誇られたから。ジルをなめてる、あの女）

三公といい、わかっていたことだが、露骨《ろこつ》に煽《あお》られると苛《いら》つく。

（どいつもこいつも、僕が命令すれば従うしかないくせに）

本当は後宮を力まかせに解体することも、三公を無視することもできる。そうしないのはジルがいるからだと、あの連中はわかっているのだろうか。

いや、わかっているからジルを盾《たて》にするのだ。ジルはハディスの弱点。そう評価した三公はある意味、正しい。

それがいちばん、気に食わない。

パレードの準備は中庭で行われていた。回廊《かいろう》から出てきたハディスたちに、色とりどりの衣装を着た女たちが色めきだった声をあげる。なんの偶然《ぐうぜん》か、三公までそろっていた。

ブルーノは警備の確認をしており、イゴールは少し離《はな》れたところで他の貴族――パレードに加わる娘の親や後見人たちだ――から挨拶《あいさつ》を受けている。ハディスたちに気づいたモーガンが片手をあげた。

「ヴィッセル、ちょうどいい。お前もスケジュールの確認《かくにん》においで」

迷うヴィッセルに、ハディスはうながす。

「いっておいでよ、兄上。僕はここにいるから」

ちょうど近くにあった、木陰《こかげ》下の小さな丸テーブルと椅子《いす》を示す。誰かが休憩《きゅうけい》用に設置したのだろう。同じようなものが大なり小なりあちこちにあった。ヴィッセルは頷《うなず》き、早足でモーガンのもとへ向かう。必然的に残ったカサンドラが、周囲を見回し、判断した。

「では裾持ちの娘たちを呼んで参ります。陛下はこちらでお待ちください」

頷き、椅子に乱雑に腰《こし》かけて空を仰《あお》ぐ。

立ち去るカサンドラと入れ違いのようにやってきた小姓《こしょう》が、丸テーブルの上に飲み物や果物を置き、一礼した。

竜《りゅう》が空を飛んでいる。そういえば竜の問題もまだ解決していなかった。

（……後宮、竜の花冠《かかん》祭、親善大使……あとなんだっけ。ああそう、ラキア山脈の魔法《まほう》の盾に匹敵《ひってき》する伝説だっけ？　竜妃なんだから、僕を守ってるだけでいいはずなのに……）

（まー嬢《じょう》ちゃんがいちばん強いのは、お前を守るときだよなあ）

そう言われるとちょっと恥《は》ずかしいような、どきどきするような。

そわっとした気持ちを落ち着かせるため、先ほど置かれたカップを手に取る。口元に運ぼうとして、鼻をつく妙《みょう》な臭《にお》いに手を止めた。テーブルの果物を物色しようと出てきたラーヴェが振り返る。

「どうした？」

「……何か入ってる」

毒だろうが、臭いからあからさますぎる。今まで何度も毒殺が失敗していると知られているはずだ。多少体調不良になるだけで、ラーヴェが解毒《げどく》して終わりだ。本気でハディスの命を狙うなら毒殺は愚策《ぐさく》である。

何かの手違《てちが》いか、ただの嫌《いや》がらせか。注意深くハディスは周囲を観察する。ふと、少し離れた場所でカップを持ってきた小姓を呼び止めているカサンドラの姿が見えた。

「……ラーヴェ。分解できるな」

「は？　できるけど——まさか飲む気かお前？　なんでだよ」

顔色を変えたカサンドラがこちらを向く。決断は一瞬《いっしゅん》だった。

これは、カサンドラのミスだ。

一気にカップをあおり、苦いのだかなんだかわからない飲み物を飲みこむ。舌がしびれて、味がすぐにわからなくなったのは幸いだった。

悲鳴があがった。

「この馬鹿《ばか》！」

ラーヴェが叫《さけ》んで体の中に飛びこむ。斜《なな》めになった視界で、真っ青になったヴィッセルの顔が見えた。三公もそろって慌《あわ》てて駆《か》け寄ってくる。だが平衡感覚《へいこうかんかく》を失った体はもう地面に落ちていた。

(そんなに僕が大事なら、最初から素直《すなお》に大事にしてくれればいいのに)

でも、できない理由がある。みんな、色んなものを大事にしてるから。

そういうことを、ジルから教わった。

「ハディス……っハディス、医者を!」

「ヴィッセル、どけ!　水を持ってこい、吐《は》かせる!」

「――陛下!　陛下、しっかりして、なんで、どうして」

お嫁《よめ》さんの声がかすかに聞こえた。ああもう大丈夫だと、ハディスは意識を手放す。

だって、自分を守るときのお嫁さんは、世界で一番かっこよくて、強いのだ。

第四章 後宮攻略戦

少しだけ、ふたりきりにしてください。

そう切り出すと、フリーダとナターリエは燭台《しょくだい》を持って立ち上がった。

「すぐ隣《となり》の部屋にいるから、何かあったら呼んで」

扉《とびら》が閉まると、一気に暗くなった気がした。ハディスの寝室《しんしつ》は広い。暖炉《だんろ》に火はついているが、ハディスの眠《ねむ》りの妨《さまた》げにならないよう寝台《しんだい》付近は灯《あか》りを落とされている。寝台は天蓋《てんがい》やカーテンもあって、わずかな月明かりくらいしか届かない。

ぼすんとハディスが眠る寝台の脇《わき》に腰を落とす。先刻までの喧噪《けんそう》が嘘《うそ》のようだ。

「――ラーヴェ様、いますよね」

「ん……」

曖昧《あいまい》な返事と一緒《いっしょ》に、眠るハディスの体からラーヴェが姿を現した。

「陛下、大丈夫《だいじょうぶ》ですよね」

「ああ。解毒は終わってる。明日には目を覚ますよ」

「今までの話とか、状況とか、わかります？」

「大体は見てたし、聞いてた」

皇帝《こうてい》に毒が盛られた。

まず三公が真っ先に疑ったのは、現場に飛びこんできたマイナードだ。だが的確な応急処置でハディスは無事回復しており、客室に監禁《かんきん》という形で保留になっている。

次に、カサンドラだ。これは毒入りのカップを運んだ小姓が後宮の使用人で、事件が起こる直前にふたりが一緒にいたところが目撃《もくげき》されているからである。だが騒《さわ》ぎの最中にカサンドラは後宮に戻《もど》ってしまい、出てこない。小姓はハディスが倒《たお》れた瞬間《しゅんかん》、笑い声をあげて取り押さえられる前に服毒し、死んだ。ナターリエのときと同じだ。

いずれも決め手にかけると、ヴィッセルが苦い顔で言っていた。すべてを判断する皇帝が不在のまま犯人さがしをすれば、三公にとって都合のいい黒幕が出てくる可能性がある。

(犯人にされるとしたら、マイナード殿下《でんか》だ)

クレイトスの親善大使が皇帝暗殺を目論《もくろ》んだとなれば、首をはねてクレイトスに送り返しても問題ない。ジェラルドとの面会だのなんだの、面倒なことも拒《こば》める。いいことずくめだ。いや――ひょっとすると三公も誰《だれ》が本当の黒幕なのか気づいていて、誤魔化《ごまか》そうとしているのかもしれなかった。

「……陛下、わざとですよね」

ハディスが口をつけたカップをジルも見せてもらったが、妙な刺激臭《しげきしゅう》が残っていた。

毒殺が面倒《めんどう》で自炊《じすい》に走ったようなハディスが、混入に気づかないわけがない。

「たぶん。怒《おこ》ってる……か？」

「どこをどうしたらわたしが怒らないと思えるんですか？」

笑顔《えがお》で拳《こぶし》を握《にぎ》ったジルに、ラーヴェが翼《つばさ》を広げて乾《かわ》いた笑い声をあげた。

「だよなー！　いや、嬢ちゃんがおとなしいから、確認したくなった」

「怒《いか》りって一周回って突《つ》き抜《ぬ》けると、静かになるんですよ……火山と同じですね」

「そのまま鎮火《ちんか》しててくれ。……一応、フォローするとだな？　嬢ちゃんにまかせるってことだと思うぞ」

「わかってますよ。でもだからって、これはないでしょう」

靴《くつ》をぽいぽい脱《ぬ》いで、寝台の上で膝《ひざ》を抱《かか》えた。

「血の気が引きました」

ラーヴェがいる。毒を盛られたところで死なない――そう頭で冷静に判断していても、蒼白《そうはく》な顔で倒れているハディスを見た瞬間の恐怖《きょうふ》は、ぬぐいがたい。

ぐずぐずここにいるのは、離《はな》れるのが怖《こわ》いからだ。

「――俺が余計なこと言っちまったからな。嬢ちゃんは、ハディスを守るときが、いちばん強いって」

ひょこ、と横からラーヴェが顔を見せて、にっと笑う。

「俺も、嬢《じょう》ちゃんのことは信じてるよ。なんかややこしいことになってるみてーだが、嬢ちゃんならハディスを悲しませないってな」

「買いかぶりすぎじゃないですか」

「そう言うな。こいつ、回復したあとなら、殴《なぐ》っても蹴《け》ってもいーから」

「……そんなんじゃたりません」

じろりとラーヴェをにらみ、ハディスの枕元《まくらもと》ににじり寄る。

血色はもうよくなっていた。呼吸も落ち着いている。応急処置をしていたマイナードも驚《おどろ》いていた。何も知らなければ、ただ眠っているだけに見える。

すべすべの頰《ほお》に、そうっと触《ふ》れてみた。眠りは深いのか、長い睫《まつげ》が動く気配はない。やはり消耗《しょうもう》しているのだろう。薄《うす》い唇《くちびる》からはあたたかい寝息《ねいき》が漏《も》れているが、頼《たよ》りない。

「ぜんぜん、たりないんですからね」

ラーヴェがぱっとうしろを向いたのが影《かげ》の動きでわかって、笑ってしまう。別に見られてもいいとは思うけれど、静かな月夜の出来事だ。

重なった影には、誰にも気づかれないくらいがちょうどいい。

「無防備に寝てる陛下が悪いんですからね」

照れ隠《かく》しにちょん、と鼻先を突《つつ》いて、離れる。

ラーヴェがちらとこちらに視線を戻した。

「……終わった？」

「はい、やってやりました！　あ、今のは内緒《ないしょ》ですよ」

「そりゃもう。知ったら絶叫《ぜっきょう》して死ぬって。毒でも死なないこいつが」

そう考えると小気味いい。ふふっと笑って靴を履《は》き直す。

「陛下をお願いしますね、ラーヴェ様。あとはおまかせください！」

「おー、まかせた。……ほどほどにな……」

「何を弱気な。わたしはいつだって陛下のために全力ですよ！」

拳を天に向かって突き出し、歩き出す。隣の部屋を覗《のぞ》くと、ぱっとナターリエとフリーダが顔をあげた。

「ふたりとも、陛下をお願いできますか。わたし、ちょっと出かけます」

「い、いいけど。どこにいくの。ハディス兄様についていてなくていいの？」

「陛下にはラーヴェ様もついてますから。思い知らせてやらないと！」

「何をよ」

「夫婦《ふうふ》の秘密です」

人差し指を立てて笑うと、ナターリエが呆《あき》れ顔になった。同時に、肩《かた》の力が抜けたようにも見える。

「あの……あのね、ジル。マイナード兄様だけど……」

「わかってますよ、犯人じゃないって」

「ジルおねえさま……おかあさまは……」

「そっちも大丈夫ですよ」

まかせろという意味をこめて言ったのだが、フリーダは首を横に振《ふ》った。

「違《ちが》うの……私、勘違《かんちが》いかも、しれなくて……おねえさまの、手紙のこと……」

「──ああ、ありましたねそんなもの」

「おかあさまは、盗《と》ったんじゃなくて、届けてたんじゃないかって……」

思いがけない推理に、ジルはフリーダを見返す。フリーダは一生懸命《いっしょうけんめい》だ。

「本当は、届けちゃいけないものを、届けたから……カサンドラ様に怒られたのかもしれないって……思って……自信、ないけど……」

「──いえ。さすがです、フリーダ様……大当たりかもしれません」

「ほ、ほんと……？」

「そうならフィーネ様の言動にも合点《がてん》がいきます。……フィーネ様は、わたしに助けてほしかったんですね」

立派な竜妃《りゅうひ》になってくれ。あの言葉は本当だったらしい。──わかりにくいひとだ。

でも、後宮のやり方なのだろう。

「……ひとつだけ確認《かくにん》させてください、ナターリエ殿下。もし後宮で弑逆《しぎゃく》のくわだてがあったら、処分はどうなるんですか」

「え？　規模にもよるけどどうせ、下っ端《ぱ》が全員切られて終わりよ。——まさか、ハディス兄様の毒って後宮がやったの？」

青ざめたナターリエに向けて、人差し指を立てる。もう十分だ。

下っ端は全員切られて終わり。——皇妃《こうひ》たちは、後宮は、下っ端だ。

「大丈夫《だいじょうぶ》です」

繰《く》り返し、約束する。

「忘れたんですか。わたしの目標は、竜の花冠《かかん》祭の大成功ですよ！　今、後宮が潰《つぶ》れたら困ります。あと、マイナード殿下もそんなに悪いひとじゃないですよ。陛下に応急処置してくれたんですから」

ナターリエがすねたようにつぶやく。

「……お兄様は悪いひとよ、絶対」

「でもここで濡《ぬ》れ衣《ぎぬ》着せられて死んでいいひとじゃないでしょう」

あやしさ満載《まんさい》だが、死んでしまっては何もわからなくなる。ここまで振り回されて、三公に都合のいい解決を押しつけられるのもごめんだ。

それこそ、ハディスがジルを信じて毒を飲んだ意味がなくなる。

竜の花冠祭が終われば、誰もが認める立派な竜妃。目標は動かさない。

「ヴィッセル殿下《でんか》や、三公がどこにいるかわかりますか。まだ帝城《ていじょう》にいますよね」

こんな事件があった夜だ。帝城に詰《つ》めているだろう。

「後宮に話を聞きにいってるはずよ。入れないと思うけど……」

「おふたりは陛下の部屋にいてください。ラーヴェ様が守ってくれますから。フリーダ殿下、くま陛下をちょっと返してもらえますか」

ずっと護衛代わりに預けていたハディスぐまを、フリーダが手渡《てわた》してくれた。ハディスぐまを小脇《こわき》に抱え、ずっと足元にいる軍鶏《ぐんけい》に呼びかける。

「行くぞ、ソテー。出陣《しゅつじん》だ」

ぶるりと羽を震《ふる》わせた軍鶏は、コケッと頼《たの》もしく鳴いた。


後宮の正門は、高く重く閉《と》ざされたままだ。城壁《じょうへき》のような壁《かべ》と一体化されており、突破《とっぱ》は容易ではない。ここを守る衛士《えじ》も後宮の所属で、帝国軍とは違うらしい。

まるで籠城《ろうじょう》だな、とルティーヤは思った。固く閉じた鉄製の門の前には衛士たちが陣取《じんど》っていて、動こうとしない。皇帝《こうてい》の毒殺容疑を突きつけても、関係ないとばかりに閉じこもっている。女たちの城という意味で、別世界なのかもしれない。

「お通しするわけには参りません」

「では、カサンドラ妃《ひ》を呼び出せ」

「カサンドラ様はもうお休みです」

同じ返事を繰り返す衛士に、ヴィッセルが舌打ちをした。うしろで、ヴィッセルに連れてこられた三公が肩をすくめている。

「諦《あきら》めなされ、ヴィッセル殿下。男が後宮に入るには手順が必要ですからのう。我々は後手に回ってしまった。別の手を考えるしかありますまい」

「突破するのは簡単だが、やはりよくないだろう。どんな悪評を立てられるか」

「マイナード殿下への尋問《じんもん》が先では？」

味方というには足を引っ張るような物言いが含《ふく》まれている。少々ヴィッセルが気の毒になった。神経質でいけ好かない兄だが、溺愛《できあい》するハディスが毒で倒《たお》れたばかりなのだ。

ルティーヤだってびっくりして、ハディスの自室まで全速力で走った。無事だとは聞いていたが、顔を見ないと落ち着かなかった。自分でさえこうなのに、ヴィッセルの心労はいかほどなものか。――だが、ヴィッセルはそんな様子をおくびにも出さず、ハディスの容態が安定するなり後始末に奔走《ほんそう》している。

皇帝という重石《おもし》を失った三公の好きにさせないためにだ。

「明日を待っていては証拠《しょうこ》も何もかも消えます。これは後宮を追い詰めるチャンスだ」

「とはいえここまで後宮を放置してきたのは竜帝《りゅうてい》陛下、あるいは竜妃《りゅうひ》殿下の落ち度ですよ」

その言い方に、ルティーヤも苛立《いらだ》ってきた。

「お前らが邪魔《じゃま》してきたんだろうが、老害」

「おや、褒《ほ》め言葉が聞こえましたね」

「ジルせんせ――竜妃にまかせればいいだろ」

ルティーヤの意見に、三公がそろって振り返った。

「ルティーヤ殿下は酷《こく》なことをおっしゃる。頼みの竜帝が倒れたばかりですよ？」

「落ち着く時間が必要だ。そっとしといてやりたい、俺も」

「何より、今ここにおらぬ者の話をしてもしかたがありませんなあ」

「弟に詰め寄るのはやめてください」

ずいずい迫《せま》る三公に囲まれたところへ、ヴィッセルからの意外な擁護《ようご》が飛んだ。疲《つか》れた顔をしたヴィッセルが、吐《は》き捨てる。

「わかっていますよ。ババ抜《ぬ》きみたいなものでしょう。誰《だれ》が犯人になるか、という」

「お前はマイナードにババを引かせるのは不満かな？」

やや気安い口調で尋《たず》ねられたヴィッセルが、鼻白む。

「私は、ハディスのいない間にあなたがたのいいようにされるのが気に入らないだけだ。それなら竜妃にまかせたほうがましだと思っている」

「なら僕、呼んでくるけど。ジル先生」

「やめろ、あの竜妃に率先《そっせん》してまかせるのも不快だ！」

真顔で拒《こば》むヴィッセルに少しでも同情した自分が馬鹿《ばか》だった。

「諦めろよ、どっちか……」

「なんとでも言え。私はあがくぞ。既《すで》にハディスが倒れたときから負けた気がするが、決して諦めないぞ私は！　――こうなったら帝国軍を動かすしか」

「必要ありません」

こつり、と静かな足音が響《ひび》いた。振り向いたルティーヤは頬《ほお》をこわばらせる。その腕《うで》にくま先生が抱《かか》えられ、足元にはソテー先生までいたからだ。

「後宮の問題です。皆《みな》さんはお引き取りください」

こつ、こつ、と足音を立ててゆっくりジルが進む。行き先を、大袈裟《おおげさ》に両手を広げた男がふさいだ。

「これはこれは、竜妃殿下。直接お話しするのは初めてですな、モーガン・デ・フェアラートと申します。フェアラート公とも呼ばれております。お見知りおきを」

「俺はノイトラール公、ブルーノ・デ・ノイトラールだ！　姪《めい》が世話になってるな」

つられてかブルーノが大声で挨拶《あいさつ》をする。足を止めたジルの横から、もうひとりもゆっくり進み出てきた。

「イゴール・デ・レールザッツと申します。孫がお世話になっております、竜妃殿下」

じっとジルは三人を見つめたあと、ぺこりと垂直に頭をさげた。

「いつも陛下がお世話になってます」

意表をつかれたのか、三人とも目を丸くする。

「ちょっと急ぎの用事があるので、また後日ご挨拶させてください。では」

「後宮に乗りこむなら、無理だぞ」

困ったようにブルーノが教えた。モーガンも薄《うす》く笑って助言する。

「我が姉カサンドラは意固地ですからな。弟の私からでも聞く耳を持ちません。竜妃殿下でも扉《とびら》は開かないかと」

ああ、と今更《いまさら》ながらルティーヤは気づく。この男は後宮を管轄《かんかつ》する姉が反逆で捕《つか》まったら困るのだ。モーガンだけではない。ノイトラールも、レールザッツも、後宮には大なり小なり縁《えん》がある。だから、何が出てくるかわからない後宮に踏《ふ》みこむのを躊躇《ちゅうちょ》しているのだ。

「私めも、娘《むすめ》――フィーネの安否が心配です。刺激《しげき》したくないのが本音でしてのう」

「何か勘違《かんちが》いしておられませんか、皆さん。後宮の主《あるじ》はわたしですよ」

三公が、小さな竜妃を見おろした。本当に小さな背中だな、とルティーヤも思う。

「どけ。邪魔だ」

でも、大の大人三人を相手に、一歩も引かない。

ハディスが毒で倒れたならば、なおさらだろう。

歩き出したジルの肩《かた》に押されるようにモーガンが一歩さがり、ブルーノも道をあける。イゴールは黙《だま》って、その背中を見送った。

三公をしりぞけても、門の前には衛士たちがいる。お引き取りを、という先ほどから散々聞いたお決まりの言葉が返ってきた。

「カサンドラ様は、今宵《こよい》はもう誰ともお会いになりません」

ジルがソテーの背中にくまのぬいぐるみをのせる。そして、振《ふ》り返った。

「――ルティーヤ、陛下たちを頼むぞ」

さわやかな笑顔《えがお》が逆におそろしい。ルティーヤは背筋を伸《の》ばして何度も頷《うなず》く。ジルはヴィッセルに視線を移した。

「ヴィッセル殿下、あとをお願いします」

「……。あなたが何をしようが私の知ったことではありませんよ、竜妃殿下」

「いいですよ。――後宮は、わたしの管轄だ」

向き直るなり、的確に衛士たちの隙間《すきま》をぬって、ジルが拳《こぶし》を叩《たた》きこんだ。地響《じひび》きが鳴り、遅《おく》れて鉄製の門が魔力《まりょく》で爆散《ばくさん》する。

爆風を正面から受けたルティーヤは頬をひきつらせた。やっぱりそうなると思った。横のヴィッセルは虚無《きょむ》になっている。

「――カサンドラ皇妃《こうひ》殿下に話がある」

悲鳴、怒声《どせい》、崩《くず》れ落ちる瓦礫《がれき》の音、喧噪《けんそう》にまじってジルが叫《さけ》ぶ。

「竜妃がきたと伝えろ！　文句がある奴《やつ》は相手になってやる、警備の訓練だ！」

中へ飛びこんだ竜妃が、衛士《えじ》が構えた槍《やり》を叩き折り、門の外に投げ飛ばす。モーガンの顔が青くなった。

「訓練だなんてそんな屁理屈《へりくつ》、通りませんよ！」

「通しますよ。竜妃は今のところ、ハディスの唯一《ゆいいつ》の妃《きさき》です。後宮は彼女の管轄にある」

ヴィッセルに冷ややかに言われ、モーガンが舌打ちした。

「ブルーノ、竜妃殿下をお止めしろ！」

「うむ、結果的に後宮が物理的に崩壊《ほうかい》するがかまわんな!?」

「駄目《だめ》です、くそ、脳筋はこれだから！」

「諦めろよ」

今度は兄ではなく、三公に向けてルティーヤは冷たく言い放つ。

「竜妃を止められるのは、あんたらじゃない。竜帝だよ」

ハディスが倒れた時点で、ジルを止められる人物はいないのだ。

かかか、と突然《とつぜん》声を上げてイゴールが笑い出した。

「竜妃ならば当然ですな！　よろしい、お手並み拝見しよう」

モーガンが呆《あき》れたように首を横に振る。ブルーノは苦笑いだ。

「後宮をどう制するか、我らをどう黙らせるか。すべて、あなた次第《しだい》だ」

イゴールは口角と目を吊《つ》り上げて、後宮の入り口に背を向ける。もう今夜は動かないという意味を汲《く》み取って、ヴィッセルが見送りを申し出た。

皆が引き上げる中、後ろ髪《がみ》を引かれるようにルティーヤは振り返った。

大騒《おおさわ》ぎになっている後宮の中で、魔力が輝《かがや》く。竜妃の神器だ。竜帝《りゅうてい》を守るために黄金に光る武器を振るう先生の姿は、きっと綺麗《きれい》だろう。誇《ほこ》らしくて、悔《くや》しいくらいに。


薄暗《うすぐら》い地下通路の上から、ぱらぱらと砂埃《すなぼこり》が落ちてくる。どうやら地上で作戦が始まったらしい。一瞬《いっしゅん》足を止めたが、すぐさまカミラたちは走り出した。

「ほんとにこっちであってるんだろうな、じいさん」

等間隔《とうかんかく》に灯《あか》りがあるだけで代わり映《ば》えのない通路にもう飽《あ》きたのか、ジークが背中におぶった竜妃宮の管理人――本当にロルフという名前らしい――に尋ねる。

「いいから言うとおりに走れ、そこ右じゃ！　いいか次も右じゃぞ、その次は三つ目を左、四つ目を右、三回回って左じゃ」

「覚えられるか！　あとなんか変なのまざってただろ！」

「ここまできて追いかけっこは勘弁《かんべん》してよ、ロルフおじいちゃん。ここ迷ったら出られる自信ないわ、アタシ。なんでこんな入り組んでるのよ」

秘密の通路とか、隠《かく》し部屋があるとは思っていたが、ここまで大規模なものだとは思っていなかった。

ふん、とロルフが鼻を鳴らす。

「代々の竜妃《りゅうひ》が後宮すべてを網羅《もうら》するために作らせた通路じゃからな。普通《ふつう》の人間では突破《とっぱ》できん。魔力で見分けないとわからん道もある。罠《わな》もな」

「え、何でそんなもの作ったの竜妃……」

「そりゃ竜帝とよろしくやっとる皇妃を監視《かんし》するために決まっておろうが。皇妃が増える度《たび》に建て増ししてより複雑になったというわけじゃ」

竜妃怖《こわ》い。黙ったふたりをロルフが嘲笑《あざわら》う。

「なんじゃ、怖《お》じ気づいたのか。当然、竜妃の騎士《きし》も関《かか》わっとるぞ。お前らの仕事だぞ。ほらそこ、左じゃ！」

「どれくらいなんだ、先帝《せんてい》のところまで」

「もう少しじゃ。間に合うよう走れ！　こういうのはタイミングが大事なんじゃ！」

ばしばしとロルフがジークの頭を叩いて走らせる。カミラは斜《なな》めうしろを追いかけながら、慎重《しんちょう》に尋《たず》ねた。

「なんでいきなり協力的になったの、おじいちゃん」

「起こる見込みのなかったことが起こったからな。清算じゃ」

「陛下の毒殺未遂《みすい》か」

「そうじゃ。誰《だれ》がどう動いたかはともかく、おおよそ実現するはずがない計画だった。――おそらく竜帝にはめられたんじゃろうな、儂《わし》は」

カミラは首をかしげる。ジークの走る速度も落ちた。すかさずロルフの怒声が飛ぶ。

「いいから気にせず走れ！　竜帝は、毒だとわかって飲んだはずじゃ」

「え⁉　そんな馬鹿《ばか》なこと――しかねないわね、陛下なら……」

ジルに心配してほしかった、とかいう理由で飲みかねない。ジークも遠い目になっている。

「また何か気に入らんことがあったんだろうな……」

「竜帝が毒だと捨てるなり無視するなりすれば、こんなに騒《さわ》ぎになることはなかった。――儂はな、罠にはめるのは大好きじゃが、はめられるのは大嫌《だいきら》いなんじゃ！」

かっとロルフが両目を見開いて宣言する。そうですか、としか思えない。

「こうなったら竜妃におさめさせるしかない。先帝の居場所を教えるのもそのためじゃ。ここでマイナードが先帝を殺しでもしたら、ますますややこしくなるじゃろうが。儂ののんびり管理人ライフがぱーじゃ！　あと十年は引きこもるぞ、儂は！」

「マイナード殿下《でんか》は監視されてるはずだけど……抜《ぬ》け出してもおかしくないか」

「竜妃が後宮に乗りこんで暴れれば、後宮に入りこむ隙《すき》もできる。だから急げと言っとる、儂が立てた策に文句を言うな！　竜妃にもそう言われたじゃろうが！」

「殴《なぐ》るな俺は馬じゃねえんだぞ、クソジジイ！」

「誰がクソジジイじゃ、ロルフ様と呼べ――――――！」

「耳元で叫ぶなうるせ――――――――！」

うるさいのはこっちだ。地下通路にふたりの怒声が反響《はんきょう》している。

それにしてもこのご老人、何者だろうか。頭が回る。いつぞや共闘《きょうとう》した、あの狸坊《たぬきぼう》やにも劣《おと》らない知恵《ちえ》者だ。ジルも老人の立てた作戦を信じているようだった。ジルの祖父を知っているらしい人物――

（ジルちゃんのお祖父《じい》さんが現役《げんえき》の時代って……二、三十年くらい前かしら？）

そういえばあのサーヴェル家を翻弄《ほんろう》し、ろくに戦わせなかった軍師がレールザッツにいたとか、聞いたことがあるようなないような。

「止まれ。ここじゃ、隠し扉《とびら》になっておる」

足を止めたジークの背からおり、ロルフが石造りの壁《かべ》をさぐり始める。

「ここって……まさか地下にいるの？　監禁《かんきん》？」

「竜帝を怖《こわ》がって自分から閉じこもったんじゃよ。そうでないと殺されると信じておる。自分は竜帝の最大の敵で、脅威《きょうい》じゃからな」

しかめっ面《つら》のジークが首を捻《ひね》った。

「最大の敵って……陛下から父親の話なんて聞いたことねえぞ。ずいぶん大袈裟《おおげさ》だな」

「でなければ自分がもたんからじゃ」

何かをさぐりあてたらしい。ロルフが手を止め、こちらに向き直った。

「いいか、今から余計なことは言うな。竜妃《りゅうひ》に判断をまかせろ。できるな、竜妃の騎士ども」

理性的で静かな目は、竜妃への信頼《しんらい》も問うている。ジークもカミラも、頷《うなず》き返した。

「わかったわ。──我らが竜妃殿下の名にかけて」

「俺も黙《だま》ってあんたに従う。隊長の命令だからな」

「ならば儂もお前らを、竜妃を信じてやる。結局、策なんてもんはな、どこまで信じられるものがあるかで成功率が変わるのよ。竜帝が竜妃を信じて毒を飲んだのがいい例だ」

ロルフがそっと光る手のひらで壁を撫《な》でた。すっと光の線が壁にはしり、大人ひとりぶんが通れるくらいの長方形を描《えが》く。

音も立てず、扉《とびら》がぐるりと回った。

地下とは思えない明るい部屋だった。天蓋《てんがい》付きの寝台《しんだい》、応接ソファ、書き物机、本棚《ほんだな》などもなめらかな光沢《こうたく》を放つ上等な品だ。家具を置いて十分な広さもある。続き部屋もあるのか、扉もふたつほど見えた。

部屋に踏《ふ》みこむと、開いた壁は音もなくただの壁に戻《もど》る。ロルフが寝台を挟《はさ》んだ向こうにある影《かげ》を目線で示した。

男がひとり、背を向けて座っていた。

何かを熱心に読んでいるのか、こちらには気づいていない。

「――メルオニス様でいらっしゃいますね」

男が跳《は》ねるように立ち上がり、振《ふ》り返った。白髪《しらが》の頭には金の冠《かん》飾をつけ、長く重たそうな外套《がいとう》を羽織っている。上等な部屋に見劣《みおと》りしない立派な装いで、玉座にも座れそうだ。

だが、くぼみ気味の目は落ち着きなくきょろきょろしており、どことなくあやうい空気を醸《かも》し出していた。

「ど……どこから、入った」

それでも、しゃがれた声には迫力《はくりょく》があった。堂々とロルフが進み出て、跪《ひざまず》く。遅《おく》れてカミラもジークもならった。

「お迎《むか》えにあがりました。ハディス様が毒を盛られた一件で」

言っていいのかとぎょっとしたが、大声が動揺《どうよう》を遮断《しゃだん》した。

「そうか、やっと死んだか……！　だから余を迎えにきたのだな⁉」

――その歓喜《かんき》に満ちた声を、どう思えばよかっただろう。

余計なことを言わないよう、顔を伏《ふ》せたままでいるのが精一杯《せいいっぱい》だった。

「カサンドラは難しいなどと言うておったが、どうだ！　やはり余の作戦に間違《まちが》いはないだろう。竜妃にも裏切られたか。あの恋文《こいぶみ》、幼い竜妃ならさぞ心ゆれたであろうからな。あやつは苦しんだか。余を脅《おど》して皇帝《こうてい》になぞなるから苦しむのだ！」

ぎゅっと拳《こぶし》を握《にぎ》って堪《こら》える。

「いよいよ余の御代《みよ》が本当に始まるのだ。竜妃も申し開きによっては後宮に入れてやる。余の和平を台無しにした三公はどうだ。慌《あわ》てているだろう！」

「あいにく説明している時間がございません。ついてきていただけますか」

「ああ、玉座に戻るのだな。よかろう」

――あれには何もできやせん。

ロルフが言った言葉は、正しかった。あの稚拙《ちせつ》な手紙を最初からジルは相手にしていなかったし、発言もそうであってほしいという本人の願望で、ほとんど妄想《もうそう》に近い。ろくに説明も何もしていないのにはしゃいだ足取りで自分たちについてくる愚《おろ》かさも、してやったりという得意げな幼稚《ようち》さも、何もかもが耐《た》えがたかった。こんな男の目論見《もくろみ》など、ハディスが協力して毒を飲まなければ、成功は奇跡《きせき》に近かっただろう。

なのにこいつがすべての元凶《げんきょう》だったばかりに、連座して後宮の妃《きさき》たちも裁かれるのだ。

そうでなければ示しがつかないから。

（――これはきっついわ、ジルちゃん……）

ひそかに亡《な》き者にして、すべてを有耶無耶《うやむや》にしたほうがいいのではないか。そんな考えを振り払《はら》う。

自分たちは竜妃の騎士だ。竜妃を信じて、この男を送り届けるのが仕事だった。

衛士《えじ》ばかりだと思っていたが、兵の数も多い。貴族が持つ私軍ほどの規模があるのではないだろうか。しつこく足止めしようとやってくる。

廊下《ろうか》の曲がり角から出てきた兵をソテーが蹴《け》り飛ばし、ハディスぐまを放《ほう》り投げた。ハディスぐまが動き出して、視界に入る敵を片っ端《ぱし》から殴り飛ばしていく。

「殺すなよ、ソテー！　訓練だからな！」

高らかに鳴いたソテーとハディスぐまに背後をまかせて、ジルは先を進む。

待ち合わせは中庭だ。それらしき開けた場所に出た瞬間《しゅんかん》、上から槍《やり》が降ってきた。よけたジルの足元まで、地面にひびが入る。

「こんな夜の訪問、無礼ですわよ、竜妃殿下」

寝間《ねま》着姿の女性が、槍をくるりと回して切っ先を向ける。その動きだけで、他《ほか》の兵たちとの違《ちが》いがわかった。

「初めまして。私は第六皇妃《こうひ》――」

「素敵《すてき》なドレスをありがとうございました！」

名乗る前に飛びかかった。魔力《まりょく》をこめた拳が槍で弾《はじ》き飛ばされる。やはりただ者ではない。

（そういえばノイトラール出身だったな！）

「ちょっと、名前くらい名乗らせなさい！」

「あいにく時間がなくてすみません！　カサンドラ様はどこですか！」

むっとした顔は、子どもっぽく見える。無論、こちらを押し返す力も魔力も子どもっぽくないが。

「お休み中よ、お引き取り願うわ。——全員、かかれ！」

第六皇妃の号令で飛びかかってきたのは、全員女性だ。後宮の女官《にょかん》か実は兵士なのか——いずれにせよノイトラール出身なのだろう。ならば遠慮《えんりょ》はいらない。

右手に力をこめて、竜妃の神器を顕現《けんげん》させる。しなる鞭《むち》が、爆風《ばくふう》をともなって周囲を吹《ふ》き飛ばした。

「竜妃の神器……っずるい！」

鞭をよけて第六皇妃が叫《さけ》ぶ。だが懐《ふところ》に入りこんだジルは、冷たく言い返した。

「実力だ」

腹に蹴りを叩《たた》きこむ。屋敷《やしき》の壁に激突《げきとつ》した第六皇妃は、ずるずると芝生《しばふ》に腰《こし》を落とした。悔《くや》しげな顔の横、壁に靴《くつ》裏を叩きつけて、見おろす。

「カサンドラ様はどこだ、言え」

「い、言わないわ」

「手加減してやったのがわからないか？　わたしは容赦《ようしゃ》しないぞ」

そこそこ腕《うで》に覚えがあるようだが、所詮《しょせん》、ちょっと魔力があって強いお嬢様《じょうさま》だ。強がっていても瞳《ひとみ》の奥の震《ふる》えまでは隠《かく》せない。さて、どう口をわらせるかと指を鳴らしたときだった。

「おやめください、竜妃殿下。私はここにおります」

「カサンドラ様！」

第六皇妃が悲鳴のような声をあげる。

ジルは振り返って、瞠目《どうもく》した。

カサンドラは、両膝《りょうひざ》を突《つ》いて深く、地面に平伏《へいふく》していた。

「……なんの真似《まね》ですか」

「今回の陛下への毒殺は、私のたくらみによるものです」

淡々《たんたん》と、抑揚《よくよう》のない声が響《ひび》く。そんな、と声をあげかけた第六皇妃も、目線だけで黙らせてしまった。

「後宮の者たちは私の指示に従ったまで。責めは私ひとりにあります。どうぞお慈悲《じひ》を」

「……あなたが犯人？　冗談《じょうだん》でしょう」

「事実でございます」

すっと顔をあげて、姿勢を正す。毅然《きぜん》としていた。憎《にく》たらしいほどに。

「動機は？」

「逆恨《さかうら》みです。息子《むすこ》も娘《むすめ》も、呪《のろ》いとやらで亡《な》くしました。愚かなことをしました。そんなことをしてもあの子たちは帰ってきません」

たとえ台本を読み上げるだけの役者でも、もう少し感情をこめるだろう。

「……そんなふうに言うかもしれないって思ってました。あなたなら」

短いつきあいでも、わかっている。カサンドラは皇妃だ。

皇帝を支え後宮を守る——自分の役目を投げ出さない、皇妃の鑑《かがみ》だ。

「先帝《せんてい》を突き出す気はないんですね」

「あの方は何も関係ありません」

「手紙があります。私に届けられた恋文。——あれは、先帝が書いたものでしょう。わたしと陛下の不和を狙《ねら》ったのか、なんにせよ陛下に対する害意を示してます」

「手紙が公《おおやけ》になれば、竜妃殿下《りゅうひでんか》にも疵《きず》が付きますよ。道ならぬ恋に溺《おぼ》れ、陛下を害そうとしたのだと」

「あまりわたしを怒《おこ》らせるのは得策ではないですよ。既《すで》に先帝は、私の部下たちが後宮から連れ出しています」

カサンドラが両目を見開いた。ジルは淡々と続ける。

「まさか、本当にわたしが怒《いか》りにまかせて突撃《とつげき》してきたとでも思いました？　あまりなめないでほしいですね」

鼻で笑い、ジルは正面からカサンドラに向き直る。

「そろそろ負けを認めてもらいます」

「……竜妃殿下。よく考えてくださいませ。真実を明るみにしあの方を裁いたとしても、誰《だれ》も得などしません。竜帝陛下《りゅうてい》もです」

たしなめるような言い方が、癇《かん》に障《さわ》った。静かにカサンドラをにらむ。

「陛下のことを知ったように言うな」

「お怒りはごもっともです。ですがここは陛下のためにも――」

「言えるわけがないだろう陛下に、あなたの命を狙ってるのは父親だなんて!!」

カサンドラが両目を見開いた。

「陛下は平気だって笑いますよ。でも嘘《うそ》つきです。誰も悪くない、家族ともきっと仲良くなれるなんて絵空事を信じる嘘つきなんです。一度は父親だと思った人間にここまで悪意を向けられて、傷つかないわけあるか！」

さめた目で、ジルはつかつかとカサンドラに近寄った。

「あと、まだあなたは勘違《かんちが》いしてます。決めるのはわたしですよ」

「……竜妃殿下、私は」

「助けてあげます」

笑顔《えがお》で告げた。カサンドラが初めて動揺《どうよう》を見せる。

「よく考えてください。あなただけ処分して、そのあとはどうなりますか？　あなたを慕《した》う他の皇妃たちは、ますます非協力的になるでしょう。竜の花冠《かかん》祭はぐだぐだになり、陛下の評判は地に落ちる。わたしの望みと真逆の結果になります」

「わ……私から言い聞かせます、皆《みな》に。できるだけのことをしてから」

「逃《に》がしませんよ」

まるでか弱い乙女《おとめ》のように、カサンドラの瞳が震えている。脅《おび》えるなんて失礼だ。こんなに優《やさ》しくしているのに——決して、刃向《はむ》かうことは許さないけれど。

「わたしの言うとおりにしてください。そうすれば、あなたも、皇妃たちも、先帝も、うまく陛下に取りなしてあげます」

「——で、できるわけがありません。三公の目もあります。それに……」

「おお、カサンドラ！　ここにいたのか——なんだ、この有り様は？」

はっとカサンドラが、第六皇妃が、男の声に振《ふ》り向いた。ジルも視線を向ける。

影《かげ》が四つ、中庭に出てきた。

「つれてきてやったぞ、どうするか決めるがいい」

ジルのそばまでやってきたロルフが肩《かた》を叩き、両腕《りょううで》を組んでうしろに立った。

ジークとカミラをつれ不思議そうに周囲を見回している男は、まったくハディスに似ていなかった。青ざめたカサンドラが駆《か》け寄る。

「メルオニス様、どうしてこちらに。安全がわかるまでお部屋にいてくださいと」

「迎《むか》えがきたというのでな。ひょっとして三公が後宮に攻《せ》めてきているのか。なんという無礼だ。だが大丈夫《だいじょうぶ》だろう、うちにはノイトラールの女兵士もおるからな！」

まったく状況《じょうきょう》を把握《はあく》していない男を相手に、カサンドラが言いよどんでいる。第六皇妃《こうひ》も苦い顔だ。あまりの認識《にんしき》の甘さに、ジルも呆《あき》れてしまった。

(帝国《ていこく》軍にせよ三公にせよ、本当に軍が出てきたら勝てるはずがない)

よく皇帝《こうてい》が務まったものだ。三公がうまく手綱《たづな》をとっていたのか。渋面《じゅうめん》のカミラとジークから道中の苦労が垣間見《かいまみ》える。

「ハディスの死体はどうした。どんなに苦しんで死んだか見てやりたい。父への謝罪はあったか。そうだ、首を斬《き》ってさらしてやろう！　新たな竜帝誕生の幕開けとしてな」

語るに落ちている。制止しようとしたカサンドラたちが気の毒だ。

「先帝メルオニス様でらっしゃいますか」

話しかけたジルに、無邪気《むじゃき》にメルオニスが振り返った。

「そうだ。ずいぶん小さな――ひょっとしてそなた、竜妃《りゅうひ》か」

「はい。ご挨拶《あいさつ》が遅《おく》れました」

「よいよい、ここにいるということは、余の恋文《こいぶみ》に心打たれて――」

腹に一発、下から叩きこんだ。声にならない悲鳴があがったが、ちゃんと手加減した。汚《きたな》い声をあげて吐《は》いたメルオニスは、芝生に倒《たお》れこんだだけでまだ動いている。

「あんな気持ち悪い恋文、誰が喜ぶか。二度と送ってくるな」

「う、げぇっ……お、おま、お前、何を」

だん、とメルオニスの顔の真横を音を立てて踏《ふ》みつける。起き上がろうとしていたメルオニスが、ひっと小さな悲鳴をあげて頭を抱《かか》え、体を縮こまらせた。おかげで直接本人を踏みつけずにすみそうだ。踏みたくもないものは存在する。

「残念、陛下は生きてますよ。殺せるわけがない、お前ごとき雑魚《ざこ》が」

「……なん、だと。余は皇帝だぞ！」

「わたしは竜妃だ」

軽く蹴《け》って、仰向《あおむ》けに転がす。屈辱《くつじょく》にゆがんだ醜《みにく》い顔を覗《のぞ》きこんで、嘲《あざけ》った。

「無様ですね。虫みたいです。本当に皇帝だったんですか？」

「こ、の……このっ……！」

「陛下とあなたの血がつながってなくて、本当によかった」

その目を見て、決して忘れられないように、敵意を刻みつける。

「二度と陛下に近づくな。父親面《づら》もするな。次やったら殺す。――片づけろ、ゴミだ」

「仰《おお》せのままに、竜妃殿下」

うやうやしく礼をしたカミラとジークが、メルオニスを乱雑に起こす。

「おま、お前ら、竜妃の手先だったのか!!　だましたな!」

「いやーそう言われてもねえ……もっと早く気づけとしか言えないわよ」

「黙《だま》らせろ、不快だ」

無言でジークがもう一発、腹に入れた。白目になったメルオニスが静かになる。

「いいのか、殺さんで」

縛《しば》りあげられているメルオニスを眺《なが》めながら、ロルフが尋《たず》ねる。ジルは鼻を鳴らした。

「殺す価値もないでしょう」

「じゃが、後始末はどうする。皇帝が毒を盛られた以上、誰かが犯人にならねば、格好がつくまい。三公も黙っておらんぞ」

「考えはあります。──カサンドラ様さえ、頷《うなず》いてくだされば」

振り向いたジルに、呆然《ぼうぜん》と成り行きを見守っているだけだったカサンドラが、まばたいた。

「ああいう人間だとわかっていたら、最初からこう言ったんですが。──あのクズを殺されたくなければ、わたしに従え」

息を吹《ふ》き返すように、ゆっくり浅い呼吸を繰《く》り返したあとで──カサンドラが声を立てて笑い出した。第六皇妃があとずさる。

「カ、カサンドラ様が、笑った……!?」

「ああ、おかしい。久しぶりに笑いました。──可愛《かわい》らしい見た目に反して苛烈《かれつ》な御方《おかた》ですの

ね、竜妃殿下は。大変よい脅《おど》しです」

裾《すそ》をさばき、カサンドラが向かい合う。そして背筋を伸《の》ばしジルを見おろす。

「助ける、というのは、メルオニス様のたくらみをなかったことにするという意味です。よろしいのですか？」

「最初からそう言ってますよ」

「竜帝陛下はあなたに私たちを処罰《しょばつ》させたかったのでしょうに、お気の毒です」

苦笑いが、少しもハディスに同情的ではない。

「ひとつだけいいですか。まだ、先帝《せんてい》を突《つ》き出す気はないんですね」

「当然です、私は第一皇妃。あの方の妻ですよ。――穏《おだ》やかで、優しい御方でした。竜帝という存在が、あの方をおかしくしてしまった」

ジルの目線に気づいたカサンドラが、薄《うす》く笑い返す。

「愚《おろ》かと笑いますか？　でしょうね。フィーネはあの方も私も見切りました」

「わたしはそういうの、好きですよ。あと、フィーネ様は見切ったんじゃなく、わたしにカサンドラ様を助けろとけしかけたんでしょう。――無事ですよね？」

「もちろん。レールザッツの女狐《めぎつね》を下手に殺せば、何が出てくるかわかったものではない。ですが今は、あなたに賭《か》けたフィーネに感謝しましょう」

すっと、優雅《ゆうが》な動作でカサンドラが膝《ひざ》を折った。目上の者にする、最敬礼だ。

続いて第六皇妃も、女官《にょかん》や衛士《えじ》たちまで、次々に全員が跪《ひざまず》いた。カサンドラが膝を突いたからだ。

「お助けください、竜妃殿下《りゅうひでんか》。私のことは、どうぞ竜妃殿下のお好きになさって」

角度のせいなのか表情のせいか、顔をあげたカサンドラが愛らしく見える。これが後宮の妃《きさき》の技《わざ》か。ジルは、ちょっと照れて顔をそむけた。

「な、なんか、困りますね。後宮のお妃様に好きにして、とか言われると……」

「お望みならば、お教えしますよ。なんでもです」

それは、夫が知ったら失神するような何かだろうか。ごくりと唾《つば》を飲み、期待をこめて見つめるジルに、カサンドラは艶《あで》やかに微笑《ほほえ》み返した。

いつもどおりの目覚めだった。いや、ここ最近ばたばたしていたせいで、いつもよりすっきりしているかもしれない。

（お、起きたか……じゃあ俺、寝《ね》るから……）

（待てラーヴェ、説明しろ。どうなった）

（お前の回復で力使って疲《つか》れてんだよ……嬢《じょう》ちゃんに……聞け……いるから……）

あやしげな語尾《ごび》が寝息《ねいき》に変わった。

役に立たない育て親だと思いながら起き上がろうとして、違和感《いわかん》に気づく。いつもの自分の部屋、寝台《しんだい》だ。でも妙《みょう》に隣《となり》がふくらんでいるような――がばっと布団《ふとん》をめくり、仰天《ぎょうてん》した。

「ジル!? な、なななななんでここに……え、まさか僕が連れこんだ!? そんな、なんにも記《き》憶《おく》がない！」

「……んみゃ……？」

妙に可愛らしい声をあげたと思ったら、ばっと寝間《ねま》着《き》姿のジルが飛び起きた。ぎょっとしたハディスの膝の上に乗り、顔を覗きこんでくる。

「陛下、起きました!?」

「お、おおお起きたよ、君も起きたけど……」

「体は!? どこもつらくないですか」

こつんと額をくっつけて、目を閉じたジルが静かになる。んーと声をあげたあと、またぱっちり目を開き、にっこり笑った。

「熱はないですね！ よかったぁ……」

頭から蒸気が出る音がした気がした。両手で顔を覆《おお》って、ハディスはうめく。

可愛い。一連の動作、すべてが愛くるしい。

「陛下、どうしたんですか！ まだ寝てたほうがいいです」

「だ、大丈夫《だいじょうぶ》……ただ、僕のお嫁《よめ》さんが可愛くて、可愛くて……！」

「あ、いつもの発作《ほっさ》ですね。はい、息を吸って、吐いて」

「だいたいっ、なんで君がここにいるの⁉」

よしよしと背中をなでていた手を止め、ジルが目をぱちぱちさせた。まるで自分が過剰反応《かじょう》しているみたいで、ハディスはむくれる。

「ぼ、僕の部屋で一緒《いっしょ》に寝るのは、結婚《けっこん》してからって言ってたよね。合意もなく反則じゃないかなって、僕は思います！」

「この非常時に何を寝ぼけたこと言ってるんですか。陛下に毒が盛られたんですよ？　わたしが護衛するのは当然でしょう」

真顔で諭《さと》され、脱力《だつりょく》しそうになった。

可愛くて強いお嫁さんは、出会ったときから色恋沙汰《いろこいざた》に無頓着《むとんちゃく》なところがある。清々《すがすが》しいほど筋は通っているのだが、もう少しこう、情緒《じょうちょ》というかこちらの気持ちもわかってほしい。

「ああ、でもそっか……そういえば僕、毒を……」

飲んだ、と口を滑《すべ》らせかけて止める。毒を盛られたのだ、間違《まちが》えてはいけない。

そしてどれだけ自分が不謹慎《ふきんしん》だったか気づく。ジルからすれば、自分は毒を盛られて殺されかけたばかりなのだ。寝台に潜《もぐ》りこんででも護衛するというのは、彼女にすれば当然の成り行きなのだろう。

（どうなったのかな。まったく犯人がわかってない、なんてこともないと思うけど）

気を取り直し、ハディスは膝の上に乗ったジルに微笑む。

「ちょっと前後の記憶が飛んじゃってた、ごめん。でももう体は大丈夫。あのお茶が毒だったのかな」

安心させるように言ったのに、見つめ合ったジルの反応は淡泊《たんぱく》だった。

「……ふーん、そうですか」

「……。あ、ジルの護衛が困るとかそういうんじゃないよ！　ただ正直、寝て起きたらジルがいたって感じで、びっくりして」

「なんですか、一緒に寝てたくらいで、今更《いまさら》」

はあ、と大きく溜《た》め息をつかれた。戸惑《とまど》っている間に、寝台からおりたジルがこちらを振《ふ》り返って、悪戯《いたずら》っぽく笑う。

「陛下はまだお子様なんですね」

唇《くちびる》の前に人差し指を立てて意味深に笑う。文句なしに可愛い。可愛いのだが。

「――どういう意味⁉　君、僕が寝てる間、何かした⁉」

「ふふーん、内緒《ないしょ》です。陛下が悪いんですよ。ちっとも目を覚まさないんだから」

「ちょっと待ってジル、こっちにきて説明して。でないとご飯作ってあげないよ⁉」

「ええぇー？　いいんですか、説明して」

寝台脇《わき》の小卓《しょうたく》の上からジルは牛乳を見つけ、腰《こし》に手を当ててごくごくと飲んでいる。ジルを追う形で寝台からおりたハディスは、しばらく考えてみた。

「……やっぱり聞かない。死ぬ気がしてきた、毒より君に殺される……」

「それだけうるさく言えるなら、本当に大丈夫そうですね」

飲み終えたコップをテーブルに置いて、ジルがハディスと向き合う。

「ご報告があります、陛下」

ああ、とハディスは微笑んだ。やっぱりハディスのお嫁さんは、期待を裏切らない。

「三公もヴィッセル殿下《でんか》も一緒に、まとめて今回の顚末《てんまつ》を説明したいんですが、陛下も準備できますか」

「もちろん。……今更だけど僕、どれくらい寝てた？」

「半日とちょっとです」

「そうか。じゃあ一晩で解決しちゃったんだ」

「そりゃあ、陛下を狙《ねら》う奴《やつ》なんてほっとけませんから」

胸を張って自慢《じまん》げにするお嫁さんが頼《たの》もしくて愛《いと》しくてたまらない。手を伸《の》ばして抱《だ》き上げると、ぎゅっと抱きつかれた。

「守ってあげますからね、陛下」

きっと色々あったのだろうなと、その仕草で知る。

「わかってるよ。朝ご飯は、君の大好きな苺《いちご》ジャムのスコーンつけてあげる」

すごく、自分のために頑張《がんば》ってくれたのだろうから。

本当ですか、と目を輝《かがや》かせるジルは、いつだって自分の味方だ。無条件にそう信じ始めている自分がいる。

きっと今回も、ときめきで死んでしまうようなかっこいい姿を見せてくれるに違《ちが》いない――と、思っていたのだが。

「今回の一件は、毒殺なんかじゃありません。ただの事故です」

わざわざ謁見《えっけん》の形を取った帝城《ていじょう》の貴賓《きひん》室で、竜妃《りゅうひ》は笑顔《えがお》で言い放った。


ハディスとヴィッセル、三公のぽかんとした顔にジルは両肩《りょうかた》を落としてしょげてみせた。

「しいて言うなら、わたしが犯人でしょうか。お騒《さわ》がせしてすみませんでした」

「いや、待て待て待て待て、あり得ない」

ひとりきらびやかな椅子《いす》――玉座に座ったハディスの右手側から、ブルーノが前に出る。ジルは不思議そうに尋《たず》ね返した。

「どうしてですか？」

「どうしてって、ないからだ。ない。……ないよな？　ん、あるか？」

目配せされたモーガンが、面倒《めんどう》そうに舌打ちする。

「迷うな、馬鹿《ばか》が。……とはいえ、竜妃殿下《でんか》。ご説明願えますか」

「実はわたし、陛下に内緒で新しい栄養ドリンクを開発してたんです！」

あっけにとられている男どもを尻目《しりめ》に、ジルは真面目《まじめ》に語る。

「陛下は体が弱いですからね。ヤモリとかマムシを炭火焼きにして粉末にしたり滋養強壮剤《じようきようそうざい》を全部ぶちこんで、飲みやすいようはちみつやミルクもまぜて、あとは良い匂《にお》いがするハーブとか草とかまぜた、紅茶風味栄養ドリンクです。あの日は消毒用のアルコールも振りかけて、あとで陛下に飲んでもらおうと用意してました」

でも、と大袈裟《おおげさ》にジルは訴《うった》えかける。

「まだマムシの毒が抜けてないのに、間違えて持ち出されてしまったんです。まさか陛下が飲んでしまうなんて！　竜と蛇《へび》って似たようなものだし毒も逆にきくかなって思ったんですけど駄目《だめ》でした。陛下が無事で本当によかったです。以上、ご静聴《せいちょう》ありがとうございました」

ぺこり、と頭をさげて、すぐあげる。

「で、皆《みな》さんにお話があるんですけど」

「いやいやいや、だから待て！　そんな馬鹿な話が……ある、か？」

もう一度ブルーノにうかがわれたモーガンが青筋を立てる。

「あるわけないだろうが！　竜妃殿下、いくらなんでもそんな馬鹿な話は通りません。通せば三公の沽券《こけん》に関《かか》わるくらいのひどい筋書きだ！　そもそも昨日、後宮で暴れたのを忘れたとは言わせませんよ。きちんと説明していただきます」

「あれっ訓練だって言いましたよね？　いい運動になりました！　後宮の警備はなかなかのものですね！　ノイトラール出身のお妃様《きさき》はなかなか強かったです、さすがです！」

「うむ、そうだろう！　いい運動になったはず」

「お前はもう黙《だま》ってろ脳筋公！　竜妃殿下、なめた真似《まね》もいい加減にしていただきたい！」

「ところでフェアラート公、先帝の身柄《みがら》を引き取っていただけませんか」

勢いこんだモーガンの動きが止まった。

「竜の花冠《かかん》祭を機に、皇妃《こうひ》様たちから引退したいと相談されたんです」

「……姉……いや、第一皇妃殿下も、ですか？」

「ええ。カサンドラ様もそろそろゆっくりしたいとおっしゃってました。そうすると先帝には新しい住まいが必要でしょう。先帝のお母様はフェアラート出身の方で、縁《えん》深いとお聞きしています。落ち着けるのではと思うんですが、どうですか？」

モーガンが様々な計算を一気にしているのが瞳《ひとみ》の動きでわかる。ジルはほくそ笑んだ。

今までハディスに反旗を翻《ひるがえ》してきたのはフェアラート公の縁者が多かった。うまくフェアラート公は切り抜《ぬ》けてきたが、内心、これ以上の面倒はさけたいはずだ。後宮にせよ先帝に縁深い人間は、必然的に自領に集中する。どこの誰《だれ》がどうつながっているか調べるためにも、まず自分の手元に置いて処理したいだろう。

「もちろん、ご不満であればレールザッツ公かノイトラール公にお願いしようと思います」

「喜んでお引き受けいたしましょう」

他《ほか》のふたりに渡《わた》しては面倒が起こる。さすが、判断は早かった。

「ありがとうございます！　カサンドラ様はわたしの女官長《にょかん》になってもらうので、しばらくお返しできませんが」

「姉が竜妃殿下にお仕えすると？　それはそれは、身に余る光栄ですな」

口元をゆがめたモーガンが、わざとらしい笑みを浮《う》かべて頭をさげる。

「誠心誠意お仕えするよう、姉にお伝えください。竜妃殿下は賢明《けんめい》であらせられるが、まだまだ幼くもいらっしゃる。——何せ、あわや毒殺かと疑ってしまうような可愛《かわい》らしい悪戯を陛下にしかけてしまわれるのですから」

「悪戯じゃありませんよ。愛です」

「確かに。失礼しました。いやはや仲睦《なかむつ》まじさは若さゆえですな。羨《うらや》ましい」

ひとり片づいた。ジルとモーガンを交互《こうご》に眺《なが》めて、ブルーノが首をかしげる。

「つまり——どういうことなんだ。事故だったのか。いやしかし……」

「ノイトラール公、わたしは竜の花冠祭を成功させたいんです。騒ぎが大きくなると、手間を取られて色々難しくなる。結果、どうなるかわかりますか」

「ちょっとよくわからん」

「腕相撲《うでずもう》大会が開けなくなります」

ブルーノの目が光った。

「よしわかった、決着は腕相撲大会でつけよう！　あとは知らん！」

はははははは、と笑い声が響《ひび》いた。老人らしいゆったりした動作で、イゴールが笑う。

「うまいこと丸めこんでいきますのう。――して、この爺《じい》にはどのような褒美《ほうび》を？　まさかフィーネの無罪放免《ほうめん》ですかな」

「駄目ですか」

「あれにはあれの考えがあり、行動した。フリーダもリステアードも、自分のしたことは自分で責任をとれる。そう育っているはずでしてな。――レールザッツをなめるなよ、小娘《こむすめ》」

隙《すき》なくイゴールが笑う。代々レールザッツ公は竜神《りゅうじん》と竜帝《りゅうてい》への忠誠が強いと、カサンドラから聞いた。だからこそ簡単には言いくるめられない。

だが大事なのは、的確に、相手の望みを差し出すことだ。

「では、未来に投資するのはどうでしょう？」

イゴールが顎《あご》に手を当てて、目を細める。

「なかなかうまい言い方ですな。ですが、投資するだけの根拠《こんきょ》がなければ賭《か》けませんぞ？」

「竜妃宮の管理人に今回、色々協力してもらいました」

ほう、と面白《おもしろ》そうにイゴールが手を打つ。

「あれをつかまえましたか。やりますな。元気でしたか、私の弟は」

「今後も竜妃宮の管理人を続けてほしいと思ってます。――わたしの、軍師もかねて」

ほうほう、とイゴールが頷《うなず》き、顎をなで続ける。

「面倒《めんど》くさがりのあれが名乗るわけがない。よく正体がわかりましたな。サーヴェル家の姫君《ひめぎみ》ゆえですかのう。運命を感じます」

ロルフ・デ・レールザッツ――その名前を、サーヴェル家で知らない者はいない。

二十五年ほど前、クレイトスの王都が奇襲《きしゅう》された。おそろしく緻密《ちみつ》で奇抜《きばつ》な作戦だった。ラキア山脈を越《こ》えるのではなく、軍艦《ぐんかん》でひそかに竜を運び海から王都を叩《たた》いたのだ。ラキア山脈に配置された軍は見せかけだとサーヴェル家が慌《あわ》てて王都に向かったときには既《すで》に大半の軍が引き上げており、手隙《てすき》になったサーヴェル領を通り抜け、ラキア山脈を越えてレールザッツに戻《もど》っていったという。

結果、海に近かったクレイトス王都バシレイアは内陸へ遷都《せんと》し、海岸沿いには対空魔術《まじゅつ》の装置が並べられるようになった。

「祖父から散々聞かされましたから。――どうです、面白いと思いませんか？」

「と、おっしゃいますと」

「サーヴェル家の娘《むすめ》と、レールザッツ家の軍師が手を組むんです。魔法の盾《たて》なんて目に見えないおとぎ話にすがるよりも、新しい伝説が生まれそうじゃないですか」

目を輝《かがや》かせたイゴールが、笑い出した。膝《ひざ》をうち、人の悪い笑《え》みを向ける。

「のった！　かつて生家を窮地《きゅうち》に追いやった相手と手を組む竜妃殿下の本気、受け取らぬわけにはまいりますまい」

「……まあ、ロルフ卿《きょう》には逃《に》げられてるんですけど、まだ」

「レールザッツでは珍《めずら》しい、やる気のないぐうたらですからな。だが、あなたなら本気にさせられるやもしれませぬ。サーヴェル家がほしいとよく愚痴《ぐち》っていましたからな。そこを含《ふく》めてよろしい、未来に賭けましょう」

これで、三公とも片づけられた。ほっと内心で胸をなで下ろす。

「ヴィッセル殿下《でんか》は、どうですかな」

「どうもこうも、私は皇帝《こうてい》陛下に従うまでです」

「なるほど。では竜帝陛下――」

だが、本番はここからだ。

イゴールが閉口した。ブルーノが身構え、モーガンが一歩うしろにさがる。

「――どういうことかな、ジル」

三公など敵ではない――この、美しい微笑《びしょう》を浮かべる、竜帝にくらべれば。

「君が犯人？　そんな馬鹿馬鹿《ばかばか》しい話、僕が信じると思う？」

声が響くたび、びりびりと空気が震《ふる》える。まだ何も答えてないのに、緊張《きんちょう》で口の中が乾《かわ》き始めていた。

「……怒《おこ》って、ますか。陛下」

「当然だよ。僕を虚仮《こけ》にしてるのかな。三公だけでなく、君まで？」

口調は優《やさ》しいが、こちらを睥睨《へいげい》する視線も表情も、凍《い》てついて痛いほどだ。

「三公はまあ、いいよ。最初から期待してない。僕の邪魔《じゃま》をしなきゃいいだけだ。でも君は違《ちが》うだろう？」

三公は完全に固まってしまって、ひとことも発しない。おそらくこうなったハディスを見たことがないのだろう。しかも寵愛《ちょうあい》している竜妃《りゅうひ》にこんな態度を取るとは思っていなくて、混乱している。

ざまあみろと少しだけ思った。ハディスは生まれながらの竜帝だ。ジルをとても愛して甘やかしてくれるけれど、竜妃の役割を違える真似は、竜帝として決して許さない。

「誰をかばってる？」

金色の眼光が、嬲《なぶ》るようにこちらの一挙一動を観察している。

「今ならまだ本気で怒ってないよ。だから正直に言ってほしいな」

それとも、と両目を大きく開き、口を三日月にゆがめて、竜帝が嘲《あざけ》った。

「僕よりそいつを優先するのか」

——だが、そのひとことにはかちんときた。

「わたしが最優先でお守りするのは陛下ですが？」

「なら言え。どいつが僕を害そうとした」

「お言葉ですが陛下。わたしは陛下が、わたしの作った栄養ドリンクだから無理をして飲んでくれたと解釈したんです」

ハディスが片眉《かたまゆ》をあげた。思い出したらなんだか笑いがこみ上げてきた。

「だってあからさまにあやしい臭《にお》いを放つ飲み物でしたよ。飲む前に気づきます。自分の口に入るものに注意して、自炊《じすい》までする陛下なら絶対に。でも、もしわたしのために飲んだんじゃないなら——毒を、わざと飲んだってことになりません？」

ハディスが無表情に戻り、組んでいた足をほどく。ジルは首をかしげて前に出た。

「そんなわけありませんよねえ？」

身じろぎせずハディスはすっと視線だけを横にそらした。

「そんなことしたらわたしがどれだけ心配するか、どんなに怒るか。陛下はちゃあんとわかってますもんねえ？」

逆に首を傾《かたむ》けてさらに踏《ふ》み出すと、今度は逆方向に視線をそらした。

「そんなに言うなら選ばせてあげますよ、陛下」

視線だけでも逃げようとする往生際《おうじょうぎわ》の悪い夫の目の前に仁王立《におうだ》ちする。

「わたしの作ったものだから飲んだ。毒をわざと飲んだ。どっちでもいいですよ。ただし返答次第《しだい》では今夜、眠《ねむ》れると思うな」

「い、言い方……」

がん、とジルがハディスの座っている椅子《いす》の脚《あし》を蹴《け》り飛ばすと、ハディスが滑《すべ》り落ちて尻餅《しりもち》をついた。震える姿を上から見おろし、ぼきぼきと拳《こぶし》を鳴らす。

「お返事は？」

「ちっ力業《ちからわざ》で解決するのは、どうかと思うな……？」

「原因はいつもお前だろうが――――！」

叫《さけ》んだジルの拳をよけ、ハディスが椅子を盾にして隠《かく》れた。

「まままま待って、話し合おうジル。実は怒ってたってよくわかったから！　ほら、皆《みな》さんも見てるし――っおい、なんで出ていこうとする⁉」

「初々《ういうい》しい夫婦《ふうふ》の時間など、妻に先立たれた老骨にはまぶしすぎますなあ」

「私は諸々《もろもろ》、事後処理をしてまいります」

「俺は腕相撲《うでずもう》大会の場所を確保してくる！」

「兄上！　ヴィッセル兄上、なんとか言って！」

「お前のやることは常に正しいよ」

ぱっとハディスが味方を見つけて顔を輝かせる。

だがヴィッセルは同じ明度の笑顔で、付け足した。

「だから可愛《かわい》いお前が私に相談もなく毒を自ら飲むはずがない。そう信じている」

「兄上ぇぇぇ――――――――――！」

「……心配したんですよ、みんな」

ハディスはわかっていない。悔《くや》しいような情けないような気持ちで、ジルはうつむく。

「陛下が倒《たお》れてヴィッセル殿下は真っ青になってたし、ルティーヤだって陛下が運ばれた部屋に飛びこんできて。ナターリエ殿下とフリーダ殿下は泣きそうな顔で、看病してました。あのマイナード殿下が大声をあげて、服が汚《よご》れるのもかまわず応急処置したんですよ。三公だって陛下の容態が落ち着くまでずっと難しい顔してました」

初めてハディスが気まずそうに、視線を泳がせた。

「……わたしだって、どんなに不安だったか」

死んでも泣くものかと歯を食いしばって、ジルはハディスをにらむ。

だが、目の縁《ふち》に浮《う》かびあがるものは誤魔化《ごまか》せなかった。うろたえた様子で、ハディスが両膝《りょうひざ》を突《つ》き、こちらに手を伸《の》ばしてくる。

「ご、ごめんジル。泣かないで」

「泣いてませんよ！　陛下はっわたしの栄養ドリンク飲んだだけなんですから！」

一歩うしろに逃げて、両肩《りょうかた》で息をしながらハディスの目を見据《みす》えた。

「心配させたお詫《わ》びにっ、花冠《かかん》祭で、露店《ろてん》の料理を食べにつれてってください！　全店制覇《せいは》します！」

「ぼ、僕がお詫びするの？」

「そうですよ！　――でないと許しません！」

精一杯《せいいっぱい》、胸を張って堂々と言い返す。

ハディスが両肩を落とした。少し間を置いて、小さく答える。

「……わかった。君の作った栄養ドリンク、飲まないわけにはいかないもんね。――でも、見ないふりをするだけだ」

手の甲《こう》で涙《なみだ》をぬぐったジルの前で、ハディスは立ち上がる。そしてジルだけでなく全員に言い聞かせるように声を響《ひび》かせた。

「せいぜい力を合わせて僕の目を欺《あざむ》いてみろ。僕の目に直接入るようなことがあれば、容赦《ようしゃ》はしない。――これで全員、僕に貸しができたな。竜妃の資質にも文句はないようだ」

ハディスが吐《は》き捨てた台詞《せりふ》に、ジルはぱっとうしろを振《ふ》り向く。戸口でこちらの様子を見ていた三公は、既《すで》に跪《ひざまず》いていた。

「此度の竜妃殿下《でんか》の英断、感動いたしました。姉も喜んでいるでしょう」

「噂《うわさ》に違《たが》わぬ強さ、確かにこの目で確認《かくにん》した」

「竜妃殿下を選んだ陛下のご慧眼《けいがん》に間違《まちが》いはないと知れて、この老骨、感服しました」

最後に真ん中のイゴールが、にやりと笑って顔をあげる。

「我ら三公、身命を賭《と》して竜帝《りゅうてい》陛下にお仕えいたしましょう」

「――最初からそう言っていれば、話は早かったんだ」

不愉快《ふゆかい》そうに答えたハディスが、自分で椅子の位置を戻《もど》して、座り直す。

「仕事に取りかかれ、三百年ぶりの本物の竜の花冠祭だ。失敗は許さない」

「ご随意《ずいい》に」

恭《うやうや》しく退室した三公に続き、ヴィッセルも出ていく。ふたりきりで取り残されてから、遅《おく》れて実感がやってきた。

後宮だけではない。三公も、味方についたのだ。ジルはハディスに飛びついた。

「陛下……！　やりましたね！」

「そうだね。結果は僕の希望どおりになったから、黙《だま》っててあげる」

ハディスは両足を組み、頬杖《ほおづえ》を突いてそっぽを向く。

「なんでそんなに不満そうなんですか」

「だって君が僕に隠し事してる。――恋文《こいぶみ》とか、もらってたんでしょ」

「え、もらってませんよそんなもの」

不審《ふしん》げにハディスはこちらを見るが、本当のことだ。あれは恋文ではない。怪文書だ。

「……ジルの嘘《うそ》つき」

仏頂面《ぶっちょうづら》で、ハディスがひとりごちた。精一杯の非難がましい目つきが可愛くて、ジルはくすりと笑う。

「何。僕は大好きな君が作った栄養ドリンク飲んで倒れちゃったんだよ。毒殺未遂《みすい》なんかじゃない、不幸な事故。三公も認めた以上そう周知されるし、僕ももう何も聞かない。それでいいんでしょ」

「そうですよ、女の秘密を暴《あば》こうなんて陛下は悪い子です」

「は？」

こちらに向き直ったハディスに、できるだけ大人っぽく笑ってみせる。お手本は、後宮で見たお妃様《きさき》たちだ。

「いい子で、我慢《がまん》しててください。ね」

つん、とハディスの唇《くちびる》を指先で突《つつ》く。

数秒あけて、ハディスがぼんっと頭から湯気を出した。

「どっ――どこで覚えてくるの、そういうの！」

「カサンドラ様に教えてもらいました！　これからもいっぱい教わります！」

「やっぱり後宮、潰《つぶ》そう。今すぐ潰そう、悪影響《あくえいきょう》がすぎる……！」

「お話は終わりましたね！」

ばあんと音を立てて貴賓室《きひん》の扉《とびら》が開いた。入ってきたのはハディスがたった今、悪影響を嘆《なげ》いたカサンドラを筆頭にした女官《にょかん》たちだ。

「では早速《さっそく》、衣装合わせをいたしましょう。時間がありません。竜帝陛下もお着替《きが》えを」

「えっ僕も⁉」

「この間拝見した衣装、使い回しでセンスの欠片《かけら》もございませんでしたので、新しく竜妃殿下の衣装と一緒《いっしょ》に作り替《か》えます」

ハディスがうろたえている間に、優秀《ゆうしゅう》な女官たちは衝立《ついたて》や長机を運びこみ、色鮮《いろあざ》やかな生地《きじ》やらアクセサリーを並べていく。メジャーを持った仕立屋が何人も入ってきた。中には第六皇《こう》妃《ひ》お抱《かか》えだった仕立屋の顔もある。

「かといって伝統を無視するわけにはまいりません。伝統を取り入れつつ、最新の流行となるものを用意いたしましょう。妥協《だきょう》は一切《いっさい》許しません。竜帝陛下、竜妃殿下、お覚悟《かくご》を」

教師のごとく眼光鋭《するど》く言い放つカサンドラに、ハディスが気圧《けお》されている。

「いやでも僕、仕事がまだ……」

「三公にまかせておけばよろしいのです。なんのための三公か」

「い、いきなりやる気がありすぎて怖《こわ》いんだけど⁉」

「竜妃殿下が作る新しい後宮の威信《いしん》がかかっておりますので」

竜の花冠祭のあと、後宮の大半の女性たちは慣例どおり年金をもらって去るが、一部は新たにジルに仕える形で残る。ここにいる者たちは、残る予定なのだろう。全員から立ちのぼる気《き》迫《はく》が見てとれた。

「夜までには終わるよう努力いたします。──全員、かかりなさい」

「ジル！　病《や》み上がりだよ僕、止めてよ！」

「わたしも頑張《がんば》りますから頑張りましょう、陛下！」

どんなふうになるのか楽しみだ。元気いっぱいに答えたジルに、ハディスが顔を青ざめさせてうなだれた。

第五章 ⚜ 竜の花冠祭

だん、とからになった大皿が勢いよく置かれた。甲高《かんだか》いゴングの音と一緒に、勝者の腕《うで》が司会者に持ち上げられる。

「お、大食い決定戦優勝は、謎《なぞ》の覆面《ふくめん》少女だ——!!」

おおおお、と興奮した観客の声があがる。あきらかに自分の体積より多い料理をぺろりと平らげた少女が、手を振って歓声《かんせい》に応《こた》えていた。

「優勝しちゃったわねえ、ジルちゃん……」

「する気はしてたよ……」

遠目でハディスがつぶやくと、なぐさめるようにカミラに肩《かた》を叩《たた》かれた。露店《ろてん》の串焼《くしや》きをかじりながら、ジークは自分が抱えた大量の荷物に視線を落とす。

「全店制覇《せいは》っつーから買ったけど、どーすんだこれ。日持ちしねえのも多いだろ」

「一部はお土産《みやげ》にして……惣菜《そうざい》は夕食に使って……とにかく、全部は食べさせないから」

「ジルちゃん言うこときくかしら」

「きかせるよ! だってさっきの見たでしょ!? 予選で鶏《にわとり》の丸焼き何匹《ひき》流しこんでた!? 決勝

は豚《ぶた》の丸焼きも軽々飲みこんでっ……肉は！　飲み物じゃないんだよ！」

「陛下、やりましたよ優勝しました――――――！」

なぜ覆面をしているのかも忘れたのか、大声で叫《さけ》んだお嫁《よめ》さんがハディスの胸に飛びこんできた。周囲が逆に目をそらして見ないふりをする始末だ。

「優勝賞品、小麦粉一年分、ゲットです！　帝城《ていじょう》に届けてくださいって頼《たの》みました！」

もはや覆面をしている意味すらない気がする。

「わたし、これで帝城の食料庫を救いましたよね!?　食べてばっかりとか、もう陰口《かげぐち》は叩かせませんよ！」

「解決策としてすべてが本末転倒《てんとう》してるのよジルちゃん……」

「ジーク、露店の食べ物買ってきてくれました!?」

「さすがにいっぺんに食い過ぎだろ。ちったあ間をあけろ」

ハディスが止めるより先に上手にジークが制する。ジルは納得《なっとく》して手を引っこめた。

「そうですね、ちょっと運動してからのほうがいいかもしれません。次、いきましょう！」

そう言って、ハディスの手を引っ張り元気よく歩き出すお嫁さんはご機嫌《きげん》だ。

竜妃《りゅうひ》の騎士《きし》たちと一緒に、複雑な気持ちでハディスもあとに続く。

今日は竜の花冠《かかん》祭の前日祭にあたる。帝都《ていと》では昼前から露店が我先にと店を並べ、客を呼びこみ始めていた。露店を回りたがるジルを止める術《すべ》を、もはや三公すらもたない。暴れられたら面倒《めんどう》という共通認識《にんしき》ができたようだ。ヴィッセルはまだ服毒の件を怒《おこ》っているのか、微妙《びみょう》に冷たい。民《たみ》の顔を見て回る良い機会だともっともらしいことを言って送り出してくれた。

明日は朝から夜中まで拘束《こうそく》されるし、こうしてジルと歩き回れるのはハディスも嬉《うれ》しい。でもジルは食べ物ばかりに夢中で、ちょっと物足りない。

(いーじゃねえか、嬢《じょう》ちゃんここ最近ずーっと竜妃として頑張ってたんだし、息抜《いきぬ》きだよ)

呑気《のんき》に笑うラーヴェにハディスはむくれた。

(息抜きじゃなくて食べ歩きだよ)

(ああ……まあ、うん。食べ過ぎには注意しような……)

ふと見ると、ジルが大人に紛《まぎ》れて背伸《せの》びをしていた。舞台《ぶたい》を見たいようだが、身長がたりない。焦《じ》れたのか、ぴょんぴょん跳《は》ね始める。でも届かない。

可愛《かわい》くて悔《くや》しい。嘆息《たんそく》したハディスは、うしろからジルを抱えて、肩車《かたぐるま》をした。

「どう、見える？」

「見えます！　手品ですって、陛下！」

はしゃいだジルの声を聞いていると、まあいいかと思えてくるから不思議だ。

手品や出し物に、並ぶ露店。こんがり焼けた串焼き肉、砂糖をたっぷりまぶした干し果物、焼きたてのパイまで、所狭《ところせま》しと並んでいる。料理だけでなく売り物もたくさんあった。色彩豊《しきさい》かな布地や小物に工芸品、特に花冠を用意するための生花が多い。花冠の売り出しは既《すで》に始まっているが、花冠を買わないのであれば、作るしかないからだ。

ハディスに肩車されたまま街中を見てジルがつぶやく。

「男の人が買っていくんですね、お花」

「意中の子にあげるためにね。明日に間に合わせるには、今日から作らないと」

「陛下はもう、準備してますよね。明日、わたしにどんなのくれるんですか!?」

声を弾《はず》ませて尋《たず》ねるジルに、ハディスはちょっと笑ってしまった。竜妃の名前で売りに出す花冠のデザインでいっぱいいっぱいになっているとばかり思っていたが、ちゃんとハディスからもらう側だと覚えていたらしい。

「内緒《ないしょ》。明日の舞台でのお楽しみ」

「期待しちゃいますよ！　……にぎやかですねえ、陛下。まだ準備の時間なのに」

突然《とつぜん》、ジルの声が大人びた気がして、ハディスは目をあげる。ジルが笑顔《えがお》でこちらを覗《のぞ》きこんだ。

「みんな楽しそうでよかったですね、陛下」

——突然じゃない。彼女はちゃんと、大人になっているのだ。

竜妃として、この街の光景を眺《なが》めている。ハディスがそう見ているように。

「……君がいっぱい、頑張ってくれたからね」

「うーん。でも明日の儀式《ぎしき》は、まだちょっと不安です」

「大丈夫《だいじょうぶ》だよ、君なら」

人混《ひとご》みを抜《ぬ》けたので、ジルを肩車からおろし、手をつないだ。はにかむような仕草をみせたジルが、そっと手を握《にぎ》り返してくれる。

（あれ、いい感じ？）

なのに、おやっと背後から声がかかり、ハディスはむっとする。また面倒なのがやってきた。

「これはこれは竜帝《りゅうてい》陛下！」

体格も声も大きいブルーノだ。なぜノイトラール公がここにと思ったが、ブルーノは祭りの警備全般《ぜんぱん》の責任者である。街に繰《く》り出してもおかしくない。

「こんな道中で陛下を大声で呼ばないでください、お忍《しの》びなんですよ」

ジルがしかめ面《つら》で、もっともらしく注意する。ハディスと竜妃の騎士たちの目が白けたが、ブルーノは違《ちが》った。

「なるほど、お忍び……それで、覆面をしているのだな。ならば……まさにうってつけ。あちらをご覧いただきたい」

すっとブルーノが神妙《しんみょう》に指さしたのは、通りを抜けた広場の一角だ。机と椅子《いす》がぽつんと立っており、背後の垂れ幕には『腕相撲大会《うでずもう》』『挑戦者歓迎《ちょうせんかんげい》』と書かれている。

とてもとても、嫌《いや》な予感がした。色を失ったハディスのうしろで、竜妃の騎士たちも青ざめている。

「挑戦者には豪華《ごうか》賞品を用意している。ノイトラール秘蔵の筋肉増強剤《ざい》だ」

「いいですね」

「お手合わせ願いたい。今は竜妃ではないというなら、手加減ぬきで」

「望むところです」

だが嫌な予感の根源は、ふたりして申し合わせたように静かに広場へと向かう。

はあっとハディスは両肩《りょうかた》を落とした。

「――ラーヴェ。結界」

「あいよー、あとでクレープな」

でもまだ子どもでいてくれると思えば、悪くない。

帝城から、祭りの開始を告げる鐘《かね》が、厳《おごそ》かに鳴り出した。

竜帝と竜妃が執《と》り行う三百年ぶりの竜の花冠祭が、始まった。


竜の花冠祭当日、パレードを控《ひか》えた帝城内は、逆に静かだった。皆《みな》が外に出払《ではら》っているからだ。ジルも呑気にしていられない。

パレード出立前に残っていたハディスの最後の仕事が終わったと聞いて、急いで移動している途中《とちゅう》だった。広い廊下《ろうか》の曲がり角でばったりマイナードに出くわしたのだ。向こうも驚《おどろ》いていたが、すぐ笑顔で会釈《えしやく》をした。

「ご機嫌麗《きげんうるわ》しく、竜妃殿下《でんか》」

「あれ、陛下のさっきまでの仕事って、マイナード殿下との謁見《えつけん》ですか」

「ええ。まさか竜の花冠祭当日まで引き延ばされるとは思ってなかったですよ。いやはや、竜妃殿下の栄養ドリンクの効果はすさまじいですね」

ハディスの体調不良を理由に、親善大使から『不作の支援《しえん》の申し出』『ジェラルドとの面会要求』『フェイリス女王即位《そくい》の通達』を正式に受ける謁見を引き延ばすと聞いていたが、今日まで待たされていたらしい。ずっと軟禁《なんきん》状態とも聞いていたので、少し同情してしまう。

「でも、今日は花冠祭を見学できるんでしょう？」

でなければナターリエと並ぶジェラルドの顔を確認できない。マイナードが頷《うなず》き、うしろについた兵士を見やる。

「監視《かんし》——失礼、護衛付きで、花冠の舞台だけは見学させていただきます。本当は街の様子も見たかったんですけどね。今回は色々、面白《おもしろ》いことが起こったと聞いて。なんでも、覆面《ふくめん》の小さな女の子が片っ端《ぱし》から露店《ろてん》の食べ物を食べていったとか？　大食い決定戦まで優勝したと話題になってます」

「へえ、そうなんですかー」

「しかもその覆面幼女、腕相撲大会であのノイトラール公を倒《たお》したそうですよ」

「わーすごーい」

「表情も口調もまだまだですね。棒読み、あと目が泳いでいます」

うぐっとジルは詰《つ》まる。ばれても問題はないが、見抜《みぬ》かれるのは悔しい。仕返しもこめて、ずっと言いそびれていたことを言う。

「――マイナード殿下、ありがとうございました。あの夜、何もせず戻《もど》ってくれて」

ジルが後宮に突撃《とつげき》したあの夜、マイナードも中庭に潜《ひそ》んでいた。だがマイナードは涼《すず》しい顔で首をかしげる。

「なんのことでしょう。おかげさまで最近は静かにすごせましたよ。またクレイトスに戻らなければいけませんから、ゆっくりできてよかったです」

「……戻るんですか」

「そうですね。クレイトスに成果を期待されてもいないでしょうが、かといって私がここにいても邪魔《じゃま》なだけですから」

「ナターリエ殿下とは、まだちゃんと会ってないんですよね」

部屋から一歩も出ていないと報告を聞いているが、あくまでマイナードが自発的にそうしていただけだ。ルティーヤはしょっちゅう話をしに行っているし、フリーダも何回か差し入れをしている。ヴィッセルも仕事の確認に何度か会っているようだ。ハディスも応急処置の礼を言いにヴィッセルと一緒《いっしょ》に一度、訪《おとず》れている。礼を申し出たら、何もいらないと笑って首を横に振《ふ》られたそうだ。

「何度か扉越《とびらご》しに話しましたよ」

「何も話してくれないってナターリエ殿下、しょんぼりしてましたよ」

「しかたありません。私のほうに、合わせる顔がないのですから」

曖昧《あいまい》にマイナードは笑う。マイナードが母親と一緒にナターリエを置き去りにして帝城《ていじょう》を去った過去の事情を顧《かえり》みれば、わからないでもない。でも何か引っかかる。

マイナードからは明確な敵意を感じない。むしろ味方ではないのかとさえ思うのだが、マイナードは立場をはっきりさせない。先帝の暗殺を目論《もくろ》んでいたのも、結局なんのためだったのかよくわからない。

手がかりはナターリエではないかと思うのだが、ナターリエもジェラルドと一緒に祭りを見学する準備で今は大忙《おおいそが》しだ。あまり負担になるようなことも言いにくい。

「でも……皇位継承《けいしょう》権は、手放さないんですね」

慎重《しんちょう》にさぐるジルに、マイナードは面白そうに頷く。

「ええ。私の武器のひとつですから」

「……クレイトスに戻ったら、殺されるかもしれませんよ。ラーヴェへの挑発《ちょうはつ》に」

「あの王女様はそんなことはしない気がしますよ。妹の安否を気遣《きづか》う私への同情は本物だと判断してます。……先帝は、明日、後宮を出立されるのでしたか」

「さあ、わたしは詳細《しょうさい》は何も」

本当は今日の予定だ。マイナードはじっとジルを見てから肩《かた》をすくめた。

「あなたはそういう戦略的な物事は、誤魔化《ごまか》すのがとてもお上手だ。サーヴェル家の教育の賜物《たまもの》でしょうか」

「おほめにあずかり光栄です」

「円満解決してくださって感謝してるんですよ、これでも。私が先帝を殺すのは、私がクレイトス王国で死ぬより大事《おおごと》ですからね」

退位したとはいえラーヴェ皇帝《こうてい》だった男をクレイトス親善大使が殺したとなれば、ラーヴェ帝国《ていこく》は尊厳を守るためクレイトス王国に賠償《ばいしょう》を要求するか報復する必要がある。でなければ自国民も納得《なっとく》しない。

だが、それは戦争のきっかけになりかねない。

「親善大使、やめられないんですか。きっとみんな、戻ってほしいって思ってますよ」

「竜妃殿下は太っ腹な御方《おかた》ですね。私は前ライカ大公の殺害容疑や、実の母親に危害を加えた疑いまでかかってるんですよ？」

「今のところルティーヤもナターリエ殿下も復讐《ふくしゅう》したがってる感じもないですし、わたしは陛下に害がなければ気にしません」

「潔《いさぎよ》い割りきりですね。さすが理《ことわり》を守る竜帝の妻です」

「あなたは償《つぐな》いたがってる気がします」

少し目元をやわらげ、マイナードが苦笑いを浮《う》かべた。

「──そうですね、貸しを作ったままにするのは主義ではない。このまま母親の蒔《ま》いた種が芽《め》吹《ぶ》かなければ、前向きに検討します」

「母親……って、皇妃《こうひ》だった方ですよね？」

「おしゃべりがすぎました。では失礼します」

すっとマイナードが横を通り過ぎる。背中を見送り、ジルもすぐ進行方向に向き直った。

（母親……カサンドラ様なら知ってるかな……？）

ロルフも知っているかもしれない──と考えて、今日もカミラとジークが必死で追い回していることを思い出しげんなりした。サーヴェル家から逃《に》げおおせたご老人は手強《てごわ》い。

ハディスが着替《きが》えをしている貴賓《きひん》室に辿《たど》り着いた。到着《とうちゃく》を知らせ、扉を開いてもらう。

なめらかな光沢《こうたく》を放つ衣装を身につけた夫が振り向いた。軍服に似せた正装は、肩紐《かたひも》と銀糸で縫《ぬ》いこまれた刺繍《ししゅう》が動くたびきらめいてみえる。左肩だけにかけた純白のマントは竜の花冠《かかん》祭が始まった頃《ころ》に流行《はや》っていた形らしいが、一周回って目新しく、魅力《みりょく》的だった。

「陛下、かっこいい……！」

「えっそう⁉　そうかな⁉　似合ってる？　僕、かっこいい⁉」

「当然でございます。さあ陛下は出ていってください。ジル様の準備を始めます」

横から出てきたカサンドラの指示で、衣装の入れ替《か》えが始まる。ハディスがむくれ、ジルも唇《くちびる》を尖《とが》らせた。

「もうちょっとゆっくり見たいです、せっかく陛下がかっこいいのに」

「そうだよ、僕まだジルの衣装も見てないし」

「あとでのお楽しみです」

そう言われるとジルも弱い。ハディスも名残惜《なごりお》しそうにしながら、迎《むか》えにきたヴィッセルに引きずられていった。うまく転がされているなあと思いながら、ジルはあれこれ指示を出すカサンドラを見あげる。

「ちょっと聞きたいことがあるんですけど……昔の後宮について」

「なんでしょう。――鏡はもう少しうしろに置きなさい。邪魔になるでしょう。衝立《ついたて》も」

「マイナード殿下《でんか》が気になることを言ってたんです。自分の母親が蒔いた種がどうこう……何かご存じないですか？」

衝立の位置を指示していたカサンドラは指をおろし、ジルを見つめた。思い巡《めぐ》らすように少し間をあけて、静かに答える。

「あとでもよろしいですか。今は時間がありません。――醜聞《しゅうぶん》です。人前では少々」

さりげなく身をよせささやかれた言葉に、すぐ首肯《しゅこう》した。気になるが、醜聞ならこんな大勢の前で話すべきではない。

「今はお役目に集中してください。パレードの出発時間が迫《せま》っております」

化粧品《けしょう》やら櫛《くし》やらを持って待ち構えている女官《にょかん》たちのほうへ背を押し出され、ジルは生唾《なまつば》を呑《の》みこむ。

竜《りゅう》の乙女《おとめ》役は、花冠を贈《おく》る竜帝《りゅうてい》役とは逆方向から舞台《ぶたい》へと向かい、ふたつのパレードは帝都《ていと》の中央で合流して終わる。つまりどちらかしか見られないので、見物人の少なさは竜妃《りゅうひ》の人気のなさに直結する。

カサンドラたちにああだこうだと時間をかけて化粧水や香油《こうゆ》を塗《ぬ》り立てられながら、だんだん不安になってきた。

「あ、あの。ちゃんとわたしのパレード、見てくれるひといますかね」

「ご安心ください、サクラも用意してございます」

「少しも安心できませんが⁉」

「――ご存じですか。昨日の前日祭、覆面《ふくめん》をした謎《なぞ》の少女が露店《ろてん》を食べ漁《あさ》り、大食い決定戦で優勝したあげく、ノイトラール公に腕相撲《うでずもう》で完勝したそうです。どうもそれが竜妃殿下ご本人ではないかという噂《うわさ》が出回っております」

ぎくりと身をこわばらせたとたん、動かないようにと注意が飛んできた。

「しかも栄養ドリンクで竜帝陛下を殺しかけた恐妻《きょうさい》という噂もまざり、暴食竜妃以外にも恐竜《きょうりゅう》妃《ひ》という新たなあだ名がついたそうです」

「悪化してるんですか!?　そ、そそそうなると花冠の人気とか……」

　花冠は最初の予定どおり、皇妃三人とジルのもの、合計四種類が用意されている。引き算された皇妃たちのデザインは元に戻り、ジルは新たに皆《みな》の意見を取り入れ、竜の花の蕾《つぼみ》をまぜた花冠に一新した。

「完売御礼《おんれい》です」

　またたこうとしたら目を閉じて、と言われた。まぶたをそっと、ブラシがなでていく。

「小さくて元気が取り柄《え》、ノイトラール公に腕相撲で勝って竜帝陛下をも尻《しり》に敷《し》く、お強い竜妃殿下。どうも子どもたちの心をつかんだようですよ。親たちもよく食べて健康に、そして蕾が花開くように成長してほしいと願をかけているようです」

　質問する唇は、顎《あご》をつかまれて動かなくなった。ゆっくり、口紅をひかれる。

「本当はどんな御方なのかと、皆楽しみにしています。きっと驚《おどろ》くでしょうね。こんなに可憐《かれん》におなりだなんて。芽吹く前の乙女ほど皆が心躍《おど》らせるものはございません。――さあ、目をあけてくださいな」

　準備が終わったのだ。言われるまま目を開き、鏡の前に立つ自分を確認《かくにん》して、息を呑む。

　カサンドラたちが恭《うやうや》しく頭をさげた。

「何も憶《おく》することはございません。自信を持って、背筋を伸《の》ばし、笑うのです。あなたは我らの竜妃なのですから」

さあと案内された先に、竜の乙女を乗せる二階建ての大きな馬車が待っている。

ジルのうしろに裾《すそ》持ちの三人――カサンドラとフィーネと第六皇妃デリアがついた。先帝の後宮を最後まで取り仕切った三人の佇《たたず》まいは堂々としていて、とてもかなわない。けれど三人とも、皇妃の最後の仕事として裾持ちに自ら名乗り出てくれた。

ジルが作る、新しい後宮の幕開けのために。

その期待に応《こた》える責任がジルにはある。

先頭の音楽隊のラッパが鳴り響《ひび》き、馬車が動き出す。

薄暗《うすぐら》い城壁《じょうへき》をくぐりぬけ、まぶしい晴天の下に出たジルが目にしたのは、国旗を振《ふ》り、花冠をつけた民《たみ》たちの笑顔《えがお》だ。踊《おど》り子たちが色とりどりの花を籠《かご》から振りまいて舞《ま》う。

歓声《かんせい》に戸惑《とまど》うジルに手本を見せるように、カサンドラは周囲に微笑《びしょう》と目線を送りながら時折目礼し、フィーネは笑顔で手を振り、デリアは胸を張って声援《せいえん》に応えていた。それぞれできることをしている。

よし、とジルは前に出て、思いっきり声を出す。

「皆さん、元気ですか――!?」

カサンドラが眉根《まゆね》をよせ、フィーネが口元を指先で覆《おお》い、デリアが噴《ふ》き出す。

一拍《いっぱく》の間があったあと、笑い声と一緒《いっしょ》にげんきー、と答えが返ってきた。嬉《うれ》しくなって、両手をぶんぶん大きく振る。

ひときわ大きな歓声があがった。

迎えに現れたナターリエに、仕立てたばかりの衣装を着たクレイトスの王子は眼鏡をかけ直したところだった。清廉《せいれん》な王子様は、白と青を織り交ぜた詰《つ》め襟《えり》の衣装がよく似合う。自分の見立てが間違《まちが》ってなかったことにひそかに満足しながら、ナターリエは微笑《ほほえ》む。

「どう？　採寸は合ってる？」

「問題ない。魔力封《まりょくふう》じの魔術《まじゅつ》は糸に仕込んでいるのか」

魔術大国の王子様は自分が何を着せられたかわかっているらしい。ナターリエは素っ気なく返した。

「私は詳《くわ》しくは知らないわ。魔力もないし」

「効力は六時間弱といったところか。ここから出て帰るまで、二時間もないだろうに、ずいぶんな念の入れ用だ」

そう言ってジェラルドが鉄格子《ごうし》の中から出る。護衛の兵士たちに緊張《きんちょう》が走った。ナターリエも久しぶりの対面に唇を引き結ぶ。だが当の本人は平然と周囲を見回し、言った。

「案内を」

背筋を伸ばした先導の兵士がこちらへ、と進み出す。さすが、命令する立場に慣れた王子様は堂々としたものだ。鼻白んで動かないナターリエに、ジェラルドが怪訝《けげん》な顔で振り返った。

「どうした」

「クレイトスではエスコートという概念《がいねん》がないのかしら？」

「……」

馬鹿《ばか》にしたように小鼻を膨《ふく》らませたのはほんの一瞬《いっしゅん》。すぐ無表情に戻《もど》った礼儀《れいぎ》正《ただ》しい王子様は、ナターリエに腕を差し出す。

「お手をどうぞ」

「ありがとう」

腕に手をからめて歩き出す。歩調を合わせるところまで完璧《かんぺき》だ。ふふんと勝ち誇《ほこ》ったナターリエに話しかけることも笑顔を見せることもないが、今はかまわない。この場の主導権を握《にぎ》るのが第一だ。

鳥籠から出した王子様は、ちゃんと鳥籠に戻さねばならない。

主《あるじ》の晴れ舞台を見る予定だった。なのに、どうして自分たちはこんなところにいるのか。

「ちょっとぉ、もう間に合わないじゃない、パレードどころか儀式《ぎしき》も！」

「あのジジイ、どこ行きやがった」

ジークは目つきの悪い顔で標的をさがしているが、カミラとしてはもう帰りたい気持ちでいっぱいだ。

最近のカミラたちの仕事は、竜妃宮の管理人――ロルフの捕獲《ほかく》である。どうもジルは三人目の竜妃の騎士《きし》にしたいと考えているようだ。それを察しているのかいないのか、ロルフは相変わらず後宮内を逃《に》げ回っていた。

が、今日は珍《めずら》しく後宮の裏口から外へと出る姿を見せたのだ。しかも馬つきだった。後宮から逃亡《とうぼう》されたらお手上げだ。主に報告する間も惜《お》しんで馬を借り、必死に追いかけるも、ずいぶん帝城《ていじょう》から――いや帝都《ていと》からも離《はな》れてしまった。

「どこよここ……完全に山よね？」

後宮の裏から出てしばらくは立派な街道《かいどう》だったが、途中《とちゅう》からかろうじて踏《ふ》み場のある山道に入った。ロルフが乗った馬がつながれているのを発見し、馬からもおりている。迷わないよう目印はつけてきたが、そろそろ戻るのもあやしくなってきた。

「こんな場所になんの用があるってんだ、あのじいさん。今の時期に山はないだろ」

日の当たらない場所に雪がまだ残っている季節だ。気温も低い。

「陛下みたいに隠《かく》れ家でも持ってんのかしら」

「おい、こっちじゃ」

「ぎゃ――――――――――――！」

うしろから気配なく声をかけられて、カミラはジークの背中に隠れる。ジークも固まっていたが、木の枝に両足を引っかけて逆さに現れたロルフにすぐ問い返した。

「こっち？　どういうことだ、俺たちを誘導《ゆうどう》したのか」

「いいからついてこい。ここまできたら、お前らにもつきあってもらう」

カミラはジークと顔を見合わせる。だがロルフは振り向かず歩き始めてしまった。こうなったらついていくしかないと腹をくくり、歩き出す。

がさがさと茂《しげ》みをわって進むと、突然《とつぜん》視界が開けた。だいぶ高所にきていたようで、切り立った崖《がけ》の上に出た。眼下には、蛇行《だこう》する街道がある。後宮の裏門から続く街道だ。

「そろそろくるはずじゃ。待つぞ」

「……ひょっとして、先帝の護送馬車を待ってるの？」

とにかく人目につかせないため、パレードの開始時間と前後して、後宮の裏口から先帝の護送馬車は出る予定だった。時間的に、そろそろここを通る頃合《ころあ》いだ。

パレードや祭りの帝都警備と護送にそれぞれ人手がとられるが、後宮にも三公にも見切られた先帝メルオニスを狙《ねら》う価値は正直、低い。クレイトスにせよ反竜帝《りゅうてい》派にせよ、花冠《かかん》祭を見学に出るジェラルド王子のほうがよほど狙う価値がある。ならば最低限の護衛でいつの間にかいなくなってくれたほうが穏便《おんびん》にすむ――そういう判断だった。

「狙われる要素ある？　まさか、フェアラート公が事故にみせかけて殺しちゃうとか」

「なら面倒事《めんどう》が減って有り難《がた》いぐらいじゃ。今のフェアラート公はなかなか抜《ぬ》け目ない。おそらくメルオニスは心労で病気がちになり、一年か二年もせんうちに病死する予定だろうよ。憐《あわ》れだが、自業自得《じごうじとく》じゃな」

「なら、なんでわざわざ見張るんだよ」

ロルフがどっかりと地面に座りこんで答える。

「マイナードが乗ってきた竜を覚えとるか。あの竜、おかしかったじゃろう。竜帝を前に挨拶《あいさつ》する素振《そぶ》りも見せんかった。あれが飛んでいった先がこのあたりじゃ」

そこに気づいていたとは、さすが目ざとい。ジークが難しい顔になる。

「あの竜を見つけようってのか？　でも、先帝となんの関係があるんだよ」

「ライカで操竜笛っちゅうのがあったんじゃろ。竜がおかしくなる笛をマイナードが手土産《てみやげ》にしてクレイトス入りし、親善大使になった。キナ臭《くさ》いと思わんか」

「操竜笛は竜神《りゅうじん》ラーヴェ様が直々に駄目《だめ》にしたって聞いたわよ。もう使えないって」

「女神《めがみ》クレイトスに渡《わた》ったとすれば、わかるまい。前とまったく同じではないにせよな」

女神ならば、竜神と同等の奇跡《きせき》を起こせる。さすがに、表情が引き締《し》まった。

「女神に作られた竜とか、そういう話か」

「竜は竜神ラーヴェの神使じゃ。女神といえど、そう簡単に竜は作れまい。じゃが、手を出せる、、、ぎりぎりを考える奴《やつ》がおってもおかしくあるまいよ。儂《わし》だってずっと考えとる。愛と理《ことわり》の境界、神が赦《ゆる》す境目をな」

頭に浮《う》かんだのは、如才《じょさい》なく先を見据《みす》える、狸《たぬき》のような性格の少年だ。

「クレイトスの魔力と魔力を焼くラーヴェの竜は、拮抗《きっこう》した力じゃ。ラーヴェの竜を手に入れれば、その拮抗が崩《くず》れる。マイナードはただの目眩《めくら》ましにすぎん。あれがラーヴェをどうこうできるなど、クレイトス側は思っておらん」

「じゃあ、クレイトスはなんでマイナード殿下《でんか》を親善大使なんかにしたわけ？」

「竜の存在から目をそらすためじゃないかと儂は疑っとる。マイナード自身も気づいておらんようじゃった。なら、マイナードが竜に乗って帝都に降り立った時点で、クレイトス側の作戦はマイナードの行動の有無《うむ》にかかわらず、完了《かんりょう》したと見るべきじゃ」

寒気がしたのは、気温だけのせいではない。

「戦争のきっかけは誰《だれ》でも作れる。先帝は竜帝の生まれぬ三百年の空白に悩《なや》まされ、女神の器《うつわ》を絶やさぬクレイトス王家に助けを求めた。そしてクレイトス王家におもねり、売国に等しい条約を結ぼうとして、二十五年前の戦争が起こった。——儂は嫌《いや》じゃと言うたのに、指揮官をやれと最前線にぶちこまれて！　三男は死んでもいいからって！」

かっと突然両眼《りょうめ》を開き、ロルフが空に訴《うった》える。

「もー嫌じゃ、あんな目に遭《あ》うのは！　特にサーヴェル家、あいつらものすごい勢いで追っかけてくるんじゃ、こっちを！　ほんとーにしつこかった！　諦《あきら》めなければ追いつけると信じるあの目がもう嫌じゃ！　無理に決まっとろうが、悟《さと》れ！　あと竜にも乗りたくない！」

「あ、それは同意……」

「なら何も起こらんことを祈《いの》れ！　――きたぞ」

はっとカミラもジークも顔をあげた。

ロルフが立ち上がり、鋭《するど》い眼光で走ってくる馬車を見つめる。


パレードの道順は単純だ。ジルたちは帝城西門、ハディスは東門から出て、帝都の外縁《がいえん》をぐるりと巡《めぐ》る。最後は中央の大通りを抜け、帝城前の大広場に設置された儀式用の舞台袖《ぶたいそで》の左右に、それぞれ辿《たど》り着く。

元気いっぱいに手を振《ふ》って声援《せいえん》に応《こた》えながら、ジルは舞台袖に一度引っこんだ。反対側には遅《おく》れてハディスたちが到着《とうちゃく》する予定だ。

踊《おど》り子たちが舞台で踊ってくれている間に最後の準備にとりかかる。化粧《けしょう》を直し、マントというには少々薄《うす》い、フード付きのレースで作られたものを羽織った。真珠《しんじゅ》がちりばめられたマントは中の薄桃色《うすももいろ》のドレスが透《す》けるので、神秘的に見える。幾重《いくえ》にも重ねた生地《きじ》やレースは花びらのようだ。

新しく衣装をデザインする際、大人らしさは必要ないと皇妃《こうひ》たちは言い切り、女官《にょかん》や仕立屋たちも賛同した。ドレスは今のジルがいちばん可愛《かわい》らしく見える膝丈《ひざたけ》でいい。甘い色合いで愛らしさを、きめ細かい化粧で透明感《とうめいかん》を出す。髪《かみ》もゆるく結《ゆ》っておろしておく。掲《かか》げられたテーマは『花畑に迷いこんだ妖精《ようせい》』――レースのマントは羽のように軽《かろ》やかに、フードは閉じた蕾《つぼみ》のように秘《ひ》めやかに。顔が見えにくいのは演出だ。

最後には花冠をかぶるのだから。

「少しお話ししましょうか。本番前に緊張《きんちょう》してばかりでは疲《つか》れます」

深呼吸を繰《く》り返していると、フィーネに話しかけられた。ジルは小さく首肯《しゅこう》する。

「フィーネ様は、後宮を出たあとはレールザッツ領に帰るんですか？」

「いいえ。私、ベイルブルグに屋敷《やしき》を構えようかと思ってますの。人生で一度は、姑《しゅうとめ》というものに挑戦《ちょうせん》してみたくて」

「え。ま、まさかスフィア様に何か……？」

「バザーの件で一度だけ、ご挨拶できましたわ。素敵《すてき》なお嬢様《じょうさま》でした」

額面どおり受け取る気にはとてもなれない。半眼のジルに、フィーネは微笑《ほほえ》み返す。

「リステアードとの結婚《けっこん》を迷っている理由をうかがいましたの」

「ちょ、直球ですね……」

涙目《なみだめ》でぶるぶる震《ふる》えているスフィアが思い浮かんだ。フィーネ相手では分が悪すぎる。

「ええ。返答が大変よかったです。リステアードが早死にしそうだから、ですって」

ぎょっとしたが、フィーネは満足げだ。

「息子《むすこ》のことをよくわかっています。あれは信念が強いゆえに言わずともいいことを言い、あちこち敵を作って喧嘩《けんか》を売り買いするでしょう。早世は的確な見立てです。ベイル侯爵《こうしゃく》家再興を目指す彼女が躊躇《ちゅうちょ》して当然ですわ。もう、声をあげて笑ってしまいました」

「笑っていいんですか。スフィア様がいつまでも婚約《こんやく》を了承《りょうしょう》してくれませんよ」

「断れないことなどわかっておりますよ、彼女は。でも踏《ふ》ん切りがつかない。フリーダが苛立《いらだ》つのもわかるので、アドバイスしてみました。あなたがお詫《わ》びに回ればいいのです、と。リステアードのいい歯止めになります。嫌な顔をするかと思ったら、お詫びは得意ですと嬉《うれ》しそうにお礼を言われて、また笑ってしまいました」

思い出したのか、顔を背《そむ》けてくすくすまた笑っている。

「そう遠くない日に、正式に婚約することになるでしょう。その際は、お願いしますね。陛下が反対していると小耳に挟《はさ》んでおります」

「そこはわたし、スフィア様の味方ですけど……」

フィーネが姑になると大変そうだ。スフィアはのほほんとしたお人好《ひとよ》しな人柄《ひとがら》と時折見せる強さで、存外乗り切ってしまうかもしれないが。

「陛下の準備が整ったそうです」

「わかりました、竜妃殿下《りゅうひでんか》。どうぞ舞台へ」

「は、はい」

確認《かくにん》を終えたカサンドラとデリアが戻《もど》ってくる。緊張のあまり、一歩目でつまずきかけたジルをデリアが支えた。カサンドラが素早《すばや》く衣装を整え直し、ジルの頬《ほお》を両手で包む。

「難しく考える必要はありません。陛下のことだけお考えください」

「へ、陛下のことだけ、ですか」

「そうです。陛下を綺麗《きれい》な花畑につれていって差し上げて」

それなら――できそうだ。

こくりと頷《うなず》いたジルは、もう一度だけ深呼吸して、レースのマントを引っかけたり踏んだりしないよう、踏み出す。

ドレスもマントも花冠《かかん》も、すべてここから始まる演出のためにある。舞台では花畑に見えるよう花が飾《かざ》られるが、物足りないと後宮の女官たちが頭をひねっていた。だったらと手を挙げたジルの提案のために、たくさんのひとたちが駆《か》けずり回ってくれた。

本物の竜妃が誕生し、竜帝《りゅうてい》がいるのだと、言葉よりも雄弁《ゆうべん》に伝えるために。

足を踏み出した舞台には、観客からは見えない位置に種がまかれている。

新しい伝説を求めたのは三公だ。けれどきっと、ラーヴェ帝国《ていこく》の民《たみ》も新しい伝説をほしがっている。本当はハディスだってそうだ。三百年も竜帝が生まれず、竜神への信仰《しんこう》が薄れかかっている今だからこそ、必要なのだ。

初代の竜妃が魔法《まほう》の盾《たて》を作ったときとは違《ちが》う、目に見える伝説が。

（――咲《さ》け）

ラーヴェ帝国で唯一《ゆいいつ》、魔力《まりょく》で咲く花の種が、ジルの魔力に反応して次々芽吹《めぶ》く。一歩進むたびに、魔力で輝《かがや》く竜の花が次々に蕾をつける。無機質なただの舞台に根を張り、魔力を吸って茎《くき》を、葉を伸《の》ばしていく。

まるで舞台を花畑に塗《ぬ》り替《か》えるように。

「なんだ、どういう仕掛《しか》けだ!?」

「竜の花だ。竜妃様が歩くたびに、竜の花が咲いてる！」

中央に辿り着いた瞬間《しゅんかん》に、足元から魔力を放出する。一気に竜の花が花開いた。あっという間に白い花が舞台を覆《おお》い尽《つ》くし、広がっていく。

ジルの花冠をかぶった女の子が、花開く蕾に歓声《かんせい》をあげた。

「おとうさん、お花、冠《かんむり》のお花が咲いたよ！　きらきらしてる！」

「竜葬《りゅうそう》の花畑だ……」

そう、ここは竜を葬送する花畑。竜帝が竜妃を見初《みそ》めた花畑だ。

遅れて反対の袖から舞台にあがってきたハディスは、魔法の花畑に立っていても存在感が違った。むしろ花畑が静かな佇《たたず》まいに彩《いろど》りを加えている。とても子どもの自分ではかないそうになかった。ジルの背後で裾《すそ》持ちをしている三人でさえ。

でも、余計なことは考えなくていい。ハディスのことだけ考えていれば。

きてくれたと微笑めば、それだけで。

ハディスは少し目を丸くしたが、すぐに微笑み返して、近くまでやってきた。

言葉はいらなかった。

そっとハディスが両手を前に出す。手のひらの上で、銀色の魔力が輝いた。

観客たちが固唾《かたず》を呑《の》んで見守っている。ジルも目の前で行われることに魅入《みい》っていた。

ジルが咲かせた竜の花が、次々銀の魔力に導かれてハディスの手のひらの上に集まった。絡《から》み合い、銀色で結ばれ、虹《にじ》の光彩《こうさい》を放つ。

花冠だ。竜の花でできた虹色に輝く花冠が、目の前で編まれていく――

「……竜の姿じゃ花冠が編めなかったから、こうしたんだって」

「え？」

聞き返した瞬間、ハディスの手のひらがひときわ大きく輝いた。

銀にきらめく、竜の花冠。硝子《ガラス》細工のように美しく、光をあびて七色に反射する、世界でただひとつの冠を、ハディスが持ち上げる。ジルはフードをはずした。身長差があるから、跪《ひざまず》く必要はない。

跪くのは自分だと、竜帝はいつも嬉しそうに笑うから。

頭に花冠がのった瞬間、魔力が弾《はじ》け、銀の粒《つぶ》を撒《ま》き散らした。どこからともなく拍手《はくしゅ》が起こ

り、歓声がさざ波のように遅れてやってくる。

ハディスが差し出した手に自分の手をのせ、導かれるまま前に出る。花嵐《はなあらし》のような大きな風が起こり、大きな影《かげ》が会場を覆った。竜の影だ。一匹《いっぴき》ではない。帝都《ていと》の上空で、舞《ま》い上がった花びらの間を縫《ぬ》うように、竜が飛んでいる。

驚《おどろ》くジルの顔を見て、ハディスが笑う。

「本物の竜帝と竜妃がいるんだ。これくらいしないとね」

そのうち一頭が、舞台《ぶたい》の前におりてきて、どよめきが起こる。黒竜だ——金目の。

「へ、陛下。もしかしなくても、この子」

「さあ、行くよ」

ひょいっとハディスがジルを抱《だ》き上げる。どこかにひっかけたのか、風に煽《あお》られ、するりとマントが脱《ぬ》げた。まるで妖精《ようせい》が人間になったみたいに。

(よ、予定と違う)

カサンドラの渋面《じゅうめん》やフィーネの笑顔《えがお》、デリアの驚いた顔が見えたが、ハディスが軽やかに黒竜に飛び乗るのを誰《だれ》も止められない。観客は歓声をあげ、万歳を始める有り様だ。

「へ、陛下！　今から花を配らないといけないのに」

「竜に乗って上空から降らしたほうが、らしいでしょ」

ハディスが手綱《たづな》を持った瞬間、黒竜が翼《つばさ》を広げて上昇《じょうしょう》する。鞍《くら》からさげられた籠《かご》には、竜の花が詰《つ》めこまれていた。他《ほか》の竜も同じようで、ある竜は楽しげに下降と上昇を繰り返しながら、ある竜は大きく旋回《せんかい》をして、花を落としていた。

こぼれ落ちた花が、花びらが、帝都に降り注ぐ。

竜が舞うところ、すべてに白い花が舞い降りる。

帝都を、白く埋《う》めつくしていく。

護送馬車の車輪の回る音が聞こえる距離《きょり》になったとき、ジークがつぶやいた。

「……何か、今、変な音が聞こえなかったか」

「音？　さあ、アタシには……」

目がいいカミラは眼下に近づいてくる馬車から目を離《はな》さず答える。耳に手を当てて目を閉じたのはロルフだ。

「……確かに何か聞こえるな。これは……魔力の旋律《せんりつ》か？　同じ旋律を繰《く》り返しとる。魔力がないと聞き取れんやつだな。ところどころしか……」

「ちょっと待って、音楽なの？　それ──」

操竜笛、という言葉を口にするより先に、咆哮《ほうこう》が響《ひび》いた。

森の奥から飛び上がった大きな影が、一直線に先帝《せんてい》を護送する馬車へ向かう。鱗《うろこ》が黒いのかと勘違《かんちが》いしそうになったが、違う。黒い靄《もや》から飛び出してきたせいだ。

「いかん、帝城《ていじょう》に戻るぞ！」

「馬車を助けるんじゃないの⁉」

「お前、竜を倒《たお》せるか⁉」

無理だ。既《すで》に竜の爪《つめ》が馬車に襲《おそ》い掛《か》かっていた。飛びこんでいけば無駄死《むだじ》にだ。

馬の嘶《いなな》きがあがり馬車が横倒《よこだお》しになる音を、走り出した背で聞く。

迷わず一直線に馬の所まで戻《もど》ったロルフは、馬の腹を蹴《け》った。カミラもジークも続く。

「何、先帝が操竜笛を持ってたってこと⁉」

「わからん、身体検査はしとるはずじゃが……あれは魔術《まじゅつ》に近い旋律じゃった。クレイトスで魔獣《まじゅう》を呼び出す詠唱《えいしょう》に近い」

「つまりあの竜、やっぱり女神《めがみ》クレイトスが作ったってこと⁉」

「いくら女神でも竜は作れんはずじゃ！　何か別の――くそ！」

馬を走らせるうしろから、竜がやってくる。向かう先は同じだ。――帝城。

ぐんぐん帝城が近づいてくるが、竜も距離を詰めてくる。裏門が見えてきたところで、カミラたちを追い越《こ》していった。だが竜の上に乗った人影を、カミラは見逃《みのが》さなかった。

「ちょっと、先帝が乗ってたわよ！」

「おい冗談《じょうだん》だろ！　帝都に戻ってどうする気だ⁉」

「とにかくジルちゃんたちに知らせないと！」

後宮の裏口に入るなり馬から飛び下りた。待て、とロルフが叫《さけ》ぶ。

「先に花火を打ち上げさせろ！　祝砲《しゅくほう》でもかまわん！」

「はあ⁉　なんで花火だよ！」

今回の祭りは花火が大量に打ち上げられる予定だ。しかし夜の予定だし、状況《じょうきょう》にまったくそぐわない措置《そち》だ。だがロルフは真剣《しんけん》だ。

「誤魔化《ごまか》すんじゃよ！　祝い事だと思わせて露見《ろけん》をふせげ――竜の花冠《かかん》祭が正体不明の竜に台無しにされてみろ！　竜帝《りゅうてい》の威信《いしん》はガタ落ちするぞ！」

顔色を変えたカミラは、ジークと頷《うなず》き合い、走り出した。ロルフは馬からおりたところでへばっている。

「早く回復して次の作戦考えてよ、おじいちゃん！」

「はよいけ！　うう……もう嫌《いや》じゃ……酔《よ》った……」

さいわい花火は夜まで、崩壊《ほうかい》した後宮の中庭で保管されることになっている。点検中だったのか、踏《ふ》みこむとノイトラール公がいた。カミラたちを見て気安く手をあげてくれる。

「どうした、竜妃《りゅうひ》の騎士《きし》たち」

「今すぐ花火をあげろ！」

「は？　今はまだ真っ昼間だし、竜も空を舞《ま》っている。脅《おど》かしてしまうぞ」

「違うの、敵の竜がこっちにきてて――いいから、花火を打ち上げて！　祝砲でもいい。あのロルフおじいちゃんの命令よ！」

やぶれかぶれで叫んだが、ノイトラール公は真顔になり、すぐさま命令を飛ばした。

「すぐさま点火しろ、責任はレールザッツ公がとってくれる！　――何があった」

この世代に、ロルフの名前は絶大な威力《いりょく》があるらしい。

だが胸をなで下ろしたカミラの説明を、大きな音が遮《さえぎ》った。

花が降るなんて初めての光景だ。手のひらに落ちてきた花は、きらきら輝《かがや》いている。まるで魔法《まほう》がかかっているみたいだ。

「――雪の花か」

隣《となり》で座っていたジェラルドのつぶやきに、横を見た。

ナターリエたちがいるのは、舞台が見おろせる帝城の外壁《がいへき》上だ。城壁《じょうへき》なので決して快適ではないが、賓客《ひんきゃく》たちの観覧用に座り心地《ごこち》のいい椅子《いす》はもちろんのこと、足元には絨毯《じゅうたん》まで用意されている。

「雪の花じゃなくて、竜の花よ」

「同じものだ。クレイトスでは雪の花と呼ぶ」

ジェラルドも降ってきた花を手のひらにのせ、じっと見つめている。

「我が国で唯一《ゆいいつ》、魔力《まりょく》で咲《さ》かない花だ。きちんと水をやり、日に当て、肥料をやらねば、枯《か》れてしまう。しかも冬にしか咲かない。まるでラーヴェ帝国《ていこく》の植物のようだ、空から逃《に》げてきたに違いない──と言われて雪の花と名づけられた。クレイトスではほとんど見ないが……母が好きな花だった」

母。つい、どちらのか考えてしまう。悟《さと》られないよう、無理に明るく話題を変えた。

「そういうの多いわよね、ラーヴェとクレイトス。対称《たいしょう》に作られているというか……もとは同じだったみたい」

「くだらない」

手のひらの白い花を握《にぎ》り潰《つぶ》し、ジェラルドが立ち上がった。ナターリエは慌《あわ》てて腰《こし》を浮《う》かし、追いかける。

「ちょっと、勝手にどこいくのよ！」

「戻るなら文句はないだろう。誰が親善大使だったか知らないが、私の姿は十分、確認《かくにん》できたはずだ」

「そうだけど……」

ナターリエたちとは遠く離れた、けれどかろうじて見える席に、兄の姿があった。兄もこちらを見ていた──と思う。決して目は合わせてくれなかったけれど。

そう遠くない距離にいるフリーダの心配そうな視線に頷き返し、ナタ－リエは早足で進むジェラルドの背中を小走りで追いかけた。一度きりの案内で道順を覚えたらしく、足取りに迷いはない。ひやりとするが、ともかくクレイトスの要求をうまくかわせたのは確かだ。

けれど、状況が好転しているように感じない。

ジェラルドが握り潰した花が、まぶたの裏に焼き付いている。

(……弱気になってどうするの。そう簡単にうまくいくわけないじゃない)

ずっとずっと睨《にら》み合ってきた国だ。自分が生まれる前にも、クレイトスとの小競《こぜ》り合いがあったと聞いている。留学なんて建前がとれるだけでも現状は恵《めぐ》まれている。

だが、いったいどれくらいの時間が残っているのだろう。

ジェラルドにはまだ伏《ふ》せられているが、クレイトスでは彼の妹が女王になる準備を進めている。正式にこちらに通達がきたのだから、根回しも終わっているのだろう。彼はクレイトス国王になる未来を断《た》たれるかもしれないのだ。

そのとき、彼はどうするのだろう。妹から――あるいは国から、女神から解放されるのだろうか。

それが果たして喜ばしいことなのかどうなのかも、ナタ－リエにはわからない。

背中を押すように、風が吹《ふ》いた。彼が閉じこめられる塔《とう》と城壁とをつなぐこの橋は、高さがある。飛んでいる竜も近く見えた。

「……あの、あのね。私、あなたのお父様から、預かっているものが、あって……」

塔の入り口の鉄格子《ごうし》前で早足だったジェラルドが止まり、振《ふ》り向く。

「もしよかったら、一緒《いっしょ》に」

ナターリエの決意を、大きな影《かげ》が阻《はば》んだ。え、と目を見開く。竜だ。

逆光をあびた竜の鱗は黒い靄をにじませており、色が判然としなかった。目も、真っ黒に染まっており、動きもぎこちない。普《ふ》通《つう》の竜ではない——何より、その上に乗っているのは。

「見つけたぞ、ナターリエ」

「お父様……っどうして⁉」

竜が甲高《かんだか》い鳴き声をあげた。橋が踏み潰され、真ん中から崩《くず》れ落ちる。

強風に煽《あお》られ、ナターリエは塔側の通路に倒《たお》れこんだ。だがすぐ顔をあげてジェラルドの位置を確認する。塔の入り口手前、ナターリエと同じ側の足場にしゃがんで彼はいた。怪訝《けげん》そうに、竜と上空から飛び降りてきた父親——先帝《せんてい》メルオニスを見ている。

ジェラルドの計画ではない。そう判断して、ナターリエも視線をメルオニスに戻す。

分断された橋の向こうは竜の背になって見えない。

「お前さえ手に入ればまだ芽はある」

数年ぶりに見る父親は、やせこけた頬《ほお》で笑っている。虚《うつ》ろな笑《え》みに、ぞっとした。

どうしてここに、なぜ自分を狙《ねら》うのか。

疑問が渦巻《うずま》いたが、呑気《のんき》に尋《たず》ねていられる状況ではない。ジェラルドがいるのだ。もし逃げられたら、自分では止める術《すべ》がない。

「い、今は、クレイトスの王太子がいらっしゃいます。話ならあとで――」

「何が王太子だ。もうすぐフェイリス王女が女王に即位《そくい》するのだろう！」

背後でジェラルドが息を呑《の》む気配が感じ取れた。

――最悪だ。

ナターリエが振り返ったときにはもう、ジェラルドは竜の攻撃《こうげき》で吹き飛ばされた兵士の剣《けん》を抜《ぬ》き取っていた。騒《さわ》ぎを聞きつけた塔から出てきた兵に、切っ先を向ける。

間違《まちが》いない。魔力もろくに使えないのに、逃げる気だ。

「待って、行かないで！　説明するから、ちゃんと――っ」

だが父親に髪《かみ》をつかまれ、羽交《はが》い締《じ》めにされてしまった。ナターリエは父親をにらむ。

「お父様、いい加減に――」

「案ずるな。もはや戦争は起きない。ラーヴェ皇族はクレイトス王族と同じになるのだから」

さわり、と背後から腹を撫《な》でられて、考えるより先に悪寒《おかん》が走った。

「実はな。余はお前の父ではない。お前の父は、余の父だ。意味がわかるか？」

ジェラルドが最後の兵の剣を弾《はじ》き飛ばし、蹴《け》りを入れて沈《しず》ませ、橋の壁《かべ》に飛び乗った。

父親の話になど耳を傾《かたむ》けてないで、せめて大声をあげて、ジェラルド逃亡《とうぼう》の危機を知らせねばならなかった。でも声が喉《のど》に凍《こお》り付いて、出てこない。

「お前の母親が仕込んでくれた秘策だ。お前が十四になる前にハディスが戻《もど》ってきて後宮から出されたせいで、ずいぶん手間取った。皇妃《こうひ》どもも、嫉妬《しっと》から邪魔《じゃま》をしよって」

おそろしいことが、今、自分の身に降りかかろうとしている。

その始まりを告げるように、なぜか空に花火があがった。

「お前は余と異母兄妹《きょうだい》なのだよ、ナターリエ！　これで天剣が手に入る、兄が妹を犯《おか》して護剣を授《さず》かるように、余の手に天剣が！　竜帝《りゅうてい》の証《あかし》が手に入るのだ！」

首をつかまれ、通路に押し倒されていた。抵抗《ていこう》しなければいけないのに、震《ふる》えてしまってどこにも力が入らない。耳から入った言葉の意味が、頭をすり抜けていく。

「さあ余に天剣を授けろ、ナターリエ。我が妹よ」

クレイトス王族の秘密を、ナターリエは知っている。兄と妹が結ばれて、ずっと続いてきた家系だ。竜神《りゅうじん》の呪《のろ》いだと、クレイトスの現国王は笑った。どういう感情を抱《いだ》けばいいかわからなかった。今、自分が当事者になろうとしているこの瞬間《しゅんかん》でさえ、わからないままだ。

「余を竜帝にしろ、この体で。女神《めがみ》クレイトスのように……！」

ただひとつだけわかる。ジェラルドとは、もう二度と会えなくなる。

──だから、さらに上から重なった影が誰《だれ》なのか、咄嗟《とっさ》にわからなかった。

「犬畜生《いぬちくしょう》が」

もう一度、花火が真昼の空に弾《はじ》ける。ナタ―リエに覆《おお》い被《かぶ》さったメルオニスの体を、ジェラルドの持った剣が刺《さ》し貫《つらぬ》いた。

鈍《にぶ》い、何かが壊《こわ》れる音に、ジルは顔をあげた。

「なんか、今、音が聞こえませんでした……？」

「聞こえた気はするけど……どこだろう」

ハディスも自信なげに首をかたむけている。下からは絶え間なく歓声《かんせい》があがっており、何か事故があった様子はない。

だが注意深くじっと耳をすませていると、今度はひゅるるるる、と音がした。

花火の音だ。真昼の空に煙《けむり》を出しながらあがっていき、散って消える。当然だが、あまり綺《き》麗《れい》ではない。

そもそも花火が打ち上がるのは夜の予定だ。

にもかかわらず、何度か花火が打ち上がる。祝砲《しゅくほう》だ、という声があがった。確かにそう見えなくもない。

「手違《てちが》い……ですかね？」

「でも最初の音、花火にしては――ジル、花はなくなった？」

「あ、あとこれだけです」

「撒《ま》いちゃって。音のしたほう、帝城《ていじょう》だったと思う。見にいこう。――疲《つか》れたじゃない文句言うな、もう少し頑張《がんば》れ」

最後のほうは乗っている金目の黒竜《こくりゅう》に向けての台詞《せりふ》だ。ともかく手綱《たづな》を握り直したハディスに従い、竜が帝城に首を巡《めぐ》らせる。ジルは籠《かご》をひっくり返して、花をまき散らしておいた。下から歓声があがる。これなら異常があって飛んでいったようには思われない。

解散の気配を感じ取ったのか、様々な方向に飛んでいく竜たちにまじり、帝城の側面に回りこんだ。

城壁《じょうへき》と塔をつなぐ橋の途中《とちゅう》で、慌《あわ》ただしく兵が行き交《か》い、何やら怒鳴《どな》っている。ジェラルドが監禁《かんきん》されている塔の近くだ。――しかも。

ハディスが竜を飛ばす速度をあげ、飛び出してきたラーヴェが叫《さけ》ぶ。

「ハディス、あれ！　こないだの竜！」

攻撃してくる矢を振り払《はら》っていた竜が、こちらを向いた瞬間、いきなり崩れ落ち、煙のように消えた。ぎょっとして乗っていた竜が止まる。訝《いぶか》しげにハディスがつぶやいた。

「消えた……いや、死んだのか？」

「おいこらびびるな、お前、竜の王だろうが！」

「陛下、あれ！」

竜の陰《かげ》になって見えなかった橋は、完全に分断されていた。

塔の手前側に残った橋に飛び降り、ジルは二の足を踏《ふ》む。

鼻をついたのは、血の臭《にお》いだ。伝ってきた血が靴《くつ》先を象《かたど》っていく。

――その先には、放心状態で座りこんでいる血まみれのナターリエと、剣を背中から突《つ》き刺され血を流すメルオニスの姿があった。

「……ちちうえ」

ぎこちなく、ハディスがつぶやく。

瞳孔《どうこう》が開ききったメルオニスは、死んでいると一目でわかった。

「なんだ、これ……」

ラーヴェが顔をしかめて周囲を見回す。ハディスも閉口した。

唇《くちびる》を引き結び、ジルはナターリエに近づいた。そっと、肩《かた》をゆさぶってみる。

「ナターリエ殿下《でんか》。ナターリエ殿下、聞こえてますか」

「…………ジル……？」

「そうです、わたしです。話せますか。いったい何があったんですか」

ナターリエが血の貼《は》り付いた唇を動かそうとして、失敗する。

ざっと見たところ、ナターリエ本人は擦《す》り傷《きず》や汚《よご》れだけで大した怪我《けが》はないようだが、状《じょう》況《きょう》が尋常《じんじょう》ではない。塔《とう》の入り口では複数、兵士も倒れている。ジルはそっと近づいてきたハディスを見あげた。

「ナターリエ殿下を安全な場所に移しましょう。話はそれからで」

「うん。……ジェラルド王太子の姿が見えないね。ひょっとして……父上は」

はっとジルは周囲を見回す。当然、ナターリエが顔をあげた。

「違《ちが》うの！」

驚《おどろ》いたハディスの足にしがみつき、必死の形相で訴《うった》える。

「違うの、違うの、ハディス兄様……っあのひとは、わたしを、たす、けて……っ」

「助けた？」

「……ごめんなさい」

ナターリエの瞳《ひとみ》に、大粒《おおつぶ》の涙《なみだ》が浮《う》かびあがった。

「ごめんなさい、ハディス兄様……ごめんなさいごめんなさい、私、うまくやれるつもりだったの。でも私じゃやっぱり駄目《だめ》だった。足を引っ張って、ごめんなさい……！」

肩をしゃくりあげ、泣き始める。

ハディスに目配せされたジルが肩を抱いて、現場から離《はな》れても、ナターリエはずっとごめんなさいと繰《く》り返し詫《わ》び続けていた。

神降暦《れき》一三一二年、先帝メルオニス崩御《ほうぎょ》。

皇帝《こうてい》ハディスへの譲位《じょうい》から三年、誰からも忘れ去られていた先帝が何者かに襲《おそ》われ、殺された。留学中のクレイトス王太子ジェラルドも、襲撃《しゅうげき》に巻きこまれ行方《ゆくえ》不明となる。

竜の花冠《かかん》祭の余韻《よいん》覚めやらぬまま、帝都《ていと》ではすみやかに葬儀《そうぎ》が執《と》り行われた。混乱が大きくなかったのは、竜帝が三公と共に素早《すばや》く事態の収拾《しゅうしゅう》に当たり、先帝に縁《えん》深かった後宮も協力的だったためである。

先帝は何者に殺されたのか。不仲だった三公説、後宮説、様々な犯人像が語られたが、容疑者とされたのは、襲撃と同時に行方不明になったクレイトス王太子ジェラルドだった。

かくして、ジェラルド王太子の捜索《そうさく》がラーヴェ全土で始まる。

三公の協力も得たかつてない規模の軍による捜索に、民《たみ》たちは噂《うわさ》した。

——いよいよ戦争が始まるのではないか、と。

終章

「こんにちは、ナターリエ殿下。陛下のお菓子《かし》を持ってきましたよ」

「ハディス兄様まで？」

　ひょっこり顔を出したジルに、寝台《しんだい》の上で開いていた本を閉じてナターリエが呆《あき》れる。どういう意味かわからなかったが、寝台に近づくとすぐ理解できた。

　部屋の端《はし》にある応接ソファに、大量の見舞《みま》い品が積まれていた。果物、有名店の菓子箱から花束、アクセサリーまで様々だ。

「これ、どなたからですか」

「ヴィッセル兄様が選んだ求婚《きゅうこん》者たち」

　ぎょっとしたジルに、ナターリエはむくれる。

「何よその顔、失礼しちゃう。私は意外とモテるのよ」

「モテるのはわかりますけど、いいんですか？」

「いいも悪いもないの。あなたも協力して。ルティーヤは粗探《あらさが》しばっかりするし、フリーダもフリーダでどの相手も反対するんだから」

「でも……ヴィッセル殿下の選んだ相手と婚約《こんやく》するのは腹が立ちません？」

「……それはそうね」

思ったより真剣《しんけん》にナターリエは考えこんだようだが、すぐに顔をあげた。

「これから夜会にも出るつもりよ。ずいぶん、社交界にも出てなかったし。もう一度ダンスとか練習したほうがいいかも」

「お手伝いしますよ！　わたしも夜会に出る回数増やすんです」

「あなたをあてにしていいかどうかわからないわ……」

失礼な、と今度はジルが頰《ほお》を膨《ふく》らませるとナターリエが笑った。

まだ覇気《はき》がない気がするが、顔色はずいぶんいい。

「大丈夫《だいじょうぶ》よ。私は竜帝《りゅうてい》の妹だもの」

ジルは頷《うなず》き返す。そうすることしかできない。

――メルオニスが殺され、ジェラルドが逃亡《とうぼう》したあと、ナターリエは熱を出し昏睡《こんすい》した。どうにか聞き取れた断片《だんぺん》的な情報と状況から、ジェラルドがメルオニスを手にかけたのはあきらかだった。しかし、クレイトスの王子が先帝《せんてい》を殺したと断定すれば、反クレイトス感情が火を噴《ふ》く。クレイトスも黙《だま》っていないだろう。嫌疑《けんぎ》で止《とど》めておくのが最善と判断された。

何より、ナターリエの一件を聞いたマイナードの話がハディスたちの判断にも作用した。カサンドラも認めた醜聞《しゅうぶん》は、とてもではないがそのまま公表できない。闇《やみ》深い後宮といえど、ハディスの出生とは別格の問題だ。

マイナードとナターリエの母親は、クレイトスの王城で偽天剣《にせてんけん》――護剣を国王が授《さず》かる瞬間《しゅんかん》を目撃《もくげき》し、メルオニスに色々と推測を吹《ふ》きこんでいたらしい。

クレイトス王族は妹と結ばれることで、兄は護剣を授かる。クレイトスはそうやって続いている。ならば、ラーヴェ皇族も兄は妹と結ばれることで、天剣を授かれるはずだと。

半信半疑だったメルオニスだが、ハディスが生まれたあたりから様子がおかしくなり、当時まだ健在だった自分の父親の寝台にナターリエの母親を送りこんだのだという。そうして生まれたのが、ナターリエ皇女――カサンドラは計算が合わないと言っていたが、真実はどうでもいい。問題は、メルオニスがナターリエを自分の異母妹だと信じ、望みをかけたことだ。後宮でナターリエが狙《ねら》われたのはこのせいだった。

マイナードは護剣の誕生にすっかり魅入《みい》られた母親から、メルオニスが駄目ならお前がと言われ続けていたらしい。マイナードも先々帝の血を引いている可能性がある。だがマイナード本人は些末《さまつ》なことと思っているようだった。そして自ら危険なクレイトスへの使者を引き受けてくれたのだ。

すなわち、クレイトスに『そちらの王太子がうちの先帝を殺したみたいですが、帰ってませんか。帰ってたら引き渡《わた》してください。帰ってないならこっちで捜《さが》して処分しますのでよろしく』とおうかがいを立てる役である。下手をすればその場で殺されかねない。

ナターリエが先帝の殺害現場にいたことを公表しなかった礼だそうだ。

一刻も早くジェラルドを捕縛《ほばく》して先手を取れ――そう言い残して、こちらが用意した竜《りゅう》に乗り、ノイトラール公の監視《かんし》と護衛をつけて飛んでいった。

「……今頃《いまごろ》、マイナード兄様もクレイトスについた頃《ころ》かしら。私のせいで迷惑《めいわく》をかけて……みんな……無事だと、いいけれど……」

ナターリエがぼんやり、開きっぱなしのテラスの外へと視線を向ける。

恋愛戦闘力《れんあいせんとう》の低いジルでも、いい加減、察するものがある。ジルはハディスから持たされたクッキーを、ナターリエの手に握《にぎ》らせた。

「大丈夫ですよ。あのひと、頭もいいし強いので。少なくとも、クレイトスに辿《たど》り着くまでに何もせず野垂れ死ぬような間抜《まぬ》けではないです」

はっとナターリエがジルを見た。ジルはわざと怒《おこ》った顔を作る。

「でも、ナターリエ殿下《でんか》を泣かせるなんて許せません。ちゃんとわたしが捕《つか》まえて、逃《に》げたこと謝らせますよ。だから、やけにならないでくださいね。仮想敵国の王子様なんて、手強《てごわ》くて当然なんですから。わたしも陛下でとっても苦労しました」

ナターリエの瞳がゆれている。今はまだ無理だろう。だから求婚者の見舞い品なんて受け取ってしまっているのだ。つい最近まで、自分はクレイトスの王太子妃《ひ》になるのだから、不要だと突《つ》き返していたのに。

ジェラルドの衣装をどうしようかとあれこれ悩《なや》んでいる姿は楽しそうで、とても可愛《かわい》らしかった。恋《こい》をしているみたいに。

「……私があなただったら、あのひとを、引き止められたかしら」

「止められませんでしたよ」

ナターリエが不可解そうに眉根《まゆね》をよせる。だがジルには確信があった。

――兄は妹と結ばれ護剣を授かるというクレイトス王族の話が、もし本当ならば。

ジルがジェラルドとフェイリスの浮気《うわき》現場を目撃したあのとき、クレイトス王国は追い詰《つ》められていた。殺戮《さつりく》と破壊《はかい》を繰《く》り返す竜帝ハディスを止めるため、国を守るため、ジェラルドが護剣を手に入れようとした可能性は高い。だとしたら、あれは浮気ではなかった。

でもジェラルドはジルに弁明せず、切り捨てた。

ジルもジェラルドを信じきれずに、次へ進んだ。

それがすべてだ。

「あのひと、国と妹が第一のひとでしょう。だからちょっとびっくりしてるんです。先帝を手にかけるなんて、クレイトスにとって悪手だってわかってたでしょうに。でも――ナターリエ殿下を助けたんですね」

何かに気づいたようにナターリエがゆっくり、まばたきを繰り返す。

「その気になったら言ってください、協力します。ルティーヤやフリーダ殿下も同じ気持ちです。きっと陛下もね。本当は、ヴィッセル殿下も。みんな、ナターリエ殿下が元気になってくれればいいんです。あ、マイナード殿下はわかりませんけど。ナターリエ殿下に近づく男は全員、文句つけそう」

必要なのは気持ちを整理する時間だろう。返事は待たず、ジルは寝台から離《はな》れる。

「またきますね。ダンスの練習、するならスフィア様にも声かけておきます。スフィア様もリステアード殿下にいよいよお返事するみたいで、悩んでます。お話しするだけでもいい気晴らしになりますよ、きっと」

「……。ずいぶん、気遣《きづか》いがうまいじゃない？　カサンドラ様の入れ知恵《ぢえ》かしら」

「ばれましたか」

てへっと舌を出してみせると、ナターリエは笑ってくれた。

小さく手を振《ふ》って、ナターリエの自室から外へ出る。廊下《ろうか》でハディスが待っていた。

「ナターリエ、受け取ってくれた？」

「はい、もちろん。……陛下が顔を見せても大丈夫だったと思いますよ？」

「うーん。ナターリエから元気な顔を見せてくれるまでは待つよ。また、あんなふうに謝られたくないし……」

謝り続けるナターリエの痛々しい姿を思い出すと、ジルも強く言えない。ナターリエは竜帝の妹であるという矜持《きょうじ》がある。ジルには平気でも、ハディスやヴィッセルを前にすると気が引けることもあるだろう。

「……陛下は、大丈夫です？　落ちこんだり、疲《つか》れたりしてません？」

「大丈夫だよ」

ぱっとジルは目を輝《かがや》かせた。この間、習ったばかりのところだ。

「男のひとは駄目《だめ》なときほどそう言って誤魔化《ごまか》すから要注意って、カサンドラ様に教えてもらいました！　だから陛下も駄目ですね、わたしの目は誤魔化せません！」

「後宮は君に余計なことばっかり教えるね……」

「さあ、どんと甘えてください！　対策はばっちりです！」

「ぜっっっっったい嫌《いや》だ。だって、僕の反応を報告するんでしょ？」

え、とジルはびっくりしてまばたいた。

「よくわかりましたね、さすが陛下」

「ほめられてる気がしない！　そこは否定するよう言われなかった⁉」

「あっしまった……！」

「しまったじゃないよ！　ほんとにもう……大丈夫だから。ほら、そろそろ行かないと遅《おく》れちゃうよ。行こう」

ハディスがこちらに手を差し出した。その手をじいっと見たあと、ジルは手ではなく袖《そで》をそっとつまむ。ハディスが怪訝《けげん》そうに見返した。

（ええっと、どうするんだっけ）

そう、ちょっと下向きに視線を落として、聞こえるか聞こえないかの小さな声だ。

「ひ、人前じゃ、恥《は》ずかしい、です、から……見えない、ところで……」

だんだん言っていることが本当に恥ずかしくなってきて、頰に熱があがってきた。語尾《ごび》をすぼませ、ジルはそうっと視線をあげ効果のほどを確認《かくにん》する。

さっきから失敗しっぱなしだ。だから一回くらい、成功させたい。

ハディスは両目を見開き、衝撃《しょうげき》を受けた顔をしていた。失敗か——と思ったら、みるみる顔を赤らめて、心臓を押さえて、よろめく。

「……ど、こで、そんな台詞《せりふ》をっ覚え……後宮、絶対潰《つぶ》す……！」

これは効いている。ぱあっとジルは顔を輝かせ、ハディスの腰《こし》に飛びつく。

「どきどきしました!?　ねえ陛下、今のどきどきしました!?」

「してないよ！　絶対してない、してないったらしてない！　してたまるか……！」

「嘘《うそ》です、絶対どきどきしてます！　顔だって真っ赤——」

ひょいっと肩《かた》に担《かつ》ぐように抱《だ》き上げられた。

「そういう悪いことばっかり覚えるお嫁《よめ》さんはこう！」

「えー!?」

これではハディスの顔が見えない。唇《くちびる》を尖《とが》らせたが、いつになく乱雑な足取りのハディスに動揺《どうよう》を感じて、すぐさまご機嫌《きげん》になる。

「何」

「陛下は可愛いなって。あ、これは後宮関係ないですよ。カサンドラ様にも思うだけで言わないよう注意されてます」

「そういう詳細《しょうさい》情報いらない」

「怒らないでくださいよ。せっかく色々教わってるんですから、全部陛下でためしたいじゃないですか。それとも他《ほか》のひとでためしていいんですか？」

大きく溜《た》め息をついたハディスが、ジルを抱《かか》え直し足を止めた。

ちょうど目的地の手前――三公との食事会をする部屋の前だ。

綺麗《きれい》な顔がじとっとジルをにらむ。

「だめ」

「でしょう」

「勝ち誇《ほこ》らない！　ほんと、油断も隙《すき》もない……いいよ、わかったよ。僕だけなら許してあげる。約束だよ」

「おまかせください！」

「最近、君のその台詞がいちばん信用ならない」

むくれている間に、竜帝《りゅうてい》陛下、竜妃殿下《りゅうひでんか》のお出ましです、と宣言された。ハディスがジルを再度抱き直して尋《たず》ねる。

「おろせって言わないの？」

「陛下がわたしに夢中な証拠《しょうこ》ですからね！　あと抱っこしてる間は陛下は安全だから、好きにさせておきなさいって言われました」

ハディスがふっと微笑《ほほえ》む。

「なんだ、後宮は役に立つことも教えるんだな」

目の前の扉《とびら》が開かれた。三公が立ち上がり、頭をさげる。

自然と顔つきが皇帝《こうてい》に変わるハディスの横顔を見て、ジルも深呼吸をした。椅子《いす》におろしてもらっても、背筋を伸《の》ばして行儀《ぎょうぎ》良く待つ。

ヴィッセルはいない。「もうできるだろう」とまかされたからだ。

各領地自慢《じまん》のお菓子《かし》や料理が運ばれてくるものを食べるだけの食事会は、なごやかに進む。

ジェラルドの逃走《とうそう》も、消えた不気味な竜の姿も、些末《さまつ》事のように。

「竜妃殿下、どうですか。お味のほうは」

「どれもとってもおいしいです！」

「では、クレイトス王国との会議にはどの手土産《てみやげ》をお持ちしますかのう？」

遠回しに竜妃の意見をうかがう質問に、ジルはにっこりと笑い返し、一番いいと思った菓子を指さした。

そこが次の戦場。

——先帝《せんてい》メルオニスを殺害し逃走した疑いのあるジェラルド王太子の処遇《しょぐう》を決めるため、クレイトス王国を呼び出す場所だ。

あとがき

こんにちは、永瀬《ながせ》さらさと申します。六巻を手に取っていただき、有り難《がと》うございます。

WEB連載《れんさい》第六部に加筆修正を加えたものになります。竜《りゅう》の花冠《かかん》祭、後宮と盛りだくさんな内容になっております。不穏《ふおん》な気配も含《ふく》めて楽しんで頂ければ幸いです。

それでは謝辞を。藤未都也《ふじみつや》先生、お忙《いそが》しい中、毎回素晴《すば》らしいデザインとイラストを描《か》いてくださって有り難うございます。柚《ゆず》アンコ先生、素敵《すてき》すぎるコミカライズを本当に有り難うございます。他《ほか》にも担当編集様、各編集部の皆様《みなさま》、デザイナー様、校正様、この本に携《たずさ》わってくださったたくさんの方々に厚く御礼《おれい》申し上げます。

何より、この本を手に取ってくださった皆様。いつもジルたちを応援《おうえん》してくださって、有り難うございます。この物語を引き続き楽しんで頂けるよう、今後も頑張《がんば》ってまいります。

それではまた、お会いできますように。

永瀬さらさ

「やり直し令嬢は竜帝陛下を攻略中６」の感想をお寄せください。
おたよりのあて先
〒102-8177　東京都千代田区富士見2-13-3
株式会社KADOKAWA　角川ビーンズ文庫編集部気付
「永瀬さらさ」先生・「藤未都也」先生
また、編集部へのご意見ご希望は、同じ住所で「ビーンズ文庫編集部」
までお寄せください。

やり直《なお》し令嬢《れいじよう》は竜帝陛《りゆうていへい》下《か》を攻略中《こうりやくちゆう》6

永瀬《ながせ》さらさ

角川ビーンズ文庫　23651

令和５年５月１日　初版発行

発行者――――山下直久
発　行――――株式会社KADOKAWA
〒102-8177　東京都千代田区富士見2-13-3
電話 0570-002-301（ナビダイヤル）
印刷所――――株式会社暁印刷
製本所――――本間製本株式会社
装幀者――――micro fish

●お問い合わせ
https://www.kadokawa.co.jp/ （「お問い合わせ」へお進みください）
※内容によっては、お答えできない場合があります。
※サポートは日本国内のみとさせていただきます。
※Japanese text only

ISBN978-4-04-113651-5 C0193 定価はカバーに表示してあります。